春愁何处是归程

庐隐 著

陕西师范大学出版总社

图书代号　SK8N0062

图书在版编目（CIP）数据

春愁何处是归程 ／庐隐著．—西安：陕西师范大学出版社，2008.2（2023.11 重印）

ISBN 978-7-5613-4213-8

Ⅰ.春… Ⅱ.庐… Ⅲ.散文－作品集－中国－现代 Ⅳ.I266

中国版本图书馆 CIP 数据核字（2008）第 017228 号

春愁何处是归程
CHUN CHOU HE CHU SHI GUICHENG

庐隐　著

出 版 人	刘东风
特约编辑	孙美婷
责任编辑	舒　敏
责任校对	高　歌
封面设计	赵银翠
出版发行	陕西师范大学出版总社
	（西安市长安南路 199 号　邮编 710062）
网　　址	http://www.snupg.com
印　　刷	北京雁林吉兆印刷有限公司
开　　本	787 mm×1092 mm　1/16
印　　张	16
字　　数	212 千
版　　次	2008 年 2 月第 1 版
印　　次	2023 年 11 月第 2 次印刷
书　　号	ISBN 978-7-5613-4213-8
定　　价	59.00 元

目　录

第三篇　寄语相知苦愁心

第一篇 晓风鸿影触鸣琴

月 夜 孤 舟[1]

　　发发弗弗的飘风，午后吹得更起劲，游人都带着倦意寻觅归程。马路上人迹寥落，但黄昏时风已渐息，柳枝轻轻款摆，翠碧的景山巅上，斜辉散霞，紫罗兰的云幔，横铺在西方的天际。他们在松阴下，迈上轻舟，慢摇兰桨，荡向碧玉似的河心去。

　　全船的人都悄默地看远山群岫，轻吐云烟，听舟底的细水潺湲，渐渐地四境包溶于模糊的轮廓里，这景地更清幽了。

　　他们的小舟，沿着河岸慢慢地前进。这时淡蓝的云幕上，满缀着金星，皎月盈盈下窥，河上没有第二只游船，只剩下他们那一叶的孤舟，吻着碧流，悄悄地前进。

　　这孤舟上的人们——有寻春的骄子，有漂泊的归客，——在咿呀的桨声中，夹杂着欢情的低吟和凄意的叹息。把舵的阮君在清辉下，辨认着孤舟的方向，森帮着摇桨，这时他们的确负有伟大的使命，可以使人们得到安全，也可以使人们沉溺于死的深渊。森努力拨开牵绊的水藻，舟已到河心。这时月白光清，银波雪浪动了沙的豪兴，她扣着船舷唱道：

　　十里银河堆雪浪，

　　四顾何茫茫？

---

[1] 本书收录的作品均为庐隐的代表作。其作品在字词使用和语言表达等方面均具有鲜明的时代特色。此次出版，根据作者早期版本进行编校，除订正错别字、统一混用词外，文字尽量保留原貌，编者基本不做更动。

这一叶孤舟轻荡，

荡向那天河深处，

只恐玉宇琼楼高处不胜寒！

…………

我欲叩苍穹，

问何处是隔绝人天的离恨宫？

奈雾锁云封！

奈雾锁云封！

绵绵恨……几时终！

这凄凉的歌声使独坐船尾的罂憯然了，她呆望天涯，悄数陨堕的生命之花；而今呵，不敢对冷月逼视，不敢向苍天申诉，这深抑的幽怨，使得她低默饮泣。

自然，在这展布天衣缺陷的人间，谁曾看见过不谢的好花？只要在静默中掀起心幕，摧毁和焚炙的伤痕斑斑可认。这时全船的人，都觉灵弦凄紧，虞斜倚船舷，仿佛万千愁恨，都要向清流洗涤，都要向河底深埋。

天真的丽，她神经更脆弱，她凝视着含泪的罂，狂痴的沙，仿佛将有不可思议的暴风雨来临，要摧毁世间的一切；尤其要捣碎雨后憔悴的梨花，她颤抖着稚弱的心，她发愁，她叹息，这时的四境实在太凄凉了！

沙呢！她原是漂泊的归客，并且归来后依旧漂泊，她对着这凉云淡雾中的月影波光，只觉幽怨凄楚，她几次问青天，但苍天冥冥依旧无言！这孤舟夜泛，这冷月只影，都似曾相识——但细听没有灵隐深处的钟磬声，细认也没有雷峰塔痕，在她毁灭而不曾毁灭尽的生命中，这的确是一个深深的伤痕。

八年前的一个月夜，是她悄送掉童心的纯洁，接受人间的绮情柔意，她和青在月影下，双影厮并，她那时如依人的小鸟，如迷醉的荼蘼，她傲视冷月，她窃笑行云。

但今夜呵！一样的月影波光，然而她和青已隔绝人天，让月儿蹂躏这寥落的心。她扎挣残喘，要向月姊问青的消息，但月姊只是阴森地惨笑，只是傲然地凌视，——指示她的孤独。唉！她枉将凄音冲破行云，枉将哀调深渗海底，——天意永远是不可思议！

沙低声默泣，全船的人都罩在绮丽的哀愁中。这时船已穿过玉桥，两岸灯光，映射波中，似乎万蛇舞动，金彩飞腾，沙凄然道："这到底是梦境，还是人间？"

颦道："人间便是梦境，何必问哪一件是梦，哪一件非梦！"

"呵！人间便是梦境，但不幸的人类，为什么永远没有快活的梦？……这惨愁，为什么没有焚化的可能？"

大家都默然无言，只有阮君依然努力把舵，森不住地摇桨，这船又从河心荡向河岸，"夜深了，归去罢！"森仿佛有些倦了，于是将船儿泊在岸旁。他们都离开这美妙的月影波光，在黑夜中摸索他们的归程。

月儿斜倚翡翠云屏，柳丝细拂这归去的人们，——这月夜孤舟又是一番梦痕！

我愿秋常驻人间

提到秋，谁都不免有一种凄迷哀凉的色调，浮上心头；更试翻古往今来的骚人、墨客，在他们的歌咏中，也都把秋染上凄迷哀凉的色调，如李白的《秋思》："……天秋木叶下，月冷莎鸡悲。坐愁群芳歇，白露凋华滋。"柳永的《雪梅香》："景萧索，危楼独立面晴空。动悲秋情绪，当时宋玉应同。"周密的《声声慢》："……对西风，休赋登楼，怎去得，怕凄凉时节，团扇悲秋。"

这种凄迷哀凉的色调，便是美的元素，这种美的元素只有"秋"才有。也只有在"秋"的季节中，人们才体验得出，因为一个人在感官被极度地刺激和压扎的时候，常会使心头麻木。故在盛夏闷热时，或在严冬苦寒中，心灵永远如虫类的蛰伏。等到一声秋风吹到人间，也正等于一声春雷，震动大地，把一些僵木的灵魂如虫类般地唤醒了。

灵魂既经苏醒，灵的感官便与世界万汇相接触了。于是见到阶前落叶萧萧下，而联想到不尽长江滚滚来，更因其特别自由敏感的神经，而感到不尽的长江是千古常存，而倏忽的生命，譬诸昙花一现。于是悲来填膺，愁绪横生。

这就是提到秋，谁都不免有一种凄迷哀凉的色调，浮上心头的原因了。

其实秋是具有极丰富的色彩，极活泼的精神的，它的一切现象，并不像敏感的诗人墨客所体验的那种凄迷哀凉。

当霜薄风清的秋晨，漫步郊野，你便可以看见如火般的颜色染在枫林、柿丛和浓紫的颜色泼满了山巅天际，简直是一个气魄伟大的画家的大手笔，任意趣之所之，勾抹涂染，自有其雄伟的丰姿，又岂是纤细的春景所能望其项背？

至于秋风的犀利，可以洗尽积垢，秋月的明澈，可以照烛幽微，秋是又犀利又潇洒，不拘不束的一位艺术家的象征。这种色调，实可以苏醒现代困闷人群的灵魂，因此我愿秋常驻人间！

恋爱不是游戏

没有在浮沉的人海中，翻过筋斗的和尚，不能算善知识；没有受过恋爱洗礼的人生，不能算真人生。

和尚最大的努力，是否认现世而求未来的涅槃，但他若不曾了解现世，他又怎能勘破现世，而跳出三界外呢？

而恋爱是人类生活的中心，孟子说："食色，性也。"所谓恋爱正是天赋之本能；如一生不了解恋爱的人，他又何能了解整个的人生？

所以凡事都从学习而知而能，只有恋爱用不着学习，只要到了相当的年龄，碰到合适的机会，他和她便会莫名其妙地恋爱起来。

恋爱人人都会，可是不见得人人都懂，世俗大半以性欲伪充恋爱，以游戏的态度处置恋爱，于是我们时刻可看到因恋爱而不幸的记载。

实在的恋爱绝不是游戏，也绝不是堕落的人生所能体验出其价值的，它具有引人向上的鞭策力，它也具有伟大无私的至上情操，它更是美丽的象征。

在一双男女正纯洁热爱着的时候，他和她内心充实着惊人的力量；他们的灵魂是从万有的束缚中，得到了自由，不怕威胁，不为利诱，他们是超越了现实，而创造他们理想的乐园。

不幸物欲充塞的现世界，这种恋爱的光辉，有如萤火之微弱，而且"恋爱"有时适成为无知男女堕落之阶，使维纳斯不禁深深地叹息："自从世界人群趋向灭亡之途，恋爱变成了游戏，哀哉！"

男人和女人

一个男人，正阴谋着要去会他的情人。于是满脸柔情地走到太太的面前，坐在太太所坐的沙发椅背上，开始他的忏悔："琼，在这个世界上只有你能谅解我——第一你知道我是一个天才，琼多幸福呀，做了天才者的妻！这不是你时常对我的赞扬吗？"

太太受催眠了，在她那感情多于意志的情怀中，漾起爱情至高的浪涛，男人早已抓住这个机会，接着说道："天才的丈夫，虽然可爱，但有时也很讨厌，因为他不平凡，所以平凡的家庭生活，绝不能充实他深奥的心灵，因此必须另有几个情人；但是琼你要放心，我是一天都离不得你的，我也永不会同你离婚，总之你是我的永远的太太，你明白吗？我只为要完成伟大的作品，我不能不恋爱，这一点你一定能谅解我，放心我的，将来我有所成就，都是你的赐予，琼，你够多伟大呀！尤其是在我的生命中。"

太太简直为这技巧的情感所屈服了，含笑地送他出门——送他去同情人幽会，她站在门口，看着那天才的丈夫，神光奕奕地走向前去，她觉得伟大，骄傲，幸福，真是哪世修来这样一个天才的丈夫！

太太回到房里，独自坐着，渐渐感觉得自己的周围，空虚冷寂，再一想到天才的丈夫，现在正抱在另一个女人的怀里："这简直是侮辱，不对，这样子妥协下去，总是不对的。"太太陡然如是觉悟了，于是"娜拉"那个新典型的女人，逼真地出现在她心头："娜拉的见解不错，抛弃这傀儡家庭，另找出路是真理！"太太急步跑上楼，从床底下拖出一只小提箱来，把一些换洗的衣服装进去。正在这个时候，门砰的一声响，那个天才的丈夫回来了，看见太太的气色不大对，连忙跑过来搂着太太认罪道："琼！恕我，为了我们两个天真的孩子您恕我吧！"

太太看了这天才的丈夫，柔驯得像一只绵羊，什么心肠都软了，于是自解道："娜拉究竟只是易先生的理想人物呀！"跟着箱子恢复了它原有的地位，一切又都安然了！

男人就这样永远获得成功，女人也就这样万劫不复地沉沦了！

吹牛的妙用

吹牛是一种夸大狂，在道德家看来，也许认为是缺点，可是在处事接物上却是一种呱呱叫的妙用。假使你这一生缺少了吹牛的本领，别说好饭碗找不到，便连黄包车夫也不放你在眼里的。

吹牛是一件不可看轻的艺术，就如修辞学上不可缺少"张喻"一类的东西一样，像李太白什么"黄河之水天上来"，又是什么"白发三千丈"，这在修辞学上就叫作"张喻"，而在不懂修辞学的人看来，就觉得李太白在吹牛了。

而且实际上说来，吹牛对于一个人的确有极大的妙用。人类这个东西，就有这么奇怪，无论什么事，你若老老实实地把实话告诉他，不但不能激起他共鸣的情绪，而且还要轻蔑你冷笑你，假使你见了那摸不清你根底的人，你不管你家里早饭的米是当了被褥换来的，你只要大言不惭地说"某部长是我父亲的好朋友，某政客是我拜把子的叔公，我认得某某巨商，我的太太同某军阀的第五位太太是干姊妹"吹起这一套法螺来，那摸不清你的人，便帖帖服服地向你合十顶礼，说不定碰得巧还恭而且敬地请你大吃一顿筵席呢！

吹牛有了如许的好处，于是无论哪一类的人，都各尽其力地大吹其牛了。但是且慢！吹牛也要认清对手方的，不然的话必难打动他或她的心弦，那么就失掉吹牛的功效了。比如说你见了一个仰慕文人的无名作家或学生时，而你自己要自充老前辈时，你不用说别的，只要说胡适是我极熟的朋友，郁达夫是我最好的知己，最妙你再转弯抹角地去探听一些关于胡适、郁达夫琐碎的逸事，比如说胡适最喜听什么，郁达夫最讨厌什么，于是便可以亲亲切切地叫着"适之怎样怎样，达夫怎样怎样"，这样一来，你便也就成了胡适、郁达夫同等的人物，而被人所尊敬了。

如果你遇见一个好虚荣的女子呢，你就可以说你周游过列国，到过土耳其、南非洲，并且还是自费去的，这样一来就可以证明你不但学识、阅历丰富，而且还是个资产阶级。于是乎你的恋爱便立刻成功了。

你如遇见商贾、官僚、政客、军阀，都不妨察言观色，投其所好，大吹而特吹之。总而言之，好色者以色吹之，好利者以利吹之，好名者以名吹之，好权势者以权势吹之，此所谓以毒攻毒之法，无往而不利。

或曰吹牛妙用虽大，但也要善吹，否则揭穿西洋镜，便没有戏可唱了。

这当然是实话，并且吹牛也要有相当的训练，第一要不红脸，你虽从来没有著过一本半本的书，但不妨咬紧牙根说："我的著作等身，只可恨被一把野火烧掉了！"你家里因为要请几个漂亮的客人吃饭，现买了一副碗碟，你便可以说"这些东西十年前就有了"，以表示你并不因为请客受窘。假如你荷包里只剩下一块大洋，朋友要邀你坐下来入圈，你就可以说："我的钱都放在银行里，今天竟匀不出工夫去取！"假如哪天你的太太感觉你没多大出息时，你就可以说张家大小姐说我的诗作得好，王家少奶奶说我脸子漂亮而有丈夫气，这样一来太太便立刻加倍地爱你了。

这一些吹牛经，说不胜说，但神而明之，存乎其人！

春 的 警 钟

不知哪一夜，东风逃出它美丽的皇宫，独驾祥云，在夜的暗影下，窥伺人间。

那时宇宙的一切正偃息于冷凝之中，东风展开它的翅儿向人间轻轻扇动，圣洁的冰凌化成柔波，平静的湖水唱出潺湲的恋歌！

不知哪一夜，花神离开了她庄严的宝座，独驾祥云，在夜的暗影下，窥伺人间。

那时宇宙的一切正抱着冷凝枯萎的悲伤，花神用她挽回春光的手段，剪裁绫罗，将宇宙装饰得嫣红柔绿，胜似天上宫阙，她悄立万花丛中，赞叹这失而复得的青春！

不知哪一夜，司钟的女神，悄悄地来到人间！

那时人们正饮罢毒酒，沉醉于生之梦中，她站在白云端里敲响了春的警钟。这些迷惘的灵魂，都从梦里惊醒，呆立于尘海之心，——风正跳舞，花正含笑，然而人类却失去了青春！

他们的心已被冰凌刺穿，他们的血已积成了巨澜，时时鼓起腥风吹向人间！

但是司钟的女神，仍不住声地敲响她的警钟，并且高叫道：

"青春！青春！你们要捉住你们的青春！

它有美丽的翅儿，善于逃遁，

在你们踌躇的时候，它已逃去无踪！

青春！青春！你们要捉住你们的青春！"

世界受了这样的警告，人心缭乱到无法医治。

然而，不知哪一夜，东风已经逃回它美丽的皇宫。

不知哪一夜，花神也躲避了悲惨的人间！

不知哪一夜，司钟的女神，也不再敲响她的警钟！

青春已成不可挽回的运命，宇宙从此归复于萧杀沉闷！

碧 涛 之 滨

今天的天气燥热极了，使得人异常困倦。我从电车下来的时候，上眼皮已经盖住下眼皮；若果这时有一根柱子支住我的摇撼的身体，我一定可以睡着了。

竹筼、玉亭、小酉、名涛、秀澄都主张到中国饭店去吃饭；我虽是正在困倦中，不愿多说话，但听见了他们的建议，也非常赞成，便赶紧接下道："好极！好极！"在中国饭店吃了一饱，便出来打算到我们预计的目的地——碧涛之滨去。

一带的樱花树遮住太阳，露出一道阴凉的路来。几个日本的村女站在路旁对我们怔视，似乎很奇异的样子；我们有时也对她们望望，那一双阔大的赤脚，最足使我们注意。

樱花的叶长得十分茂盛；至于樱花呢，只余些许的残香在我意象中罢了。走尽了樱花荫，便是快到海滨了，眼前露出一片碧绿平滑的草地来。我这时走得很乏，便坐在草地上休息。这时一阵阵地草香打入鼻观，使人不觉心醉。他们催促我前进，我努力地爬了起来，奔那难行滑泞的山径。在半山上，我的汗和雨般流了下来；我的心禁不住乱跳。到山滨的时候，凉风打过来，海涛澎湃，激得我的心冷了，汗也止了，神情也消沉了。我独自立在海滨，看波浪上的金银花，和远远的云山；又有几支小船，趁风破浪从东向西去，船身前后摇荡，那种不能静止的表示，好像人们命运的写生。我不禁想到我这次到日本的机遇，有些实在是我想不到；今天这些同游的人，除了玉亭、竹筠、秀澄是三年以来芸窗相共的同学外，小酉和名涛全都是萍水相逢，我和他们在十日以前，都没有见过面，更说不到同好，何况同到这人迹稀少的乡村里来听海波和松涛的鸣声……

我正在这样沉思的时候，他们忽催我走，我只得随了他们更前奔些路程。后来到了一个所在，那边满植着青翠的松柏，艳丽的太阳从枝柯中射进来，更照到那斜坡上的群草，自然分出阴阳来。

我独自坐在群草丛中，四围的芦苇差不多把我遮没了；同来的人，他们都坐在上边谈笑。我拿了一枝秃笔，要想把这四围的景色描写些下来，作为游横滨的一个纪念；无如奔腾的海啸，澎湃的松涛，还有那风动芦苇刷刷的声浪，支配了我的心灵，使我不知道要从什么地方写起来。

在芦苇丛中沉思的我，心灵仿佛受到深醇的酒香，只觉沉醉和麻木。他们在上面喊道："草上有大蚂蚁，要咬着了！"但是我绝不注意这些，仍坐着不动。后来小酉他跑在我的面前来说："他们走了，你还不回去吗？"我只是摇头微笑。这时我手里的笔不能再往下写了；我对着他不禁又想起一件事来。前此我想不到我会到日本来，现时我又想不到会到横滨来，更想不到在这碧涛之滨，他伴着我作起小说来；这不只我想不到，便是他恐怕也想不到。天下想不到的事，原来很多；但是我的遭遇，恐怕比别人更不同些。

我无意地往下写，他无意地在旁边笑；竹筠更不久也跑到这里来，不住地催我走。我舍不得斜阳，我舍不得海涛，我怎能应许她就走呢？并且看见她，我更说不出来的感想，在西京的时候，我认识了一个朋友，和她的容貌正是一样。现在我们相隔数百里，我看不见她天真的笑容，也听不着她爽利的声音；但她是我淘气的同志，在我脑子里所刻的印象，要比别的人深一些。世界上是一个大剧场，人类都是粉墨登场的俳优；但是有几个人知道自己是正在做戏，事事都十分认真，他们说人大了就不该淘气，什么事都要板起面孔，这就是道德，就是做人的第一要义；若果有个人他仍旧拿出他在娘怀里时的赤子天真的样子来，人家要说不会做人，我现在已经不是娘怀里的赤子了，然而我有时竟忘了我是应该学做人，正经的面孔竟没有机会板起，这种孩气差不多会做人的人都要背后讥笑呢。想不到他又是一样不会做人，不怕冷讥热嘲，竟把赤子的孩气拿出来了。——我从前是孤立的淘气鬼，现在不期而遇见同调了；所以我用不着人们介绍，也用不着剖肝沥胆，我们竟彼此了解，彼此明白，虽是相聚只有几天，然而我们却做了很好的朋友。……我想到这里，小酉又来催我归去，我只顾向海波点头，我何尝想到归去！

竹筠悄悄地站在我的身后，我无意回头一看，竟吓了一跳，不觉对她怔视；她也不说什么，用手拊在我的肩上，很温存地对我轻轻说道："回去罢！"这种甜蜜的声浪，使得我的心醉了……名涛从老远跑来道："快交卷罢！不交便要抢了！"其实我的笔是随我的心停或动的，而我的心意是要受四围自然的支配的；若要我停笔，只有四围的环境寂静了，那时候我便可掷我的秃笔在那阔无际涯的海波里……现在呢，我的笔不能掷；不过我却不能不同碧海暂且告别，也不能不同涛声暂时违离。我又决不忍心叫这些自然寂寞；碧涛之滨的印象，要同我生命相终始呢！

美丽的姑娘

他捧着女王的花冠，向人间寻觅你——美丽的姑娘！

他如深夜被约的情郎，悄悄躲在云幔之后，觑视着堂前的华烛高烧，欢宴将散。红莓似的醉颜，朗星般的双眸，左右流盼。但是，那些都是伤害青春的女魔，不是他所要寻觅的你——美丽的姑娘！

他如一个流浪的歌者，手拿着铜钹铁板，来到三街六巷，慢慢地唱着醉人心魄的曲调，那正是他的诡计，他想利用这迷醉的歌声寻觅你，他从早唱到夜，惊动多少娇媚的女郎。她们如中了邪魔般，将他围困在街心，但是那些都是粉饰青春的野蔷薇，不是他所要寻觅的你——美丽的姑娘！

他如一个隐姓埋名的侠客，他披着白羽织成的英雄氅，腰间挂着镶锣宝剑；他骑着嘶风啸雪的神驹，在一天的黄昏里，来到这古道荒林。四壁的山色青青，曲折的流泉冲激着沙石，发出悲壮的音韵，茅屋顶上萦绕着淡淡的炊烟和行云。他立马于万山巅。陡然看见你独立于群山前，披着红色的轻衫，散着满头发光的丝发，注视着遥远的青天，噢！你象征了神秘的宇宙，你美化了人间——美丽的姑娘！

他将女王的花冠扯碎了，他将腰间的宝剑，划开胸膛，他掏出赤血淋漓的心，拜献于你的足前。只有这宝贵的礼物，可以献纳。支配宇宙的女神，我所要寻觅的你——美丽的姑娘！

那女王的花冠，它永远被丢弃于人间！

最后的命运

突如其来的怅惘，不知何时潜踪，来到她的心房。她默默无语，她凄凄似悲，那时正是微雨晴后，斜阳正艳，葡萄叶上滚着圆珠，荼蘼花儿含着余泪，凉飙呜咽正苦，好似和她表深刻的同情！

碧草舒齐地铺着，松荫沉沉地覆着；她含羞凝眸，望着他低声说："这就是最后的命运吗？"他看看她微笑道："这命运不好吗？"她沉默不答。

松涛慷慨激烈地唱着，似祝她和他婚事的成功。

这深刻的印象，永远留在她和他的脑里，有时变成温柔的安琪儿，安慰她干枯的生命，有时变成幽闷的微菌，满布在她的全身血管里，使她怅惘！使她烦闷！

她想：人们驾着一叶扁舟，来到世上，东边漂泊，西边流荡，没有着落困难是苦，但有了结束，也何尝不感到平庸的无聊呢？

爱情如幻灯，远望时光华灿烂，使人沉醉，使人迷恋，一旦着迷，便觉味同嚼蜡，但是她不解，当他求婚时，为什么不由得就答应了他呢？她深憾自己的情弱，易动！回想到独立苍溟的晨光里，东望滚滚江流，觉得此心赤裸裸毫无牵扯，呵！这是如何地壮美呵！

现在呢！柔韧的密网缠着，如饮醇醪，沉醉着，迷惘着！上帝呵！这便是人们最后的命运吗？

她凄楚着，沉思着，不觉得把雨后的美景轻轻放过，黄昏的灰色幕，罩住世界的万有，一切都消沉在寂寞里，她不久就被睡魔引入胜境了！

星　夜

在璀璨的明灯下，华筵间，我只有悄悄地逃逝了，逃逝到无灯光，无月彩的天幕下。丛林危立如鬼影，星光闪烁如幽萤，不必伤繁华如梦，——只这一天寒星，这一地冷雾，已使我万念成灰，心事如冰！

唉！天！运命之神！我深知道我应受的摆布和颠连，我具有的是夜莺的眼，不断地在密菁中寻觅，我看见幽灵的狞美，我看见黑暗中的灵光！

唉！天！运命之神！我深知道我应受的摆布与颠连，我具有的是杜鹃的舌，不断地哀啼于花荫。枝不残，血不干，这艰辛的旅途便不曾走完！

唉！天！运命之神！我深知道我应受的摆布与颠连，我具有的是深刻惨凄的心情，不断地追求伤毁者的呻吟与悲哭——这便是我生命的燃料，虽因此而灵毁成灰，亦无所怨！

唉！天！运命之神！我深知道我应受的摆布与颠连，我具有的是血迹狼藉的心和身，纵使有一天血化成青烟。这既往的鳞伤，料也难掩埋！咳！因之我不能慰人以柔情，更不能予人以幸福，只有这辛辣的心锥时时刺醒人们绮丽的春梦，将一天欢爱变成永世的咒诅！自然这也许是不可避免的报复！

在璀璨的明灯下，华筵间，我只有悄悄逃逝了！逃逝到无灯光，无月彩的天幕下。丛林无光如鬼影，星光闪烁如幽萤，我徘徊黑暗中，我踟蹰星夜下，我恍如亡命者，我恍如逃囚，暂时脱下铁锁和镣铐。不必伤繁华如梦——只这一天寒星，这一地冷雾，已使我万念成灰，心事如冰！

窗外的春光

　　几天不曾见太阳的影子，沉闷包围了她的心。今早从梦中醒来，睁开眼，一线耀眼的阳光已映射在她红色的壁上，连忙披衣起来，走到窗前，把洒着花影的素幔拉开。前几天种的素心兰，已经开了几朵，淡绿色的瓣儿，衬了一颗朱红色的花心，风致真特别，即所谓"冰洁花丛艳小莲，红心一缕更嫣然"了。同时一股沁人心脾的幽香，喷鼻醒脑，平板的周遭，立刻涌起波动，春神的薄翼，似乎已扇动了全世界凝滞的灵魂。

　　说不出是喜悦，还是惆怅，但是一颗心灵涨得满满的，——莫非是满园春色关不住，——不，这连她自己都不能相信；然而仅仅是为了一些过去的眷恋，而使这颗心不能安定吧！本来人生如梦，在她过去的生活中，有多少梦影已经模糊了，就是从前曾使她惆怅过，甚至于流泪的那种情绪，现在也差不多消逝净尽，就是不曾消逝的而在她心头的意义上，也已经变了色调，那就是说从前以为严重了不得的事，现在看来，也许仅仅只是一些幼稚的可笑罢了！

　　兰花的清香，又是一阵浓厚地包袭过来，几只蜜蜂嗡嗡地在花旁兜着圈子，她深切地意识到，窗外已充满了春光；同时二十年前的一个梦影，从那深埋的心底复活了。

　　一个仅仅十零岁的孩子，为了脾气的古怪，不被家人们的了解，于是把她送到一所囚牢似的教会学校去寄宿。那学校的校长是美国人——一个五十岁的老处女，对于孩子们管得异常严厉，整月整年不许孩子走出那所筑建庄严的楼房外去。四围的环境又是异样的枯燥，院子是一片沙土地；在角落里时时可以发现被孩子们踏陷的深坑，坑里纵横着人体

018

的骨骼，没有树也没有花，所以也永远听不见鸟儿的歌曲。

春风有时也许可怜孩子们的寂寞吧！在那洒过春雨的土地上，吹出一些青草来——有一种名叫"辣辣棍棍"的，那草根有些甜辣的味儿，孩子们常常伏在地上，寻找这种草根，放在口里细细地嚼咀；这可算是春给她们特别的恩惠了！

那个孤零的孩子，处在这种阴森冷漠的环境里，更是倔强，没有朋友，在她那小小的心灵中，虽然还不曾认识什么是世界；也不会给这个世界一个估价，不过她总觉得自己所处的这个世界，是有些乏味；她追求另一个世界。在一个春风吹得最起劲的时候，她的心也燃烧着更热烈的希冀。但是这所囚牢似的学校，那一对黑漆的大门仍然严严地关着，就连从门缝看看外面的世界，也只是一个梦想。于是在下课后，她独自跑到地窖里去——那是一个更森严可怕的地方——四围是石板做的墙，房顶也是冷冰冰的大石板，走进去便有一股冷气袭上来，可是在她的心里，总觉得比那死气沉沉的校舍，多少有些神秘性吧。最能引诱她当然还是那几扇矮小的窗子，因为窗子外就是一座花园。这一天她忽然看见窗前一丛蝴蝶兰和金钟罩，已经盛开了，这算给了她一个大诱惑，自从发现了这窗外的春光后，这个孤零的孩子，在她生命上，也开了一朵光明的花，她每天像一只猫儿般，只要有工夫，便蜷伏在那地窖的窗子上，默然地幻想着窗外神秘的世界。

她没有哲学家那种富有根据的想象，也没有科学家那种理智的头脑，她小小的心，只是被一种天所赋予的热情紧咬着。她觉得自己所坐着的这个地窖，就是所谓人间吧——一切都是冷硬淡漠，而那窗子外的世界却不一样了。那里一切都是美丽的，和谐的，自由的吧！她欣羡着那外面的神秘世界，于是那小小的灵魂，每每跟着春风，一同飞翔了。她觉得自己变成一只蝴蝶，在那盛开着美丽的花丛中翱翔着，有时她觉得自己是一只小鸟，直扑天空，伏在柔软的白云间甜睡着。她整日支着颐，不动不响地尽量陶醉，直到夕阳逃到山背后，大地垂下黑幕时，她才快快地离开那灵魂的休憩地，回到陌生的校舍里去。

　　她每日每日照例地到地窖里来，——一直过完了整个的春天。忽然她看见蝴蝶兰残了，金钟罩也倒了头，只剩下一丛深碧的叶子，苍茂地在薰风里撼动着，那时她竟莫名其妙地流下眼泪来。这孩子真古怪得可以，十零岁的孩子前途正远大着呢，这春老花残，绿肥红瘦，怎能惹起她那么深切的悲感呢？！但是孩子从小就是这样古怪，因此她被家人所摒弃，同时也被社会所摒弃。在她的童年里，便只能在梦境里寻求安慰和快乐，一直到她是否认现实世界的一切，她终成了一个疏狂孤介的人。在她三十年的岁月里，只有这些片段的梦境，维系着她的生命。

　　阳光渐渐地已移到那素心兰上，这目前的窗外春光，撩拨起她童年的眷恋，她深深地叹息了："唉，多缺陷的现实的世界呵！在这春神努力地创造美丽的刹那间，你也想遮饰起你的丑恶吗？人类假使连这些梦影般的安慰也没有，我真不知道人们怎能延续他们的生命哟！"

　　但愿这窗外的春光，永驻人间吧！她这样虔诚地默祝着，素心兰像是解意般地向她点着头。

夜 的 奇 迹

　　宇宙僵卧在夜的暗影之下，我悄悄地逃到这黝黑的林丛，——群星无言，孤月沉默，只有山隙中的流泉潺潺溅溅地悲鸣，仿佛孤独的夜莺在哀泣。

　　山巅古寺危立在白云间，刺心的钟磬，断续地穿过寒林，我如受弹伤的猛虎，奋力地跃起，由山麓窜到山巅，我追寻完整的生命，我追寻自由的灵魂，但是夜的暗影，如厚幔般围裹住，一切都显示着不可挽救的悲哀。吁！我何爱惜这被苦难剥蚀将尽的尸骸？我发狂似的奔回林丛，脱去身上血迹斑斓的征衣，我向群星忏悔。我向悲涛哭诉！

这时流云停止了前进，群星忘记了闪烁，山泉也住了呜咽，一切一切都沉入死寂！

我绕过丛林，不期来到碧海之滨，呵！神秘的宇宙，在这里我发现了夜的奇迹！黝黑的夜幔轻轻地拉开，群星吐着清幽的亮光，孤月也踯躅于云间，白色的海浪吻着翡翠的岛屿，五彩缤纷的花丛中隐约见美丽的仙女在歌舞。她们显示着生命的活跃与神妙！

我惊奇，我迷惘，夜的暗影下，何来如此的奇迹！

我怔立海滨，注视那岛屿上的美景，忽然从海里涌起一股凶浪，将岛屿全个淹没，一切一切又都沉入在死寂！

我依然回到黝黑的林丛，——群星无言，孤月沉默，只有山隙中的流泉潺潺溅溅地悲鸣，仿佛孤独的夜莺在哀泣。

吁！宇宙布满了罗网，任我百般挣扎，努力地追寻，而完整的生命只如昙花一现，最后依然消逝于恶浪，埋葬于尘海之心，自由的灵魂，永远是夜的奇迹！——在色相的人间，只有污秽与残骸，吁！我何爱惜这被苦难剥蚀将尽的尸骸——总有一天，我将焚毁于自己郁怒的灵焰，抛这不值一钱的脓血之躯，因此而释放我可怜的灵魂！

这时我将摘下北斗，抛向阴霾满布的尘海。

我将永远歌颂这夜的奇迹！

夏 的 歌 颂

出汗不见得是很坏的生活吧，全身感到一种特别的轻松。尤其是出了汗去洗澡，更有无穷的舒畅，仅仅为了这一点，我也要歌颂夏天。

其久被压迫，而要挣扎过——而且要很坦然地过去，这也不是毫无意义的生活吧，——春天是使人柔困，四肢瘫软，好像受了酒精的毒，再无法振作；秋天呢，又太高爽，轻松使人忘记了世界上有骆驼——说到骆驼，谁也忘不了它那高峰凹谷之间的重载，和那慢腾腾，不尤不怨地往前走的姿势吧！冬天虽然是风雪严厉，但头脑尚不受压扎。只有夏天，它是无隙不入地压迫你，你每一个毛孔，每一根神经，都受着重大的压扎；同时还有臭虫蚊子苍蝇助虐的四面夹攻，这种极度紧张的夏日生活，正是训练人类变成更坚强而有力量的生物。因此我又不得不歌颂夏天！

二十世纪的人类，正度着夏天的生活——纵然有少数阶级，他们是超越天然，而过着四季如春享乐的生活，但这太暂时了，时代的轮子，不久就要把这特殊的阶级碎为齑粉！——夏天的生活是极度紧张而严重，人类必要努力地挣扎过，尤其是我们中国不论士农工商军，哪一个不是喘着气，出着汗，与紧张压迫的生活拼命呢？脆弱的人群中，也许有诅咒，但我却以为只有虔敬地承受，我们尽量地出汗，我们尽量地发泄我们生命之力，最后我们的汗液，便是甘霖的源泉，这炎威逼人的夏天，将被这无尽的甘霖所毁灭，世界变成清明爽朗。

夏天是人类生活中，最雄伟壮烈的一个阶段，因此，我永远地歌颂它。

第二篇 锦瑟流年感凡间

几 句 实 话

　　一个终朝在风尘中奔波倦了的人，居然能得到与名山为伍、清波作伴的机会，难道说不是获天之福吗？不错，我是该满意了！——回想起从前在北平充一个小教员，每天起早困晚，吃白粉条害咳嗽还不算，晚上改削那山积般的文卷真够人烦。而今呵，多么幸运！住在山清水秀的西子湖边，推窗可以直窥湖心；风云变化，烟波起伏，都能尽览无余。至于夕阳晚照，渔樵归休，游侣行歌互答，又是怎样美妙的环境呢！

　　但是冤枉，这两个月以来，我过的，却不是这种生活。最大的原因，湖色山光，填不满我的饥肠辘辘。为了吃饭，我与一支笔杆儿结了不解缘，一时一刻离不开它。如是，自然没有心情、时间去领略自然之美了。——所以我这才明白，吟风弄月，充风流名士，那只有资产阶级配享受，贫寒如我，那只好算了吧，算了吧！

　　那么，我现在过的又是什么生活呢？——每天早晨起来，好歹吃上两碗白米粥，花生米嚼得喷鼻香，惯会和穷人捣乱的肚子算是有了交代。于是往太师椅上一坐，打开抽屉，东京带回来的漂亮稿纸，还有一大堆，这很够我造谣言发牢骚用的了。于是由那暂充笔筒用的绿瓷花瓶里，请出那三寸小毛锥，开宗明义第一件事，是瞪着眼，东张西望，搜寻一个好题目。——这真有点不易，至少要懂点心理学，才好捉摸到编辑先生的脾味；不然题目不对眼，恼了编辑先生，一声"狗屁"，也许把它扔在字纸篓里换火柴去。好容易找到又新鲜又时髦的题目了，那么写吧。一行，两行，三行，……一直写满了一张稿纸。差不多六百字，这要是运气好，就能换到块把大洋。如是来上十几页，这个月的开销不愁了。想到这里，脸上充满了欣慰之色。但是且慢高兴！昨天刮了一顿西北风，天气骤然冷下来，回头看看床上，只有一床棉被，不够暖。无论如何，要添做一床才过得去。

再说厨房里的老叶，今早来报告：柴快没了；煤只剩了几块；米也该叫了。这一道催命符真凶，立刻把我的文思赶跑了。脑子里塞满了债主自私的刻薄的面相，和一切未来的不幸。……不能写了，放下笔吧！不成，那更是饥荒！勉强的东拉西凑吧。夜深了，头昏眼花，膀子疼，腰杆酸，"哎呀"真不行了，明天再说吧！数数稿纸，只写了四张半，每张六百字，再除去空白，整整还不到两千五百字。棉被还是没着落，窗外的北风，仍然虎吼狼啸，更觉单衾欠暖。然而真困，还是睡下吧。把一件大衣盖在被上，幸喜睡魔光顾得快，倒下头来便梦入黑甜。我正在好睡，忽听扑通一声，把我惊醒。翻身爬起来一看：原来是小花猫把热水瓶打倒了。这个家伙真可恨，好容易花一块多钱买了一只热水瓶，还没有用上几天，就被它毁了，真叫作"活该"！我气哼哼地把小花猫摔了出去，再躺下睡，这一来可睡不着了。忽见隔床上的他，从睡梦里跳起有半尺高，一连跳了五六下，我连忙叫醒他说："你梦见什么了，怎么睡梦里跳起来？"他"哎哟"了一声道："真累死我了！我梦见爬了多少座高高低低的山峰，此刻还觉得一身酸痛！"

"唉！不用说了，你白天翻了多少书？……大概是累狠了？！"他说："是了。我今天差不多写了五千字吧！"

"明天还是少写点好。"我说。

"不过今天已经十五了，房钱电灯钱都还没有着落，少写行吗？"

我听了这话不能再勉强安慰他了。大半夜，我只是为这些问题盘算，直到天色发白时，我才又睡着了。

八点半了，他把我喊醒。我一睁眼看太阳光已晒在窗子上，我知道时候不早了。连忙起来，胡乱吃了粥，就打算继续写下去，但是当我坐在太师椅上时，我觉得我的头部，比压了一块铅板还重，眼睛发花，耳朵发聋。不写吧，真怕到月底没法交代；写吧，没有灵感不用说，头疼得也真支不住。但是生活的压迫，使我到底屈服了。一手抱着将要爆裂的头，一手不停地写下去。连我自己都不知道我在纸上画的是什么？——"苦闷可以产生好文艺"，在无可如何之时，我便拿它来自慰！来解嘲！

这时他由街上回来，看见我那狼狈相，便说道："你又头疼了吧，快不要写，去歇歇呀！——我译的小说稿已经寄去了，月底一定可以领到稿费。我想这篇稿子译得不错，大约总可以卖到十五块钱，屉子里还有五块，凑合着也就过去了。"

"唉！只要能凑合着过去，我还愁什么？但是上个月我们寄出去三四万字的稿子，到现在只收回十几块钱，谁晓得月底又是怎样呢？只好多写些，希望还多点，也许可以碰到一两处给钱的就好了！"

他平常是喜说喜笑，这一来也只有皱了一双眉头道："你本来身体就不好，所以才辞去教员不干，到这里休养。谁想到卖文章度日，竟有这些说不出的压扎的苦楚！早知道这样，打死我也不想充什么诗人艺术家了。……怎么人家菊池宽就那么走红运，住洋房坐汽车，在飞机上打麻雀！……"

"……唉！吃饭是人生的大问题，——非天才要吃饭，天才也要吃饭，为了吃饭去奋斗，绝大的天才都不免要被埋葬；何况本来只有两三分天才的作家，最后恐怕要变成白痴了……"我像煞有些愤慨似的发着牢骚，同时我的头部更加不舒服起来。他叫我不要乱思胡想，立刻要我去睡觉。我呢，也真支不住了，睡去吧！正在有些迷糊的时候，邮差送信来了。我拆开一看，正是从北平一个朋友处寄来的，他说："听说你近状很窘，还是回来教书吧！文艺家那么容易做？尤其在我们贵国！……"

不错，从今天起，我要烧掉和我缔了盟约的那一支造谣言的毛锥子，规规矩矩去为人之师，混碗饱饭吃，等到哪天发了横财，我再来充天才作家吧！正是"放下毛锥，立地得救"。哈哈！善哉！

灵魂的伤痕

我没有事情的时候，往往喜欢独坐深思，这时我便把我自己站在高高的地方，——暂且和那旅馆作别，不轩敞的屋子——矮小的身体——和深闭的窗子——两只懒睁开的眼睛——我远远地望着，觉得也有可留恋的地方，所以我虽然和他是暂别，也不忍离他太远，不过在比较光亮的地方，玩耍些时，也就回来了。

有一次我又和我的旅馆分别了，我站在月亮光底下，月亮光的澄澈便照见了我的全灵魂。这时自己很骄傲的，心想我在那矮小旅馆里，住得真够了，我的腰向来没伸直过，我的头向来没抬起来过，我就没有看见完全的我，到底是什么样子，今天夜里我可以伸腰了！我可以抬头了！我可以看见我自己了！月亮就仿佛是反光镜，我站在他的面前，我是透明的，我细细看着月亮中透明，自己十分地得意。后来我忽发见在我的心房的那里，有一个和豆子般的黑点，我不禁吓了一跳，不禁用手去摩，谁知不动还好，越动着这个黑点越大，并且觉得微微发痛了！黑点的扩张竟把月亮遮了一半，在那黑点的圈子里，不很清楚的影片一张一张地过去了，我把我所看见的记下来：——

眼前一所学校门口挂着一个木牌，写的是"京都市立高等女学校"。我走进门来，觉得太阳光很强，天气有些燥热，外围的气压，使得我异常沉闷，我到讲堂里看她们上课，有的做刺绣，有的做裁缝，有的做算学，她们十分地忙碌，我十分地不耐烦，我便悄悄地出了课堂的门，独

028

自站在院子里，想藉着松林里吹来的风，和绿草送过来的草花香，医医我心头的燥闷。不久下堂了，许多学生站在石阶上，和我同进去的参观的同学也出来了，我们正和她们站个面对面，她们对我们做好奇的观望，我们也不转眼地看着她们。在她们中间，有一个穿着紫色衣裙的学生，走过来和我们谈话，然而她用的是日本语言，我们一句也不能领悟，石阶上她的同学们都拍着手笑了。她羞红了两颊，低头不语，后来竟用手巾拭起泪来，我们满心罩住疑云，狭窄的心，也几乎迸出急泪来！

我们彼此忙忙地过了些时，她忽然蹲在地下，用一块石头子，在土地上写道："我是中国厦门人。"这几个字打到大家眼睛里的时候，都不禁发出一声惊喜，又含着悲哀的叹声来！

那时候我站在那学生的对面，心里似喜似悲的情绪，又勾起我无穷的深思。我想，我这次离开我自己的家乡，到此地来，不是孤寂的，我有许多同伴，我，不是漂泊天涯的客子，我为什么见了她——听说是同乡，我就受了偌大的刺激呢？……但是想是如此想，无奈理性制不住感情。当她告诉我，她在这里，好像海边一只雁那么孤单，我竟为她哭了。她说她想说北京话，而不能说，使她的心急得碎了，我更为她止不住泪了！她又说她的父母现在住在台湾，她自幼就看见台湾不幸的民族的苦况，……她知道在那里永没有发展的机会，所以她才留学到此地来，……但她不时思念祖国，好像想她的母亲一样，她更想到北京去，只恨没有能力，见了我们增无限的凄楚！她伤心得哭肿了眼睛，我看着她那暗淡的面容，莹莹的泪光；我实在觉得十分刺心，我亦不忍往下看了，也忍不住往下听了！我一个人走开了，无意中来到一株姿势苍老的松树底下来。在那树荫下，有一块平滑的白石头，石头旁边有一株血般的红的杜鹃花，正迎风作势；我就坐在石上，对花出神；无奈兴奋的情绪，正好像开了机关的车轮，不绝地旋转。我想到她孤身做客——她也许有很好的朋友，但是不自然的藩篱，已从天地开始，就布置了人间，她和她们能否相容，谁敢回答呵！

　　她说她父亲现在台湾，使我不禁更想到台湾，我的朋友招治，——她是一个台湾人——曾和我说："进了台湾的海口，便失了天赋的自由：若果是有血气的台湾人，一定要为应得的自由而奋起，不至像夜般的消沉！"唉！这话能够细想吗？我没有看见台湾人的血，但是我却看见眼前和血一般的杜鹃花了；我没有听见台湾人的悲啼，我却听见天边的孤雁嘹栗的哀鸣了！

　　呵！人心是肉做的。谁禁得起铁锤打，热炎焚呢？我听见我心血的奔腾了，我感到我鼻管的酸辣了！我也觉得热泪是缘两颊流下来了！

　　天赋我思想的能力，我不能使他不想；天赋我沸腾的热血，我不能使他不沸；天赋我泪泉我不能使他不流！

　　呵！热血沸了！

　　泪泉涌了！

　　我不怕人们的冷嘲，也不怕泪泉有干枯的时候。

　　呵！热血不住地沸吧！

　　泪泉不竭地流吧！

　　万事都一瞥过去了，只灵魂的伤痕，深深地印着！

月下的回忆

　　晚凉的时候，困倦的睡魔都退避了，我们便乘兴登大连的南山，在南山之巅，可以看见大连全市。我们出发的时候，已经是暮色苍茫，看不见娇媚的夕阳影子了。登山的时候，眼前模糊，只隐约能辨人影；漱玉穿着高底皮鞋，几次要摔倒，都被淡如扶住，因此每人都存了戒心，不敢大意了。

到了山巅，大连全市的电灯，如中宵的繁星般，密密层层满布太空，淡如说是钻石缀成的大衣，披在淡装的素娥身上；漱玉说比得不确，不如说我们乘了云梯，到了清虚上界，下望诸星，吐豪光千丈的情景为逼真些。

他们两人的争论，无形中引动我们的幻想，子豪仰天吟道："举首问明月，不知天上今夕是何年？"她的吟声未竭，大家的心灵都被打动了，互相问道："今天是阴历几时？有月亮吗？"有的说十五；有的说十七；有的说十六，漱玉高声道："不用争了。今日是十六，不信看我的日记本去！"子豪说："既是十六，月光应当还是圆的，怎么这时候还没有看见出来呢？"淡如说："你看那两个山峰的中间一片红润；不是月亮将要出来的预兆吗？"我们集中目力，都望那边看去了，果见那红光越来越红，半边灼灼的天，像是着了火，我们静悄悄地望了些时，那月儿已露出一角来了；颜色和丹砂一般红，渐渐大了也渐渐淡了，约有五分钟的时候，全个团团的月儿，已经高高站在南山之巅，下窥芸芸众生了。我们都拍着手，表示欢迎的意思；子豪说："是我们多情欢迎明月？还是明月多情，见我们深夜登山来欢迎我们呢？"这个问题提出来后，大家议论的声音，立刻破了深山的寂静和夜的消沉，那酣眠高枝的鹧鸪也吓得飞起来了。

淡如最喜欢在清澈的月下，妩媚的花前，作苍凉的声音读诗吟词，这时又在那里高唱南唐李后主的《虞美人》，诵到"故国不堪回首月明中"声调更加凄楚；这声调随着空气震荡，更轻轻浸进我的心灵深处；对着现在玄妙笼月的南山的大连，不禁更回想到三日前所看见污浊充满的大连，不能不生一种深刻的回忆了！

在一个广场上，有无数的儿童，拿着几个球在那里横穿竖冲地乱跑，不久铃声响了，一个一个和一群蜜蜂般地涌进学校门去了；当他们往里走的时候，我脑膜上已经张好了白幕，专等照这形形式式的电影；

顽皮没有礼貌的行动，憔悴带黄色的面庞，受压迫含抑闷的眼光，一色色都从我面前过去了，印入心幕了。

进了课堂，里头坐着五十多个学生，一个三十多岁，有一点胡须的男教员，正在那里讲历史，"支那[1]之部"四个字端端正正写在黑板上；我心里忽然一动，我想大连是谁的地方啊？用的可是日本的教科书——教书的又是日本教员——这本来没有什么，教育和学问是没有国界的，除了政治的臭味——它是不许藩篱这边的人和藩篱那边的人握手以外，人们的心都和电流一般相通的——这个很自然……

"这是哪里来的，不是日本人吗？"靠着我站在这边的两个小学生在那窃窃私语，遂打断我的思路，只留心听他们的谈话。过了些时，那个较小的学生说："这是支那北京来的，你没有看见先生在揭示板写的告白吗？"我听了这口气真奇怪，分明是日本人的口气，原来大连人已受了软化了吗？不久，我们出了这课堂，孩子们的谈论听不见了。

那一天晚上，我们住的房子里，灯光格外明亮；在灯光之下有一个瘦长脸的男子，在那里指手画脚演说："诸君！诸君！你们知道用吗啡焙成的果子，给人吃了，比那百万雄兵的毒还要大吗？教育是好名词，然而这种含毒质的教育，正和吗啡果相同……你们知道吗？大连的孩子谁也不晓得有中华民国呵！他们已经中了吗啡果的毒了！

"中了毒无论怎样，终久是要发作的，你看那一条街上是西岗子一连有一千余家的暗娼，是谁开的？原来是保护治安的警察老爷和暗探老爷们勾通地棍办的，警察老爷和暗探老爷，都是吃了吗啡果子的大连公学校的卒业生呵！"

他说到那里，两个拳头不住在桌上乱击，口里不住地诅咒，眼泪不竭地涌出，一颗赤心几乎从嘴里跳了出来！歇了一歇他又说：——

"我有一个朋友，在一天下午，从西岗子路过；就见那灰色的墙根

---

[1] 支那：近代日本侵略者对中国的蔑称。直至 1946 年，日本政府才向国内出版单位发布禁止使用"支那"一词的通知。

底下每一家的门口，都有一个邪形鸩面的男子蹲在那里，看见他走过去的时候，由第一个人起，连续着打起呼啸来；这种奇异的暗号，真是使人惊吓，好像一群恶魔要捕人的神气；更奇怪的，打过这呼啸以后立刻各家的门又都开了：有妖态荡气的妇人，向外探头；我那个朋友，看见她们那种样子，已明白她们要强留客人的意思，只得低下头，急急走过；经过她们门前，有的捉他的衣袖，有的和他调笑，幸亏他穿的是西装，她们不知道他到底是什么来历，不敢过于造次，他才得脱了虎口。当他才走出胡同口的时候，从胡同的那一头，来了一个穿着黄灰色短衣裤的工人；他们依样地做那呼啸的暗号，他回头一看，那人已被东首第二家的一个高颧骨的妇人拖进去了！"

唉！这不是吗啡果的种子，开的沉沦的花吗？

我正在回忆从前的种种，忽漱玉在我肩上击了一下说："好好的月亮不看，却在这漆黑树影底下发什么怔。"

漱玉的话打断我的回忆，现在我不再想什么了，东西张望，只怕辜负了眼前的美景！

远远地海水放出寒栗的光芒来；我寄我的深愁于流水，我将我的苦闷付清光；只是那多事的月亮，无论如何把我尘浊的影子，清清楚楚反射在那块白石头上；我对着她，好像怜她，又好像恼她；怜她无故受尽了苦痛的磨折，恨她为什么自己要着迹，若没这有形的她，也没有这影子的她了；无形无迹，又何至被有形有迹的世界折磨呢？……连累得我的灵魂受苦恼……

夜深了！月儿的影子偏了，我们又从来处去了。

醉　后

——最是恼人拼酒，欲浇愁偏惹愁！回看血泪相和流。

我是世界上最怯弱的一个，我虽然硬着头皮说"我的泪泉干了，再不愿向人间流一滴半滴眼泪"，因此我曾博得"英雄"的称许，在那强振作的当儿，何尝不是气概轩昂……

北京城到了，黄褐色的飞尘下，掩抑着琥珀墙、琉璃瓦的房屋，疲骡瘦马，拉着笨重的煤车，一步一颠地在那坑陷不平的土道上，努力地走着；似曾相识的人们，坐着人力车，风驰电掣般跑过去了……一切不曾改观。可是疲惫的归燕呵，在那堆浪涌波的灵海里，都觉到十三分的凄惶呢！

车子走过顺城根，看见三四匹矮驴，摇动着它们项下琅琅的金铃，傲然向我冷笑，似笑我转战多年的败军，还鼓得起从前的兴致吗……

正是一个旖旎美妙的春天，学校里放了三天春假，我和涵、盐、琪四个人，披着残月孤星和迷蒙的晨雾奔顺城根来，雇好矮驴，跨上驴背，轻扬竹鞭，得得声紧，西山的路上骤见热闹。这时道旁笼烟含雾的垂柳枝，从我们的头上拂过，娇鸟轻啭歌喉，朝阳美意酣畅，驴儿们驮着这欣悦的青春主人，奔那如花如梦的前程：是何等的兴高采烈……而今怎堪回道！归来的疲燕，裹着满身漂泊的悲哀，无情的瘦驴！请你不要逼视吧！

强抑灵波，防它捣碎了灵海，及至到了旧游的故地，暗淡白墙，陈迹依稀可寻，但沧桑几经的归客，不免被这荆棘般的陈迹，刺破那不曾复元的旧伤，强将泪液咽下，努力地咽下。我曾被人称许是"英雄"哟！

我静静在那里忏悔，我的怯弱，为什么总打不破小我的关头，我记得：我曾想象我是"英雄"的气概，手里拿着明晃晃的雌雄剑，独自站在喜马拉雅的高峰上，傲然地下视人寰。仿佛说：我是为一切的不平，而牺牲我自己的；我是为一切的罪恶，而挥舞我的双剑的呵！"英雄"，伟大的英雄，这是多么可崇拜的，又是多么可欣慰的呢！

但是怯弱的人们，是经不起撩拨的，我的英雄梦正浓酣的时候，波姊来叩我的门，同时我久闭的心门，也为她开了。为什么四年不见，她便如此地憔悴和消瘦？她惝然地说："你还是你呵！"她这一句话，好像是利刃，又好像是百宝匙；她掀开我秘密的心幕，她打开我勉强锁住的泪泉，与一切的烦恼，但是我为了要证实是英雄，到底不曾哭出来。

我们彼此矜持着，默然坐等夜来了。于是我说："波，我们喝它一醉吧！何苦如此扎挣，酒可以蒙盖我们的脸面！"波点头道："我早预备陪你一醉。"于是我们如同疯了一般，一杯，一杯，接连着向唇边送，好像鲸吞鲵饮，也不知道什么时候，把一小坛子的酒吃光了，可是我还举着杯"酒来！酒来！"叫个不休！波握住我拿杯子的手说："隐！你醉了，不要喝了吧！"我被她一提醒，才知道我自己的身子，已经像驾云般支持不住，伏在她的膝上。唉！我一身的筋肉松弛了，我矜持的心解放了。风寒雪虐的春申江头，涵撒手归真的印影，我更想起萱儿还不曾断奶，便离开她的乳母，扶她父亲的灵柩归去。当她抱着牛奶瓶，宛转哀啼时，我仿佛是受绞刑的荼毒；更加着吴淞江的寒潮凄风，每在我独伴灵帏时，撕碎我抖颤的心。……一向茹苦含辛地扎挣自己，然而醉后，便没有扎挣的力量了，我将我泪泉的水闸开放了，干枯的泪池，立刻波涛汹涌，我尽量地哭，哭那已经摧毁的如梦前程，哭那满尝辛苦的命运，唉！真痛恨呵，我一年以来，不曾这样哭过。但是苦了我的波姊，她也是苦海里浮沉的战将，我们可算是一对"天涯沦落人"。她呜咽着说："隐！你不要哭了，你现在是做客，看人家忌讳！你扎挣着吧！你若果要哭，我们到空郊野外哭去，我陪你到陶然亭哭去。那里是我埋愁葬恨的地方，你也可以借他人酒杯，浇自己块垒，在那里我们可尽量地哭，把天地哭毁灭也好，只求今天你咽下这眼泪去罢！"惭愧！我不知英雄气概抛向哪里去了，恐怕要从喜马拉雅峰，直堕入冰涯愁海里去，我仍然不住地哭，那可怜双鬓如雪的姨母，也不住为她不幸的甥女，老泪频挥，她颤抖着叹息着，于是全屋里的人，都悄默地垂着泪！可怜的萱儿，她对这半疯半醉的母亲，小心儿怯怯地惊颤着，小眼儿怔怔地呆望着。呵！无辜的稚子，母亲对不住你，在别人面前，纵然不英雄些，还没有多大羞愧，只有在萱儿面前不英雄，使她天真未凿的心灵里，了解伤心，甚至于陪着流泪，我未免太忍心，而且太罪过了。后来萱儿投在我的怀里，轻轻地将小嘴，吻着泪痕被颊的母亲，她忽然哭了！唉！我诅咒我自己，我愤恨酒，她使我怯弱，使我任性，更使我羞对我的萱儿！我决定止住我的泪液，我领着萱儿走到屋里，只见满屋子月华如水，清光幽韵，又逗起我无限的凄楚，在月姊的清光下，我们的陈迹太多了！我们曾向她诚默地祈祷过；也曾向她悄悄地赌誓过，但如今，月姊照着这漂泊的只影，他呢——人间天上。我如饿虎般地愤怒，紧紧掩上窗纱，我搂着萱儿悄悄地躲在床上，我真不敢想象月姊怎样奚落我。不久萱儿睡着了，我仿佛也进了梦乡，只觉得身上满披着缟素，独自站在波涛起伏的海边，四顾辽阔，没有岸际，没有船只，天上又是蒙着一层浓雾，一切阴森森的。我正在彷徨惊惧的时候，忽见海里涌起一座山来，削壁玲珑，峰崖峻崎，一个女子披着淡蓝色的轻绡，向我微笑点头唱道：

独立苍茫愁何多？
抚景伤漂泊！
繁华如梦，
姹紫嫣红转眼过！

何事伤漂泊！

我听那女子唱完了，正要向她问明来历，忽听霹雳一声，如海倒山倾，吓了我一身冷汗，睁眼一看，波姊正拿着醒酒汤，叫我喝。我恰一转身，不提防把那碗汤碰泼了一地，碗也打得粉碎，我们都不禁笑了。波姊说："下回不要喝酒吧，简直闹得满城风雨！……我早想到见了你，必有一番把戏，但想不到闹得这样凶！还是扎挣着装英雄吧！"

"波姊！放心吧！我不见你，也没有泪，今天我把整个儿的我，在你面前赤裸裸地贡献了，以后自然要装英雄！"波姊拍着我的肩说："天快亮了，月亮都斜了，还不好好睡一觉，病了又是白受罪！睡吧！明天起大家努力着装英雄吧！"

愧

在整理旧稿时，发现了一个孩子给我的信，那是一颗如水晶般透明的心，热诚地贡献给我；而且这个孩子，正走到满是荆棘的园地里，家庭使他受苦，社会又使他惶惑，他那颗稚嫩的心，便开始受伤，隐隐地滴血，正在这时候，他抓住了我，叫道："老师！你领导我呀，你给我些止血的圣药呀！"唉，伟大，这霎时间，在我心灵中闪光，我觉得我的确充实着力量，而且我很愿意，摧毁一切的虚伪，一样地把我赤裸裸的心，贡献于他，于是两颗无疵无瑕的心，携着手，互相地抚摸安慰。

但恶魔从暗陬里闪了进来，把我灵宫中昙花一现的神光遮蔽了，在渐积的世故人情的威权下，我忽略了那孩子所贡献给我的心，他是那样饥饿地盼望我的救助，而我只是淡淡地对他一瞥便躲开了。

残酷的流年，变迁了一切，这颗孩子的心，恐也不免被渐积的世故人情所污染。这自然未必都是我的错，可是在事隔五年的今天，翻出那孩子所给我心的供状。我的脸不禁火般地灼热，我的心难免战抖，呵，我怎能避免良心的鞭策？

而且就是如今，我仍继续着，干这残忍的勾当，我不能如我想象般应付那些透明孩子的心，当他们将纯洁的心泪，流向我面前时，只有我受恩惠，因为在那一霎时，我真烛见无掩无饰的人生，而我又给他们些什么呢？

惭愧，我对于一切的孩子的心抱愧，在这谲诡奸诈的社会里，孩子们从所谓教育家那里所能得到，仅是一些龌龊的人世经验。唉，这个世界上只有孩子才配称得起人们之师吧！

秋　　声

我曾酣睡于温柔芬芳的花心，周围环绕着旖旎的花魂和美丽的梦影；我曾翱翔于星月之宫，我歌唱生命的神秘，那时候正是芳草如茵，人醉青春！

不知几何年月，我为游戏来到人间，我想在这里创造更美丽的梦境，更和谐的人生。谁知不幸，我走的是崎岖的路程，那里没有花没有树，只有墙颓瓦碎的古老禅林，一切法相，也只剩了剥蚀的残身！

我踯躅于憧憧的鬼影之中，眷怀着绮丽的旧梦，忽然吹来一阵歌声，嘹栗而凄清，它似一把神秘的钥匙，掘起我心深处的伤痛。

我如荒山的一颗陨星，从前是有着可贵的光耀，而今已消失无踪！

我如深秋里的一片枯叶，从前虽有着可爱的青葱，而今只飘零随风！

可怕的秋声！世间竟有幸福的人，他们正期望着你的来临，但，请你千万莫向寒窗悲吟，那里面正昏睡着被苦难压迫的病人，他的一切都埋没于华年的匆匆，而今是更荷着一切的悲愁，正奔赴那死的途程。这阵阵的悲吟怕要唤起他葬埋了的心魂，徘徊于哀伤的荒冢！

呵！秋声！你吹破青春的忧境，你唤醒长埋的心魂——这原是运命的播弄，我何敢怒你的残忍！

亡 命

夜半听见藤萝架上沙沙的雨滴声，我曾掀开帐幔向窗外张望，藤萝叶子在黑暗里摆动，仿佛憧憧的鬼影。天容如墨，四境寂寥，心里有些悚然，连忙放下帐幔，翻身向里面睡，床头的挂钟滴答滴答响个不住。心绪如怒潮般地涌掀。从新翻转身来，窗外的雨滴声越发凄紧，依然睡不着。头部微微有些涨闷，眼睛发酸，心里烦躁极了。只得起来，拧亮了电灯，枕旁有临时放的一本《三侠五义》，翻起来看了，但见一行行如黑点般地闪过，一点没有领会到书里的意思。

忽听门外有人走路的脚步声，心房由不得怦怦乱跳，莫非是来逮捕我的吗？……今午庚曾告诉我：市党部有十五起人，告我是反革命，将要逮捕我，承庚的好意叫我出去躲一躲。这真仿佛青天里一个霹雳，不过我又仔细地想了一想，似乎像我这么一个微小的人儿，值不得加上这么一个尊严的罪名，所以我对庚说："也许是人们开玩笑吧？我想不要紧，因为我从没有做过这种活动。……"

但是庚很诚挚地对我说："现在正是一切都在摇动的时候，我看还是走一步好，只当出去玩一趟。"

我说："也好吧！就出去走一趟……不过真冤！"

庚叹息道："好汉不吃眼前亏，……况且熬到有被逮捕的资格也就不错。"

庚这种解嘲的话，使得我们都不自然地惨笑了。当时我就决定第二天早晨到天津去，夜里收拾了一个小藤箱，但是心乱如麻，不知带些什么东西才好，直弄到十二点钟才睡下，正朦胧间，就被雨点惊醒。

真是门外的声音，越来越大，还似乎有人在窃窃耳语。我这时连忙起来，悄悄地把那小藤箱提在手里，只要听见打门，我就从后门逃到我舅舅家里去暂避，我按定乱跳的心，把耳朵向外静静地听着。过了些时，还没有人叫门，而且说话的声音似乎远了，我的心渐渐地平定了，吁了一口气，把小藤箱仍然放在地下，拧了电灯，打算再睡，可是东方已经发白了。要赶六点半的那一趟车，自然睡不成，因轻轻开了房门，把老妈子叫了起来，替我预备脸水，我一面洗脸，一面盘算，我到天津去住在什么地方呢？那里虽也有朋友，但是预先没有写信去通知他们，怎好贸然去搅扰人家？住旅馆？一个人孤孤凄凄……想到这里心绪更乱，怔怔地站了许久，这时候已五点半了。没有办法，到天津再说罢！提着藤箱无精打采地走吧！回头看见罗纱帐里小宝儿，正睡得浓酣，不忍去惊醒她，只悄悄在她额上吻了一吻，心里由不得一阵怅惘，虽然只是暂别，但是她醒来时不见了妈妈……今夜又不见妈妈回来和她同睡，她弱小的灵魂，一定要受重大的打击了。我不禁流泪了，同时我诅咒人类的偏狭，在互相排挤的中间，不知发生多少悲惨的事实。唉！我真愤恨！不由得把藤箱向地下一摔，似乎这样一来，我也总算得了胜利：因为我至少也欺负死几个蚂蚁吧！

车子已经叫来了，我把藤箱放在车上，我年老的姑妈对于这严重亡命，更感觉得情形紧张，她握住我的手，含着眼泪说："这实在是想不到的祸事！但愿你此去平安……并且多方请人疏通，得早些回来！……都要留心！……"我点了点头，要想说话觉得喉头哽咽，连忙跳上车子，不敢抬头向姑妈看，幸喜车夫已经拉起车子如飞地走了。这时候只有五点三刻，街上的行人很少，清凉寂静，我一夜不曾睡的困倦，这时都被晨气驱散了，脑子里种种思想，又一都一幕一幕地涌出来。车子走到十字路口的时候，我忽然转了一念，亡命为什么一定要到天津去，北京地方大得很，谁又准知道我住在哪里？于是我决定无论如何我不离开北京，因告诉车夫，叫他拉我到西长安街去，不久我就在西长安街一家医院门口下车了。——这医院的院长，是我的乡亲，那里房屋很多，——我到医院里，因为时间尚早，我那乡亲还没有来，我只得在会客厅里等着。九点钟的时候，他才来了。我将一切情形和盘托出，请他借我一间房子暂住，从此我就充起病人来了！

这个医院，是临街的三层高楼，在楼上窗子里，可以看见大马路的车马奔驰，并且可以听见隆隆呜呜的车轮和汽笛声。我生性最怕热闹，因在西北角上，选了一间离街较远的屋子，但是推开后窗，依然可以看见大马路上的一切，并且这窗子是朝东的，早晨的太阳正耀人眼目地照射着。天气又非常闷热，我忙把这面窗关上，又加上黑色的帐幔，屋子里的光线立刻微弱了，心神的压迫也似乎轻松些。我坐在一张椅子上，看医院里的佣人，替我换床上的褥单和枕头布，他走后我便睡下了。头顶上的白云一朵朵地向西北飘去，形状变化离奇：有时候像一头伏虎，有时像一条卧龙。……

我因昨夜失眠，今天精神极坏，本想在这隔绝一切的屋子里用一点功，或者写一篇稿子，谁知躺下后，就瘫软得无法起来。而且头昏目眩，似睡非睡地迷沉了一天，到夜晚的时候，街上的声音也比较少点，我起来把前后的窗门都开了。屋里的空气，立刻流通起来，一阵阵的温风，吹拂在我的脸上，神思清楚多了。仰头看见头顶上的天空，好像经海水洗过似的，非常碧清，在那上面缀着成千成万钻石般的星星，我在那繁星之中，找到其中最小的一个，代表我自己，但是同时我又觉得我不止那么一点。我虽然不愿意，但是这黑夜中最光芒，最惹人注意的一颗星……但是事实上，我也不是那最无光，最小的一颗，因为藏在井底的一群蛙，它们都张着阔口向我呱呱地叫，似乎说："你防备着吧！我们都在注意你呢！……你虽然在千万的繁星之中，是最不足轻重的一个，但是我们不敢希冀那第一等的大星的地位，只要我们能取得你的地位，我们已经很够了！"……于是乎我明白了，在这种世界上，我应当由一颗最小而弱的星的地位，悄悄逃出，去做一朵轻巧的云，来去无心，到毫不着迹的时候，便是我得救的时候了。

这思想真太渺茫，不知不觉已走入梦境，梦中我觉得我已真是一朵轻巧的云了。我飘然停在半天空，下面是一片大海，这时一点风都没有，海面上的波纹，轻轻地漾着，清凉的月光，照在这波浪上，闪出奇异的银花，我正想低下来，吻着那可爱的海的时候，忽然从海底跳出一条鳄鱼来，立时鼓起海浪，仿佛山崩地塌般地掀动，澎湃起来，我吓极了。幸喜我这时已是不着迹的行云了！我轻轻浮起，无心地歇在一座山上，那山上正开着五色灿烂的山花，一阵的清香，又引诱我要去和它们接近。忽砰的一声，一个猎人的枪弹，直射在树梢头，那股凶猛的烟焰，把我冲散了。渐渐不是白云了。睁眼一看，依然是个着迹的人类，无精打采地睡在病院的钢丝床上。唉！我明白了！到如今我还只是一个着迹而微弱的人类哟！

我怅惘，我暗暗撕碎了不值一笑的雄心，我捣碎了希望的花蕊，眼前的一切，只是烦闷可怜！

马路上隆隆轧轧的车声，人声，又将我从天空拖到地狱似的人间，在这时候，我没有办法安慰我自己，只想睡去，或者梦里，还有不可捉摸的乐园，任我休养我的沉疴。无奈辗转反侧，再也不能入梦。正在苦闷万分的时候，听见有人敲门，我应道："谁？请进来吧！"门呀的一声开了，我的朋友莉走了进来，她一看见我的脸色，不禁惊叫道："呵！隐，怎么你真病了吧？……脸色青黄得好不怕人！"

"也许是要病了，但是我知道不是身体上的病，你知道我的心是伤上加伤……我如何支持得住呢？……"

"唉！何必呢？什么事看开点就好了，莫非你做了亡命，就使你这样伤心吗？……其实呢，这正足以骄傲，至少你是被人注意了，我们昨天和庚说笑话说你真熬出来了，居然成了时代的大人物了。"

莉说完笑了笑，我呢，也只得报之以苦笑："真的，我不明白，我为什么这样脆弱？常常觉得这个世界上的阴霾太浓重了，如果再压下去，我将要在浓重的阴霾下咽气了。"我这样对莉说。

莉听了我的话也不由得叹了一口气，一时竟想不出说什么话来安慰我才好，那神气彷徨得使我也不忍。我转过脸去，看着窗外，好久好久莉才找到一些话，一些使人咽着眼泪苦笑的话了。她说："这年头可不就是那回事吗？咱们看戏吧，有的是呢，将来也许反叛又成了英雄，……好好地挣扎着干吧！"

"看吧……自然有的是毁裂破碎的悲剧呢！……不过我已经觉得倦了！……"实在的情形，我近来对于什么事，都觉得非常地无聊。在我心里最大的痛苦，是我猜不透人类的心，我所想望的光明，永远只是我自己的想望，不能在第二个人心里，掘出和我同样的想望。本来浅薄的人类，谁不愿意做个被人尊敬爱慕的英雄呢？于是不惜使千万人的枯骨，堆积起来，做成一个高台，将自己高高举起，使万众瞻仰。唉！我没有人们那种魄力，只有深藏在幽秘的芦苇里，听那些磷火悲切的申诉，将我伤了又伤的心，从新一刀刀地宰割了。

今天莉也很不快活，大概是受了我的影响，我们在没话可说的时候，彼此只有对坐默视着，其实呢，我们的悲苦，早已充满了我们的心灵，但是我们不愿意说什么，为了这浅近的语言，实在形容不出我们心头的痛苦。黄昏将近了，莉替我掩上了西边的窗，因为斜阳正射在我的眼上。她走了，屋里格外冷寂，几次走下床来，想在露台上看一看，但是刚走到露台口时，心里一惊，又忙退了回来，仿佛街上来来往往的行人，都将不存善意的眼光投射着我，要拿我开心呢。我忙忙退回，坐在一张藤椅上，我真感到人们对我太冷酷了，我仿佛是孤岛上一只失群的羊，任我咩咩地喊破了喉咙，也没有一个人给我一个同情的应和，并用沿着孤岛的四围的怒浪正伸着巨爪，想伺隙将我拖下海去。

我心里又凄楚，又愤恨，为什么我永远是被摧残的呢？……但是我同时要咒诅我自己太无能了，既是没有人来同情你就该痛快地离开这社会，去寻找较好的社会。现在呢，是又不满意这个社会，却又要留恋着这个社会，多么没出息呵！唉，好愚钝的人类！人们都在酣睡的时候，只有你一个人唱着神曲有什么用呢？你应当大胆敲响他们的门，使他们由噩梦中清醒，然后你的神曲唱得才有意义啊！

我想到这里，我不知不觉流起泪来，这眼泪有忏悔，有彻悟，还有惭愧，种种的意味呢！最后我感谢颠簸的命运，……这不值一笑的亡命，使我发现了应走的新道路。

我深切地祝福使我下次的亡命，比这次有意义，便是绑到天桥吃枪子，也要值得。这一次真是太可耻了，简直不明白为什么，要从家里逃出来，唉，天呵，太滑稽了！

不知不觉在医院又过了一夜，外面一无消息，中午时莉又来看我，她笑道："没事了，回去吧！原来他们所以要逮捕你，是为了要你的地盘，现在你既经退出，他们也就不注意你的个人了，这正是匹夫无罪，怀璧其罪……"

在傍晚的时候，我收拾了桌上乱堆的书籍，从新提起我的小藤箱，惘然地走出了医院的大门。我站在石阶上看来往不绝的行人，我好像和他们隔绝了许久。正在瞭望的时候，远远两个穿西装的青年，向我站的地方走来，举手含笑向我招呼道："隐！你上什么地方？……昨天听人说你到天津去了呵！"

"是的，"我想接下去说今天才回来，但是脸上有些发热，莉又在旁边向我笑，我只得赶忙跳上洋车走了。到了家里，走进我那小别三天的屋子，有说不出来的一种情绪兜上心来……

东　京　小　品

咖　啡　店

　　橙黄色的火云包笼着繁闹的东京市，烈炎飞腾似的太阳，从早晨到黄昏，一直光顾着我的住房；而我的脆弱的神经，仿佛是林丛里的飞萤，喜欢忧郁的青葱，怕那太厉害的阳光，只要太阳来统领了世界，我就变成了冬令的蛰虫，了无生气。这时只有烦躁疲弱无聊占据了我的全意识界；永不见如春波般的灵感荡漾，……呵！压迫下的呻吟，不时打破木然的沉闷。

　　有时勉强振作，拿一本小说在地席上睡下，打算潜心读两行，但是看不到几句，上下眼皮便不由自主地合拢了。这样昏昏沉沉挨到黄昏，太阳似乎已经使尽了威风，渐渐地偃旗息鼓回去，海风也凑趣般吹了来，我的麻木的灵魂，陡然惊觉了。"呵！好一个苦闷的时间，好像换过了一个世纪！"在自叹自伤的声音里，我从地席上爬了起来，走到楼下自来水管前，把头脸用冷水冲洗以后，一层遮住心灵的云翳遂向苍茫的暮色飞去，眼前现出鲜明的天地河山，久已凝闭的云海也慢慢掀起波浪，于是过去的印象和未来的幻影，便一种种地在心幕上开映起来。

　　忽然一阵非常刺耳的东洋音乐不住地送来耳边，使听神经起了一阵痉挛。唉！这是多么奇异的音调，不像幽谷里多灵韵的风声，不像丛林里清脆婉转的鸣鸟之声，也不像碧海青崖旁的激越澎湃之声……而只是为衣食而奋斗的劳苦挣扎之声，虽然有时声带颤动得非常婉妙，使街上的行人不知不觉停止了脚步，但这只是好奇，也许还含着些不自然的压迫，发出无告的呻吟，使那些久受生之困厄的人们同样地叹息。

这奇异的声音正是从我隔壁的咖啡店里一个粉面朱唇的女郎樱口里发出来的。——那所咖啡店是一座狭小的日本式楼房改造成的，在三四天以前，我就看见一张红纸的广告贴在墙上，上面写着本咖啡店择日开张，从那天起，有时看见泥水匠人来洗刷门面，几个年轻精壮的男人布置壁饰和桌椅，一直忙到今天早晨，果然开张了。当我才起来，推开玻璃窗向下看的时候，就见这所咖啡店的门口，两旁放着两张红白夹色纸糊的三角架子，上面各支着一个满缀纸花的华丽的花圈，在门楣上斜插着一枝姿势活泼鲜红色的枫树，沿墙根列着几种松柏和桂花的盆栽，右边临街的窗子垂着淡红色的窗帘，衬着那深咖啡色的墙，真有一种说不出的鲜明艳丽。

在那两个花圈的下端，各缀着一张彩色的广告纸，上面除写着本店即日开张，欢迎主顾以外，还有一条写着"本店用女招待"字样。——我看到这里，不禁回想到西长安街一带的饭馆门口那些红绿纸写的雇用女招待的广告了。呵！原来东方的女儿都有招徕主顾的神通！

我正出神地想着，忽听见叮叮当当的响声，不免寻声看去，只见街心有两个年轻的日本男人，身上披着红红绿绿仿佛袈裟式的半臂，头上顶着像是凉伞似的一个圆东西，手里拿着铙钹，像戏台上的小丑一般，在街心连敲带唱，扭扭捏捏，怪样难描，原来这就是活动的广告。

他们虽然这样辛苦经营，然而从清晨到中午还不见一个顾客光临，门前除却他们自己做出热闹声外，其余依然是冷清清的。

黄昏到了，美丽的阳光斜映在咖啡店的墙隅，淡红色的窗帘被晚凉的海风吹得飘了起来，隐约可见房里有三个年轻的女人盘膝跪在地席上，对着一面大菱花镜，细细地擦脸，涂粉，画眉，点胭脂，然后袒开前胸，又厚厚地涂了一层白粉，远远看过去真是"肤如凝脂，领如蝤蛴"，然而近看时就不免有石灰墙和泥塑美人之感了。其中有一个是梳着两条辫子的，比较最年轻也最漂亮，在打扮头脸之后，换了一身藕荷色的衣服，腰里拴一条橙黄色白花的腰带，背上驮着一个包袱似的东西，然后款摆着柳条似的腰肢，慢慢下楼来，站在咖啡店的门口，向着来往的行人"巧笑倩兮，美目盼兮"，大施其外交手段。果然没有经过多久，就进去两个穿和服木屐的男人。从此冷清清的咖啡店里骤然笙箫并奏，笑语杂作起来。有时那个穿藕荷色衣服的雏儿唱着时髦的爱情曲儿，灯红酒绿，直闹到深夜兀自不散。而我呢，一双眼的上眼皮和下眼皮简直分不开来，也顾不得看个水落石出。总而言之，想钱的钱到手，赏心的开了心，圆满因果，如是而已，只应合十念一声"善哉！"好了，何必神经过敏，发些牢骚，自讨苦趣呢！

庙　　会

正是秋雨之后，天空的雨点虽然停了，而阴云兀自密布太虚。夜晚时的西方的天，被东京市内的万家灯火照得起了一层乌灰的绛红色。晚饭后，我们照例要到左近的森林中去散步。这时地上的雨水还不曾干，我们各人都换上破旧的皮鞋，拿着雨伞，踏着泥滑的石子路走去。不久就到了那高矗入云的松林里。林木中间有一座土地庙，平常时都是很清静地闭着山门，今夜却见庙门大开，门口挂着两盏大纸灯笼。上面写着几个蓝色的字——天主社——庙里面灯火照耀如同白昼，正殿上搭起一个简单的戏台，有几个戴着假面具穿着彩衣的男人——那面具有的像龟精鳖怪，有的像判官小鬼，大约有四五个人，忽坐忽立，指手画脚地在那里扮演，可惜我们语言不通，始终不明白他们演的是什么戏文。看来看去，总感不到什么趣味，于是又到别处去随喜。在一间日本式的房子前，围着高才及肩的矮矮的木栅栏，里面设着个神龛，供奉的大约就是土地爷了。可是我找了许久，也没找见土地爷的法身，只有一个圆形铜制的牌子悬在中间，那上面似乎还刻着几个字，离得远，我也认不出是否写着本土地神位，——反正是一位神明的象征罢了。在那佛龛前面正中的地方悬着一个幡旌似的东西，飘带低低下垂。我们正在仔细揣摩赏鉴的时候，只见一位年纪五十上下的老者走到神龛面前，将那幡旌似的飘带用力扯动，使那上面的铜铃发出零丁之声，然后从钱袋里掏出一个铜钱——不知是十钱的还是五钱的，只见他便向佛龛内一甩，顿时发出铿锵的声响，他合掌向神前三击之后，闭眼凝神，躬身膜拜，约过一分钟，又合掌连击三声，这才慢步离开神龛，心安意得地走去了。

自从这位老者走后，接二连三来了许多人，男的女的，老的少的，——还有尚在娘怀抱里的婴孩也跟着母亲向神前祈祷求福，凡来顶礼的人都向佛龛中舍钱布施。还有一个年纪二十多岁的女人，身上穿着白色的围裙，手中捧着一个木质的饭屉，满满装着白米，向神座前贡献。礼毕，那位道袍秃顶的执事僧将饭屉接过去，那位善心的女施主便满面欣慰地退出。

我们看了这些善男信女礼佛的神气，不由得也满心紧张起来，似乎冥冥之中真有若干神明，他们的权威足以支配昏昧的人群，所以在人生的道途上，只要能逢山开路，见庙烧香，便可获福无穷了。不然，自己劳苦得来的银钱柴米，怎么便肯轻轻易易双手奉给僧道享受呢？神秘的宇宙！不可解释的人心！

我正在发呆思量的时候，不提防同来的建扯了我的衣襟一下，我不禁"呀"了一声，出窍的魂灵儿这才复了原位，我便问道："怎么？"建含笑道："你在想什么？好像进了梦境，莫非神经病发作了吗？"我被他说得也好笑起来，便一同离开神龛到后面去观光。吓！那地方更是非常热闹，有许多倩装艳服，然而脚着木屐的日本女人，在那里购买零食的也有，吃冰激凌的也有。其中还有几个西装的少女，脚上穿着长筒丝袜和皮鞋，——据说这是日本的新女性，也在人丛里挤来挤去，说不定是来参礼的，还是也和我们一样来看热闹的。总之，这个小小的土地庙里，在这个时候是包罗万象的。不过倘使佛有眼睛，瞧见我满脸狐疑，一定要瞪我几眼吧。

迷信——具有伟大的威权，尤其是当一个人在倒霉不得意的时候，或者在心灵失却依据徘徊歧路的时候，神明便成为人心的主宰了。我有时也曾经历过这种无归宿而想象归宿的滋味，然而这在我只像电光一瞥，不能坚持久远的。

说到这里，使我想起童年的时候——我在北平一个教会学校读书，那一个秋天，正遇着耶稣教徒的复兴会，——期间是一来复。在这一来复中，每日三次大祈祷，将平日所做亏心欺人的罪恶向耶稣基督忏悔，如是，以前的一切罪恶便从此洗涤尽净，——哪怕你是个杀人放火的强盗，只要能悔罪便可得救，虽然是苦了倒霉钉在十字架的耶稣，然而那是上帝的旨意，叫他来舍身救世的，这是耶稣的光荣，人们的福音。——这种无私的教理，当时很能打动我弱小的心弦，我觉得耶稣太伟大了，而且法力无边，凡是人类的困苦艰难，只要求他，便一切都好了。所以当我被他们强迫地跪在礼拜堂里向上帝祈祷时，——我是无情无绪的正要到梦乡去逛逛，恰巧我们的校长朱老太太颤颤巍巍走到我面前也一同跪下，并且抚着我的肩说："呵！可怜的小羊，上帝正是我们的牧羊人，你快些到他的面前去罢，他是仁爱的伟大的呵！"我听了她那热烈诚挚的声音，竟莫名其妙地怕起来了，好像受了催眠术，觉得真有这么一个上帝，在睁着眼看我呢，于是我就在那些因忏悔而痛哭的人们的哭声中流下泪来了。朱老太太更紧紧地把我搂在怀里说道："不要伤心，上帝是爱你的。只要你虔心地相信他，他无时无刻不在你的左右……"最后她又问我："你信上帝吗？……好像相信我口袋中有一块手巾吗？"我简直不懂这话的意思，不过这时我的心有些空虚，想到母亲因为我太顽皮送我到这个学校来寄宿，自然她是不喜欢我的，倘使有个上帝爱我也不错，于是就回答道："朱校长，我愿意相信上帝在我旁边。"她听了我肯皈依上帝，简直喜欢得跳了起来，一面笑着一面擦着眼泪……从此我便成了耶稣教徒了。不过那年以后，我便离开那个学校，起初还是满心不忘上帝，又过了几年，我脑中上帝的印象便和童年的天真一同失去了。最后我成了个无神论者了。

但是在今晚这样热闹的庙会中，虔诚信心的善男信女使我不知不觉生出无限的感慨，同时又勾起既往迷信上帝的一段事实，觉得大千世界的无量众生，都只是些怯弱可怜的不能自造命运的生物罢了。

在我们回来时，路上依然不少往庙会里去的人，不知不觉又联想到故国的土地庙了，唉！……

邻　　居

别了，繁华的闹市！当我们离开我们从前的住室门口的时候，恰恰是早晨七点钟。那耀眼的朝阳正照在电车线上，发出灿烂的金光，使人想象到不可忍受的闷热。而我们是搭上市外的电车，驰向那屋舍渐稀的郊野去；渐渐看见陂陀起伏的山上，林木葱茏，绿影婆娑，丛竹上满缀着清晨的露珠，兀自向人闪动。一阵阵的野花香扑到脸上来，使人心神爽快。经过三十分钟，便到我们的目的地。

在许多整饬的矮墙里，几株姣艳的玫瑰迎风袅娜，经过这一带碧绿的矮墙南折，便看见那一座郁郁葱葱的松柏林，穿过树林，就是那些小巧精洁的日本式的房屋掩映于万绿丛中。微风吹拂，树影摩荡，明窗净几间，帘幔低垂，一种幽深静默的趣味，顿使人忘记这正是炎威犹存的残夏呢。

我们沿着鹅卵石垒成的马路前进，走百余步，便见斜刺里有一条窄窄的草径，两旁长满了红蓼白荻和狗尾草，草叶上朝露未干，沾衣皆湿。草底鸣虫唧唧，清脆可听。草径尽头一带竹篱，上面攀缘着牵牛茑萝，繁花如锦，清香醉人。就在竹篱内，有一所小小精舍，便是我们的新家了。淡黄色木质的墙壁门窗和米黄色的地席，都是纤尘不染。我们将很简单的家具稍稍布置以后，便很安然地坐下谈天。似乎一个月以来奔波匆忙的心身，此刻才算是安定了。

但我们是怎么的没有受过操持家务的训练呵！虽是一个很简单的厨

房，而在我这一切生疏的人看来，真够严重了。怎样煮饭——一碗米应放多少水，煮肉应当放些什么浇料呵！一切都不懂，只好凭想象力一件件地去尝试。这其中最大的难题是到后院井边去提水，老大的铅桶，满满一桶水真够累人的。我正在提着那亮晶晶发光的水桶不知所措的时候，忽见邻院门口走来一个身躯胖大，满面和气的日本女人，——那正是我们头一次拜访的邻居胖太太——我们不知道她姓什么，可是我们赠送她这个绰号，总是很合适的吧。

她走到我们面前，向我们叽里咕噜说了几句日本话，我们是又聋又哑的外国人，简直一句也不懂，只有瞪着眼向她呆笑。后来她接过我手里的水桶，到井边满满地汲了一桶水，放在我们的新厨房里。她看见我们那些新买来的锅呀、碗呀，上面都微微沾了一点灰尘，她便自动地替我们一件一件洗干净了，又一件件安置得妥妥帖帖，然后她鞠着躬说声サヨウナラ（再见）走了。

据说这位和气的邻居，对中国人特别有感情，她曾经帮中国人做过六七年的事，并且，她曾嫁过一个中国男人，……不过人们谈到她的历史的时候，都带着一种猜度的神气，自然这似乎是一个比较神秘的人儿呢，但无论如何，她是我们的好邻居呵！

她自从认识我们以后，没事便时常过来串门。她来的时候，多半是先到厨房，遇见一堆用过的锅碗放在地板上，或水桶里的水完了，她就不用吩咐地替我们洗碗打水。有时她还拿着些泡菜、辣椒粉之类零星物件送给我们。这种出乎我们意外的热诚，不禁使我有些赧然。

当我没有到日本以前，在天津大阪公司买船票时，为了一张八折的优待券，——那是由北平日本公使馆发出来的——同那个留着小胡子的卖票员捣了许久的麻烦。最后还是拿到天津日本领事馆的公函，他们这才照办了。而买票后找钱的时候，只不过一角钱，那位含着狡狯面相的卖票员竟让我们等了半点多钟。当时我曾赌气牺牲这一角钱，头也不回地离开那里。他们这才似乎有些过不去，连忙喊住我们，从桌子的抽屉里拿出一角钱给我们。这样尖酸刻薄的行为，无处不表现岛国细民的小气。真给我一个永世不会忘记的坏印象。

及至我们上了长城丸（日本船名）时，那两个日本茶房也似乎带着些欺侮人的神气。比如开饭的时候，他们总先给日本人开，然后才轮到中国人。至于那些同渡的日本人，有几个男人嘴脸之间时时表现着夜郎自大的气概，——自然也由于我国人太不争气的缘故。——那些日本女人呢，个个对于男人低首下心，柔顺如一只小羊。这虽然惹不起我们对她们的愤慨，却使我们有些伤心，"世界上最没有个性的女性呵，你们为什么情愿做男子的奴隶和傀儡呢！"我不禁大声地喊着，可惜她们不懂我的话，大约以为我是个疯子吧。

总之，我对于日本人从来没有好感，豺狼虎豹怎样凶狠恶毒，你们是想象得出来的，而我也同样地想象那些日本人呢。

但是不久我便到了东京，并且在东京住了两个礼拜了。我就觉得我太没出息——心眼儿太窄狭，日本人——在我们中国横行的日本人，当然有些可恨，然而在东京我曾遇见过极和蔼忠诚的日本人，他们对我们客气，有礼貌，而且极热心地帮忙，的确的，他们对待一个异国人，实在比我们更有理智更富于同情些。至于做生意的人，无论大小买卖，都是言不二价，童叟无欺，——现在又遇到我们的邻居胖太太，那种慈和忠实的行为，更使我惭愧我的小心眼了。

我们的可爱的邻居，每天当我们煮饭的时候，她就出现在我们的厨房门口。

"奥サン（太太）要水吗？"柔和而熟习的声音每次都激动我对她的感愧。她是怎样无私的人儿呢！有一天晚上，我从街上回来，穿着一件淡青色的绸衫，因为时间已晏，忙着煮饭，也顾不得换衣服，同时又怕弄脏了绸衫，我就找了一块白包袱权作围裙，胡乱地扎在身上，当然这是有些不舒服的。正在这时候，我们的邻居来了。她见了我这种怪样，连忙跑到她自己房里，拿出一件她穿着过于窄小的白围裙送给我，她说："我现在胖了，不能穿这围裙，送给你很好。"她说时，就亲自替我穿上，前后端详了一阵，含笑学着中国话道："很好！很好！"

她胖大的身影，穿过遮住前面房屋的树丛，渐渐地看不见了。而我手里拿着炒菜的勺子，竟怔怔地如同失了魂。唉！我接受了她的礼物，竟忘记向她道谢，只因我接受了她的比衣服更可宝贵的仁爱，将我惊吓住了；我深自忏悔，我知道世界上的人类除了一部分为利欲所沉溺的以外，都有着丰富的同情和纯洁的友谊，人类的大部分毕竟是可爱的呵！

我们的邻居，她再也想不到她在一些琐碎的小事中给了我偌大的启示吧。愿以我的至诚向她祝福！

沐　浴

说到人，有时真是个怪神秘的动物，总喜欢遮遮掩掩，不大愿意露真相；尤其是女人，无时无刻不戴假面具，不管老少肥瘠，脸上需要脂粉的涂抹，身上需要衣服的装扮，所以要想赏鉴人体美，是很不容易的。

有些艺术团体，因为画图需要模特儿，不但要花钱，而且还找不到好的，——多半是些贫穷的妇女，看白花花的洋钱面上，才不惜向人间现示色相，而她们那种不自然的姿势和被物质压迫的苦相，常常给看的人一种恶感，什么人体美，简直是怪肉麻的丑像。

至于那些上流社会的小姐太太们，若是要想从她们里面发见人体美，只有从细纱软绸中隐约的曲线里去想象了。在西洋有时还可以看见半裸体的舞女，然而那个也还有些人工的装点，说不上赤裸裸的。至于我们礼教森严的中国，那就更不用提了。明明是曲线丰富的女人身体，而束腰扎胸，把个人弄得成了泥塑木雕的偶像了。所以我从来也不曾梦想赏鉴各式各样的人体美。

但是，当我来到东京的第二天，那时正是炎热的盛夏，全身被汗水沸湿，加之在船上闷了好几天，这时要是不洗澡，简直不能忍受下去。然而说到洗澡，不由得我蹙起双眉，为难起来。

洗澡，本是平常已极的事情，何至于如此严重？然而日本人的习惯有些别致。男人女人对于身体的秘密性简直没有。在大街上，可以看见穿着极薄极短的衫裤的男人和赤足的女人。有时从玻璃窗内可以看见赤身露体的女人，若无其事似的，向街上过路的人们注视。

他们的洗澡堂，男女都在一处，虽然当中有一堵板壁隔断了，然而许多女人脱得赤条条的在一个汤池里沐浴，这在我却真是有生以来破题儿第一遭的经验。这不能算不是一个大难关吧。

"去洗澡吧，天气真热！"我首先焦急着这么提议。好吧，拿了澡布，大家预备走的时候，我不由得又踌躇起来。

"呵，陈先生，难道日本就没有单间的洗澡房吗？"我向领导我们的陈先生问了。

"有，可是必须到大旅馆去开个房间，那里有西式盆汤，不过每次总要三四元呢。"

"三四元！"我惊奇地喊着，"这除非是资本家，我们哪里洗得起。算了，还是去洗公共盆汤吧。"

陈先生在我决定去向以后，便用安慰似的口吻向我道："不要紧的，我们初来时也觉着不惯，现在也好了。而且非常便宜，每人只用五分钱。"

我们一路谈着，没有多远就到了。他们进了左边门的男汤池去。我呢，也只得推开女汤池这边的门，呵，真是奇观，十几个女人，都是一丝不挂地在屋里。我一面脱鞋，一面踌躇，但是既到了这里，又不能做唐明皇光着眼看杨太真沐浴，只得勉强脱了上身的衣服，然后慢慢地脱衬裙袜子，……先后总费了五分钟，这才都脱完了。急忙拿着一块极大的洗澡手巾，连遮带掩地跳进温热的汤池里，深深地沉在里面，只露出一个头来。差不多泡了一刻钟，这才出来，找定了一个角落，用肥皂乱擦了一遍，又跳到池子里洗了洗。就算完事大吉。等到把衣服穿起时，我不禁嘘了一口长气，严紧的心脉才渐渐地舒畅了。于是悠然自得地慢慢穿袜子。同时抬眼看着那些浴罢微带娇慵的女人们，她们是多么自然的，对着亮晶晶的壁镜理发擦脸，抹粉涂脂，这时候她们依然是一丝不挂，并且她们忽而起立，忽而坐下，忽而一条腿竖起来半跪着，各式各样的姿势，无不运用自如。我在旁边竟得饱览无余。这时我觉得人体美有时候真值得歌颂，——那细腻的皮肤，丰美的曲线，圆润的足趾，无处不表现着天然的艺术。不过有几个鸡皮鹤发的老太婆，满身都是瘪皱的，那还是披上一件衣服遮丑好些。

我一面赏鉴，一面已将袜子穿好，总不好意思再坐着呆着。只得拿了手巾和换下来的衣服，离开这现示女人色相的地方了。

在回家的路上，我的神经似乎有些兴奋，我想到人间种种的束缚，种种的虚伪，据说这些是历来的圣人给我们的礼赐——尤其严重的是男女之大防，然而日本人似乎是个例外。究竟谁是更幸福些呢？

樱 花 树 头

春天到了，人人都兴高采烈盼望看樱花，尤其是一个初到日本留学的青年，他们更是渴慕着名闻世界的蓬莱樱花，那红艳如天际火云，灿烂如黄昏晚霞的色泽真足使人迷恋呢。

在一个黄昏里，那位丰姿翩翩的青年，抱着书包，懒洋洋地走回寓所，正在门口脱鞋的时候，只见那位房东西川老太婆接了出来，行了一叩首的敬礼后便说道："陈样（日本对人之尊称）回来了，楼上有位客人在等候你呢！"那位青年陈样应了一声，便匆匆跑上楼去，果见有一人坐在矮几旁翻《东方杂志》呢，听见陈样的脚步声便回过头叫道：

"老陈！今天回来得怎么这样晚呀？"

"老张，你几时来的？我今天因为和一个朋友打了两盘球，所以回来迟些。有什么事？我们有好久不见了。"

那位老张是个矮胖子，说话有点土腔，他用劲地说道：

"没有……什么大事，……只是……现在天气很，——好！樱花有的都开了，昨天一个日本朋友——提起来，你大概也认得——就是长泽一郎，他家里有两棵大樱花已开得很好……他请我们明天一早到他家里去看花，你去不？"

"哦，这么一回事呀！那当然奉陪。"

老张跟着又嘻嘻笑道："他家还有……很好看的漂亮姑娘呢！"

"你这个东西，真太不正经了。"老陈说。

"怎么太不正经呀！"老张满脸正色地说。

"得了！得了！那是人家的女眷，你开什么玩笑，不怕长泽一郎恼你！"老陈又说。

老张露着轻薄的神色笑道：

"日本的女儿，生来就是替男人开……心的呀！在他们德川时代，哪一个将军不是把酒与女人看成两件消遣品呢？你不要发痴了，要想替日本女人树贞节坊，那真是太开玩笑了！"

老陈一面蹙眉一面摇头道："咳！这是怎么说，老张简直愈变愈下流了……正经地说吧，明天我们怎么样去法？"

老张眯着眼想了想道："明早七点钟我来找你同去好了。"

"好吧！"老陈道："你今天在这里吃晚饭吧！"

"不！"老张站起来说："我还要去……看一个朋友，……不打搅你了，明天会吧？"

"明天会！"老陈把老张送到门口回来，吃了晚饭，看了几页书，又写了两封家信就去睡了。

第二天七点钟时，老张果然跑来了。他们穿好衣服便一同到长泽一郎家里去，走到门口已看见两棵大樱花树，高出墙头，那上面花蕊异常稠密，现在只开了一小部分，但是已经很动人了。他们敲了两下门，长泽一郎已迎了出来，请他们在一间六铺席的客堂里坐下。不久，有一个十四五岁的女郎托着一个花漆的茶盘，里面放着三盏新茶，中间还有一把细瓷的小巧茶壶放在他们围坐着的那张小矮几上，一面恭恭敬敬地说了一声："诸位请用茶。"那声音娇柔极了，不禁使老陈抬起头来，只见那女孩头上盘着松松的坠马髻，一张长圆形的脸上，安置着一个端正小巧的鼻子，鼻梁两旁一双日本人特有的水秀细长的眼睛，两片如花瓣的唇含着驯良的微笑——老陈心里暗暗地想道：这个女孩倒不错，只因初次见面不好意思有什么表示。但是老张却张大了眼睛，看着那女孩嘻嘻地笑道："呵！这位贵娘的相貌真漂亮！"

长泽一郎道："多谢张样夸奖，这是我的小舍妹，今年才十四岁，年纪还小呢，她还有一个阿姊比她大四岁……"长泽一郎得意扬扬地夸说她的妹子，同时又看了陈样一眼，向老张笑了笑。老张便向他挤眉弄眼地暗传消息。

长泽一郎敬过茶后便站起来道："我们可以到外面去看樱花吧！"

他们三个一同到了长泽一郎的小花园里，那是一个颇小而布置得有趣的花园：有玫瑰茶花的小花畦，在花畦旁还有几块假山石。长泽一郎同老张走到假山后面去了。这里只剩下老陈。他站在樱花树下，仰着头向上看时，只听见一阵推开玻璃窗的声音，跟着楼窗旁露出一个十八九岁少女的艳影。她身上穿着一件淡绿色大花朵的和服，腰间系了一根藕荷色的带子，背上背着一个绣花包袱，那面庞儿和适才看见的那个小女孩有些相像，但是比她更艳丽些。有一枝樱花正伸在玻璃窗旁，那女郎便伸出纤细而白嫩的手摘了一朵半开的樱花，放在鼻旁嗅了嗅，同时低头向老陈嫣然一笑。这真使老陈受宠若惊，连忙低下头装作没理会般。但是觉得那一刹那的印象竟一时抹不掉，不由自主地又抬起头来，而那个拈花微笑的女孩似乎害羞了，别转头去吃吃地笑，这些做作更使老陈灵魂儿飞上半天去了，不过老陈是一个很有操守的青年，而且他去年暑假才同他的爱人结婚，——这一个诱惑其势来得太凶，使老陈不敢兜揽，赶紧悬崖勒马，离开这个危险的处所，去找老张他们。

走到假山后，正见他们两人坐在一张长凳上，见他来了，长泽一郎连忙站起来让座，一面含笑说道："陈样看过樱花了吗？觉得怎么样？"

老陈应道："果然很美丽，尤其远看更好，不过没有梅花香味浓厚。"

"是的，樱花的好看只在它那如荼如火的富丽，再过几天我们可以到上野公园去看，那里樱花非常多，要是都开了，倒很有看头呢。"长泽一郎非常热烈地说着。

"那么很好，哪一天先生有工夫，我们再来相约吧。我们打搅了一早晨，现在可要告别了。"

"陈样事情很忙吧！那么我们再会吧！"

"再会！"老张老陈说着就离开了长泽一郎家里。在路上的时候，老张嬉皮笑脸地向老陈说道：

"名花美人两争艳，到底是哪一个更动心些呢？"老陈被他这一奚落不觉红了脸道："你满嘴里胡说些什么？"

"得了！别装腔吧！适才我们走出门的时候，还看见人家美目流盼地在送你呢？你念过词没有——'若问行人去哪边，眉眼盈盈处'。真算是为你们写真了。"

老陈急得连颈都红了道："你真是无中生有，越说越离奇，我现在还要到图书馆去，没工夫和你斗口，改日闲了，再同你慢慢地算账呢！"

"好吧！改天我也正要和你谈谈呢，那么这就分手——好好地当心你的桃花运！"老张狡狯地笑着往另一条路上去了。老陈就到图书馆里看了两点多钟的书，在外面吃过午饭后才回到寓所，正好他的妻子的信到了，他非常高兴拆开读后，便急急地写回信，写到正中，忽然间停住笔，早晨那一出剧景又浮上在心头，但是最后他只归罪于老张的爱开玩笑，一切都只是偶然的值不得什么。这么一想，他的心才安定下来，把其余的半封信续完，又看了些时候的书，就把这天混过去了。第二天是星期一，老早便起来到学校去，走到半路的时候，他忽然想起他到学校去的那条路是要经过长泽一郎的门口的，当他走到长泽一郎家的围墙时，那两棵樱花树枝在温暖的春风里微微向他点头，似乎在说"早安呵，先生！"这不禁使他站住了。正在这时候，那楼窗上又露出一张熟识的女郎笑靥来，那女郎向他微微点着头，同时伸手折了一枝盛开的樱花含笑地扔了下来，正掉在老陈的脚旁，老陈踌躇了一下，便捡了起来说了一声"谢谢"，又急急地走了。隐隐还听见女郎关玻璃窗的声音，老陈一路走一路捉摸，这果真是偶然吗？但是怎么这样巧，有意吗？太唐突人了。不过老张曾说过日本女人是特别驯良，是特别没有身份的，也许是有意吧？管她呢，有意也罢，无意也罢，纵使"小"姑居处本无郎，而"使君自有妇"……或者是我神经过敏，那倒冤枉了人家，不过魔由自招，我明天以后换条路走好了。

过了三四天，老张又来找他，一进门便嚷道：

"老陈！你真是红鸾星照命呵！恭喜恭喜！"

"喂！老张，你真没来由，我哪里又有什么红鸾星照命，你不知道我已经结过婚吗？"

"自然！你结婚的时候还请我喝过喜酒，我无论如何不会把这件事忘了，可是谁叫你长得这么漂亮，人家一定要打你的主意，再三央告我做个媒，你想我受人之托怎好不忠人之事呢！"

"难道你不会告诉他我已经结过婚了吗？"老陈焦急地说。

"唉！我怎么没说过啊，不过人家说你们中国人有的是三房四妾，结过婚，再结一个又有什么要紧。只要分开两处住，不是也很好的吗？"老张说了这一番话，老陈更有些不耐烦了，便道："老张，你这个人的思想竟是越来越落伍，这个三妻四妾的风气还应当保持到我们这种时代来吗？难道你还主张不要爱情的婚姻吗？你知道爱情是要有专一的美德的啊！"

"老陈，你慢慢的，先别急得脸红筋暴，做媒只管做，允不允还在你。其实我早就知道这事一定是碰钉子的，不过我要你相信我一向的话——日本女人是太没个性，没身份的，你总以为我刻薄。就拿你这回事说吧，长泽一郎为什么要请你看樱花，就是想叫你和他的妹妹见面。他很知道青年人是最易动情的，所以他让他妹妹向你卖尽风情，要使这婚事易于成功……"

"哦！原来如此啊！怪道呢！……"

"你现在明白了吧！"老张插言道："日本人家里只要有女儿，他便逢人就宣传这个女儿怎样漂亮，怎样贤慧，好像买卖人宣传他的货品一样，唯恐销不出去。尤其是他们觉得嫁给中国留学生是一个最好的机会，因为留学生家里多半有钱，而且将来回国后很容易得到相当的地位，并且中国女人也比较自由舒服。有了这些优点，他情愿把女儿给中国人做妾，而不愿为本国人的妻。所以留学生不和日本女人发生关系的可以说是很难得，而他们对于女人的贞操又根本没有这个观念。日本女人的性的解放在世界上可算首屈一指了，并且和她们发生关系之后，只要不生小孩，你便可以一点责任不负地走开，而那个女孩依然可以光明正大地嫁人。其实呢，讲到贞操本应男女两方面共同遵守才公平。如像我们中国人，专责备女人的贞操而男子眠花宿柳养情妇都不足为怪，倘使哪个女孩失去处女的贞洁便终身要为人所轻视，再休想抬头，这种残酷的不平等的习惯当然应当打破。不过像日本女人那样毫没有处女神圣的情感和尊严，也是太可怕的。唔！我是来做媒的，谁知道打开话匣子便不知说到哪里去了。怎么样，你是绝对否认的，是不是？"

"当然否认！那还成问题吗？"

"那么我的喜酒是喝不成了。好吧，让我给他一个回话，免得人家盼望着。"

"对了！你快些去吧！"

老张走后，老陈独自睡在地席上看着玻璃窗上静默的阳光，不禁把这件出乎意料的滑稽剧从头到尾想了一遍，心头不免有些不痛快。女权的学说尽管像海潮般涌了起来，其实只是为人类的历史装些好看的幌子，谁曾受到实惠？——尤其是日本女人，到如今还只幽囚在十八层的地狱里呵！难怪社会永远呈露着畸形的病态了！……

那个怯弱的女人

我们隔壁的那所房子，已经空了六七天了。当我们每天打开窗子晒阳光时，总有意无意地往隔壁看看。有时我们并且讨论到未来的邻居，自然我们希望有中国人来住，似乎可以壮些胆子，同时也热闹些。

在一天的下午，我们正坐在窗前读小说，忽见一个将近三十岁的男子经过我们的窗口，到后边去找那位古铜色面容而身体胖大的女仆说道：

"哦！大婶，那所房子每月要多少房租啊？"

"先生！你说是那临街的第二家吗？每月十六元。"

"是的，十六元，倒不贵，房主人在这里住吗？"

"你看那所有着绿顶白色墙的房子，便是房主人的家；不过他们现在都出去了。让我引你去看看吧！"

那个男人同着女仆看过以后，便回去了。那女仆经过我们的窗口，我不觉好奇地问道：

"方才租房子的那个男人是谁？日本人吗？"

"哦！是中国人，姓柯……他们夫妇两个。……"

"他们已决定搬来吗？"

"是的，他们明天下午就搬来了。"

我不禁向建微笑道："是中国人多好呵？真的，从前在国内时，我不觉得中国人可爱，可是到了这里，我真渴望多看见几个中国人！……"

"对了！我也有这个感想；不知怎么的他们那副轻视的狡猾的眼光，使人看了再也不会舒服。"

"但是，建，那个中国人的样子，也不很可爱呢，尤其是他那撅起的一张嘴唇，和两颊上的横肉，使我有点害怕。倘使是那位温和的陈先生搬来住，又是多么好！建，我真感觉得此地的朋友太少了，是不是？"

"不错！我们这里简直没有什么朋友，不过慢慢地自然就会有的，比如隔壁那家将来一定可以成为我们的朋友！……"

"建，不知他的太太是哪一种人？我希望她和我们谈得来。"

"对了！不知道他的太太又是什么样子？不过明天下午就可以见到了。"

说到这里，建依旧用心看他的小说；我呢，只是望着前面绿森森的丛林，幻想这未来的邻居。但是那些太没有事实的根据了，至终也不曾有一个明了的模型在我脑子里。

第二天的下午，他们果然搬来了，汽车夫扛着沉重的箱笼，喘着放在地席上，发出些许的呼声。此外还有两个男人说话和布置东西的声音。但是还不曾听见有女人的声音，我悄悄从竹篱缝里望过去，只看见那个姓柯的男人，身上穿了一件灰色的绒布衬衫，鼻梁上架了一副罗克式的眼镜，额前的头发蓬蓬地盖到眼皮，他不时用手往上梳掠，那嘴唇依然撅着，两颊上一道道的横肉，依然惹人害怕。

"建，奇怪，怎么他的太太还不来呢？"我转回房里对建这样说。建正在看书，似乎不很注意我的话，只"哦"了声道："还没来吗？"

我见建的神气是不愿意我打搅他，便独自走开了。借口晒太阳，我便坐到窗口，正对着隔壁那面的竹篱笆。我只怔怔地盼望柯太太快来。不久，居然看见门前走进一个二十多岁的少妇；穿着一件紫色底子上面有花条的短旗袍，脚上穿的是一双黑色高跟皮鞋，剪了发，向两边分梳着。身子很矮小，样子也长得平常，不过比柯先生要算强点。她手里提了一个白花布的包袱，走了进来。她的影子在我眼前撂过去以后，陡然有个很强烈的印象粘在我的脑膜上，一时也抹不掉。——这便是她那双不自然的脚峰，和她那种移动呆板直撅的步法，仿佛是一个装着高脚走路的，木硬无生气。这真够使人不痛快。同时在她那脸上，近俗而简单的表情里，证明她只是一个平凡得可以的女人，很难引起谁对她发生什么好感，我这时真是非常地扫兴！

建，他现在放了书走过来了。他含笑说：

"隐，你在思索什么？……隔壁的那个女人来了吗？"

"来是来了，但是呵……"

"但是怎么样？是不是样子很难惹？还是过分地俗不可耐呢？"

我摇头应道："难惹倒不见得，也许还是一个老好人。然而离我的想象太远了，我相信我永不会喜欢她的。真的！建，你相信吗？我有一种可以自傲的本领，我能在见任何人的第一面时，便已料定那人和我将来的友谊是怎样的。我举不出什么了不起的理由；不过最后事实总可以证明我的直觉是对的。"

建听了我的话，不回答什么，只笑笑，仍回到他自己的屋子里去了。

我的心怏怏的，有一点思乡病。我想只要我能回到那些说得来的朋友面前，便满足了。我不需要更多认识什么新朋友，邻居与我何干？我再也不愿关心这新来的一对，仿佛那房子还是空着呢！

几天平平安安的日子过去了。大家倒能各自满意。忽然有一天，大约是星期一吧，我因为星期日去看朋友，回来很迟；半夜里肚子疼起来，星期一早晨便没有起床。建为了要买些东西，到市内去了。家里只剩我独自一个，静悄悄地正是好睡。陡然一个大闹声，把我从梦里惊醒，竟自出了一身冷汗。我正在心跳着呢，那闹声又起来了。先是砰磅砰磅地响，仿佛两个东西在扑跌；后来就听见一个人被捶击的声音，同时有女人尖锐的哭喊声：

"哎哟！你打死人了！打死人了！"

呀！这是怎样可怕的一个暴动呢？我的心更跳得急，汗珠儿沿着两颊流下来，全身打战。我想，"打人……打死人了！"唉！这是多么严重的事情？然而我没有胆量目击这个野蛮的举动。但隔壁女人的哭喊声更加凄厉了。怎么办呢？我听出是那个柯先生在打他矮小的妻子。不问谁是有理，但是女人总打不过男人；我不觉有些愤怒了。大声叫道："野蛮的东西！住手！在这里打女人，太不顾国家体面了呀！……"但是他们的打闹哭喊声竟压过我这微弱的呼喊。我正在想从被里跳起来的时候，建正好回来了。我便叫道："隔壁在打架，你快去看看吧！"建一面踌躇，一面自言自语道："这算是干什么的呢？"我不理他，又接着催道："你快去呀！你听，那女人又在哭喊打死人了！……"建被我再三催促，只得应道："我到后面找那个女仆一同去吧！我也是奈何不了他们。"

不久就听见那个老女仆的声音道："柯样！这是为什么？不能，不能，你不可以这样打你的太太！"捶击的声音停了，只有那女人呜咽悲凉的高声哭着。后来仿佛听见建在劝解柯先生，——叫柯先生到外面散散步去。——他们两人走了。那女人依然不住声地哭。这时那女仆走到我们这边来了，她满面不平地道："柯样不对！……他的太太真可怜！……你们中国也是随便打自己的妻子吗？"

"不！"我含羞地说道："这不是中国上等人能做出来的行为，他大约是疯子吧！"老女仆叹息着走了。

隔壁的哭声依然继续着，使得我又烦躁又苦闷。掀开棉被，坐起来，披上一件大衣，把头发拢拢，就跑到隔壁去。只见那位柯太太睡在四铺地席的屋里，身上盖着一床红绿道的花棉被，两泪交流地哭着。我坐在她身旁劝道："柯太太，不要伤心了！你们夫妻间有什么不了的事呢？"

"哎哟！黄样，你不知道，我真是一个苦命的人呵！我的历史太悲惨了，你们是写小说的人，请你们替我写写。哎！我是被人骗了哟！"

她无头无尾地说了这一套，我简直如堕入五里雾中，只怔怔地望着她，后来我就问她道：

"难道你家里没有人吗？怎么他们不给你做主？"

"唉！黄样，我家里有父亲，母亲，还有哥哥嫂嫂，人是很多的。不过这其中有一个缘故，就是我小的时候我父亲替我定下了亲，那是我们县里一个土财主的独子。他有钱，又是独子，所以他的父母不免太纵容了他，从小就不好生读书，到大了更是吃喝嫖赌不成材料。那时候我正在中学读书，知识一天一天开了。渐渐对于这种婚姻不满意。到我中学毕业的时候，我就打算到外面来升学。同时我非常不满意我的婚姻，要请求取消婚约。而我父亲认为这个婚姻对于我是很幸福的，就极力反对。后来我的两个堂房侄儿，他们都是受过新思潮洗礼的，对于我这种提议倒非常表同情。并且答应帮助我，不久他们到日本来留学，我也就随后来了。那时日本的生活，比现在低得多，所以他们每月帮我三四十块钱，我倒也能安心读书。"

"但是不久我的两个侄儿都不在东京了。一个回国服务，一个到九州进学校去了。只剩下我一个人在东京。那时我是住在女生寄宿舍里。当我侄儿临走的时候，他便托付了一位同乡照应我，就是柯先生，所以我们便常常见面，并且我有什么疑难事，总是去请教他，请他帮忙。而他也非常殷勤地照顾我。唉！黄样！你想我一个天真烂漫的女孩，哪里有什么经验？哪里猜到人心是那样险诈？……"

"在我们认识了几个月之后，一天，他到寄宿舍来看我，并且约我到井之头公园去玩。我想同个朋友出去逛逛公园，也是很平常的事，没有理由拒绝人家，所以我就和他同去了。我们在井之头公园的森林里的长椅上坐下，那里是非常寂静，没有什么游人来往，而柯先生就在这种时候开始向我表示他对我的爱情。——唉！说的那些肉麻话，到现在想来，真要脸红。但在那个时候，我纯洁的童心里是分别不出什么的，只觉得承他这样的热爱，是应当有所还报的。当他要求和我接吻时，我就对他说：'我一个人跑到日本来读书，现在学业还没有成就，哪能提到婚姻上去？即使要提到这个问题，也还要我慢慢想一想；就是你，也应当仔细思索思索。'他听了这话，就说道：'我们认识已经半年了，我认为对你已十分了解，难道你还不了解我吗？……'那时他仍然要求和我接吻，我说你一定要吻就吻我的手吧；而他还是坚持不肯。唉，你想我一个弱女子，怎么强得过他，最后是被他占了胜利，从此以后，他向我追求得更加厉害。又过了几天，他约我到日光去看瀑布，我就问他：'当天可以回来吗？'他说：'可以的。'因此我毫不迟疑地便同他去了。谁知在日光玩到将近黄昏时，他还是不肯回来，看看天都快黑了，他才说：'现在已没有火车了，我们只好在这里过夜吧！'我当时不免埋怨他，但他却做出种种哀求可怜的样子，并且说：'倘使我再拒绝他的爱，他立即跳下瀑布去。'唉！这些恐吓欺骗的话，当时我都认为是爱情的保障，后来我就说：'我就算答应你，也应当经过正当的手续呵！'他于是就发表他对于婚姻制度的意见，极力毁诋婚姻制度的坏习，结局他就提议我们只要两情相爱，随时可以共同生活。我就说：'倘使你将来负了我呢？'他听了这话立即发誓赌咒，并且还要到铁铺里去买两把钢刀，各人拿一把，倘使将来谁背叛了爱情，就用这刀取掉谁的生命。我见这种信誓旦旦的热烈情形，简直不能再有所反对了，我就说：'只要你是真心爱我，那倒用不着耍刀弄枪的，不必买了吧！'他说，'只要你允许了我，我就一切遵命。'"

"这一夜我们就找了一家旅馆住下，在那里我们私自结了婚。我处女的尊严，和未来的光明，就在沉醉的一刹那中失掉了。"

"唉！黄样……"

柯太太述说到这里，又禁不住哭了。她呜咽着说："从那夜以后，我便在泪中过日子了！因为当我同他从日光回来的时候，他仍叫我回女生寄宿舍去，我就反对他说：'那不能够，我们既已结了婚，我就不能再回寄宿舍去过那含愧疚心的生活。'他听了这话，就变了脸说：'你知道我只是一个学生，虽然每月有七八十元的官费，但我还须供给我兄弟的费用。'在这种情形之下，我不免气愤道：'柯泰南，你是个男子汉，娶了妻子能不负养活的责任吗？当时求婚的时候，你不是说我以后的一切事都由你负责吗？'他被我问得无言可答，便拿起帽子走了，一去三四天不回来，后来由他的朋友出来调停，才约定在他没有毕业的时候，我们的家庭经济由两方彼此分担——在那时节我侄儿还每月寄钱来，所以我也就应允了。在这种条件之下，我们便组织了家庭。唉！这只是变形的人间地狱呵，在我们私自结婚的三个月后，我家里知道这事，就写信给我，叫我和柯泰南非履行结婚的手续不可。同时又寄了一笔款作为结婚时的费用；由我的侄儿亲自来和柯办交涉。柯被迫无法，才勉强行过结婚礼。在这事发生以后，他对我更坏了。先是骂，后来便打起来了。哎！我头一个小孩怎么死的呵？就是因为在我怀孕八个月的时候，他把我打掉了的。现在我又已怀孕两个月了，他又是这样将我毒打。你看我手臂上的伤痕！"

柯太太说到这里，果然将那紫红的手臂伸给我看。我禁不住一阵心酸，也陪她哭起来。而她还在继续地说道："唉！还有多少的苦楚，我实在没心肠细说。你们看了今天的情形，也可以推想到的。总之，柯泰南的心太毒，到现在我才明白了，他并不是真心想同我结婚，只不过拿我耍耍罢了！"

"既是这样，你何以不自己想办法呢？"我这样对她说了。

她哭道："可怜我自己一个钱也没有！"

我就更进一步地对她说道："你是不是真觉得这种生活再不能维持下去？"

她说："你想他这种狠毒，我又怎么能和他相处到老？"

"那么，我可要说一句不客气的话了，"我说，"你既是在国内受过相当的教育，自谋生计当然也不是绝对不可能，你就应当为了你自身的幸福，和中国女权的前途，具绝大的勇气，和这恶魔的环境奋斗，干脆找个出路。"

她似乎被我的话感动了，她说："是的，我也这样想过，我还有一个堂房的姊姊，她在京都，我想明天先到京都去，然后再和柯泰南慢慢地说话！"

我握住她的手道："对了！你这个办法很好！在现在的时代，一个受教育有自活能力的女人，再去忍受从前那种无可奈何的侮辱，那真太没出息了。我想你也不是没有思想的女人，纵使离婚又有什么关系？倘使你是决定了，有什么用着我帮忙的地方，我当尽力！……"

说到这里，建和柯泰南由外面散步回来了。我不便再说下去，就告辞走了。

这一天下午，我看见柯太太独自出去了，直到深夜才回来。第二天我趁柯泰南不在家时，走过去看她，果然看见地席上摆着捆好的行李和箱笼，我就问道："你吃了饭吗？"

她说："吃过了，早晨剩的一碗粥，我随便吃了几口。唉！气得我也不想吃什么！"

我说："你也用不着自己戕贼身体，好好地实行你的主张便了。你几时走？"

她正伏在桌上写行李上的小牌子，听见我问她，便抬头答道："我打算明天乘早车走！"

"你有路费吗？"我问她。

"有了，从这里到京都用不了多少钱，我身上还有十来块钱。"

"希望你此后好好努力自己的事业，开辟一个新前途，并希望我们能常通消息。"我对她说到这里，只见有一个男人来找她，——那是柯泰南的朋友，他听见他们夫妻决裂，特来慰问的。我知道再在那里不便，就辞了回来。

第二天我同建去看一个朋友，回来的时候，已经下午七点了。走过隔壁房子的门外，忽听有四五个人在谈话，而那个捆好了行李、决定今早到京都去的柯太太，也还是谈话会中之一员。我不免低声对建说："奇怪，她今天怎么又不走了？"

建说："一定他们又讲和了！"

"我可不能相信有这样的事！并不是两个小孩子吵一顿嘴，隔了会儿又好了！"我反对建的话。但是建冷笑道："女孩儿有什么胆量？有什么独立性？并且说实在话，男人离婚再结婚还可以找到很好的女子，女人要是离婚再嫁可就难了！"

建的话何尝不是实情，不过当时我总不服气，我说："从前也许是这样，可是现在的时代不是从前的时代呵！纵使一辈子独身，也没有什么关系，总强似受这种的活罪。哼！我不瞒你说，要是我，宁愿给人家去当一个佣人，却不甘心受他的这种凌辱而求得一碗饭吃。"

"你是一个例外；倘使她也像你这么有志气，也不至于被人那样欺负了。"

"得了，不说吧！"我拦住建的话道："我们且去听听他们开的什么谈判。"

似乎是柯先生的声音，说道："要叫我想办法，第一种就是我们干脆离婚。第二种就是她暂时回国去；每月生活费，由我寄日金二十元，直到她分娩两个月以后为止。至于以后的问题，到那时候再从长计议。第三种就是仍旧维持现在的样子，同住下去，不过有一个条件，我的经济状况只是如此，我不能有丰富的供给，因此她不许找我麻烦。这三种办法随她选一种好了。"

但是没有听见柯太太回答什么，都是另外诸个男人的声音，说道："离婚这种办法，我认为你们还不到这地步。照我的意思，还是第二种比较稳当些。因为现在你们的感情虽不好，也许将来会好，所以暂时隔离，未尝没有益处，不知柯太太的意思以为怎样？……"

"你们既然这样说，我就先回国好了。只是盘费至少要一百多块钱才能到家，这要他替我筹出来。"

这是柯太太的声音，我不禁"唉"了一声。建接着说："是不是女人没有独立性？她现在是让步了，也许将来更让一步，依旧含着苦痛生活下去呢！……"

我也不敢多说什么了，因为我也实在不敢相信柯太太做得出非常的举动来，我只得自己解嘲道："管她三七二十一，真是吹皱一池春水，干卿底事？……我们去睡了吧。"

他们的谈判直到夜深才散。第二天我见着柯太太，我真有些气不过，不免讥讽她道：“怎么昨天没有走成呢？柯太太，我还认为你已到了京都呢！”她被我这么一问，不免红着脸说：“我已定规月底走！……”

“哦，月底走！对了，一切的事情都是慢慢地预备，是不是？”她真羞得抬不起头来，我心想饶了她吧，这只是一个怯弱的女人罢了。

果然建的话真应验了，已经过了两个多月，她还依然没走。

“唉！这种女性！”我最后发出这样叹息了，建却含着胜利的笑……

柳岛之一瞥

我到东京以后，每天除了上日文课以外，其余的时间多半花在漫游上。并不是一定自命作家，到处采风问俗，只是为了满足我的好奇心；同时又因为我最近的三四年里，困守在旧都的灰城中，生活太单调，难得有东来的机会，来了自然要尽量地享受了。

人间有许多秘密的生活，我常抱有采取各种秘密的野心。但据我想象最秘密而且最足以引起我好奇心的，莫过于娼妓的生活。自然这是因为我没有逛妓女的资格，在那些惯于章台走马的王孙公子们看来，那又算得什么呢？

在国内时，我就常常梦想：哪一天化装成男子，到妓馆去看看她们轻颦浅笑的态度和纸迷金醉的生活，也许可以从那里发见些新的人生。不过，我的身材太矮小，装男子不够格，又因为中国社会太顽固，不幸被人们发见，不一定疑神疑鬼地加上些什么不堪的推测。我存了这个怀惧，绝对不敢轻试。——在日本的漫游中，我又想起这些有趣的探求来。有一天早晨，正是星期日，补习日文的先生有事不来上课，我同建坐在六铺席的书房间，秋天可爱的太阳，晒在我们微感凉意的身上；我们非常舒适地看着窗外的风景。在这个时候，那位喜欢游逛的陆先生从后面房子里出来，他两手插在磨光了的斜纹布的裤袋里，拖着木屐，走近我们书屋的窗户外，向我们用日语问了早安，并且说道："今天天气太好了，你们又打算到哪里去玩吗？"

"对了，我们很想出去，不过这附近的几处名胜，我们都走遍了，最好再发现些新的；陆样，请你替我们做领导，好不好？"建回答说。

陆样"哦"了一声，随即仰起头来，向那经验丰富的脑子里，搜寻所谓好玩的地方。而我忽然心里一动，便提议道："陆样，你带我们去看看日本娼妓生活吧！"

"好呀！"他说："不过她们非到四点钟以后是不做生意的，现在去太早了。"

"那不要紧，我们先到郊外散步，回来吃午饭，等到三点钟再由家里出发，不就正合适了吗？"我说。建听见我这话，他似乎有些诧异，他不说什么，只悄悄地瞟了我一眼。我不禁说道："怎么，建，你觉得我去不好吗？"建还不曾回答。而陆样先说道："那有什么关系，你们写小说的人，什么地方都应当去看看才好。"建微笑道："我并没有反对什么，她自己神经过敏了！"我们听了这话也只好一笑算了。

午饭后，我换了一件西式的短裙和薄绸的上衣。外面罩上一件西式的夹大衣，我不愿意使她们认出我是中国人。日本近代的新妇女，多半是穿西装的。我这样一打扮，她们绝对看不出我本来的面目。同时，陆样也穿上他那件蓝地白花点的和服，更可以混充日本人了。据陆样说日本上等的官妓，多半是在新宿这一带，但她们那里门禁森严，女人不容易进去。不如到柳岛去。那里虽是下等娼妓的聚合所，但要看她们生活的黑暗面，还是那里看得逼真些。我们都同意到柳岛去。我的手表上的短针正指在三点钟的时候，我们就从家里出发，到市外电车站搭车，——柳岛离我们的住所很远，我们坐了一段市外电车，到新宿又换了两次的市内电车才到柳岛。那地方似乎是东京最冷落的所在，当电车停在最后一站——柳岛驿——的时候，我们便下了车。当前有一座白石的桥梁，我们经过石桥，沿着荒凉的河边前进，远远看见几根高矗云霄的烟筒，据说那便是纱厂。在河边接连都是些简陋的房屋，多半是工人们的住家。那时候时间还早，工人们都不曾下工。街上冷冷落落的只有几个下女般的妇人，在街市上来往地走着。我虽仔细留心，但也不曾看见过一个与众不同的女人。我们由河岸转弯，来到一条比较热闹的街市，除了几家店铺和水果摊外，我们又看见几家门额上挂着"待合室"牌子的房屋。那些房屋的门都开着，由外面看进去，都有一面高大的穿衣镜，但是里面静静的不见人影。我不懂什么叫作"待合室"，便去问陆样。他说，这种"待合室"专为一般嫖客，在外面钓上了妓女之后，便邀着到那里去开房间。我们正在谈论着，忽见对面走来一个姿容妖艳的女人，脸上涂着极厚的白粉，鲜红的嘴唇，细弯的眉梢，头上梳的是蟠龙髻；穿着一件藕荷色绣着凤鸟的和服，前胸袒露着，同头项一样的僵白，真仿佛是大理石雕刻的假人，一些也没有肉色的鲜活。她用手提着衣襟的下幅，姗姗地走来。陆样忙道："你们看，这便是妓女了。"我便问他怎么看得出来。他说："你们看见她用手提着衣襟吗？她穿的是结婚时的礼服，因为她们天天要和人结婚，所以天天都要穿这种礼服，这就是她们的标识了。"

"这倒新鲜！"我和建不约而同地这样说了。

穿过这条街，便来到那座"龟江神社"的石牌楼前面。陆样告诉我们这座神社是妓女们烧香的地方，同时也是她们和嫖客勾诱的场合。我们走到里面，果见正当中有一座庙，神龛前还点着红蜡和高香，有几个艳装的女人在那里虔诚顶礼呢。庙的四面布置成一个花园的形式，有紫藤花架，有花池，也有石鼓形的石凳。我们坐在石凳上休息，见来往的行人渐渐多起来，不久工厂放哨了，工人们三五成群从这里走过。太阳也已下了山，天色变成淡灰，我们就到附近中国料理店吃了两碗荞麦面，那时候已快七点半了。陆样说："正是时候了，我们去看吧。"我不知为什么有些胆怯起来，我说："她们看见了我，不会和我麻烦吗？"

陆样说:"不要紧,我们不到里面去,只在门口看看也就够了。"我虽不很满意这种办法,可是我也真没胆子冲进去,只好照陆样的提议做了。我们绕了好几条街,好容易才找到目的地,一共约有五六条街吧,都是一式的白木日本式的楼房,陆样和建在前面开路,我像怕猫的老鼠般,悄悄怯怯地跟在他俩的后面。才走进那胡同,就看见许多阶级的男人,——有穿洋服的绅士,有穿和服的浪游者;还有穿制服的学生和穿短衫的小贩。人人脸上流溢着欲望的光焰,含笑地走来走去。我正不明白那些妓人都躲在什么地方,这时我已来到第一家的门口了。那纸隔扇的木门还关着。但再一仔细看,每一个门上都有两块长方形的空隙处,就在那里露出一个白石灰般的脸,和血红的唇的女人的头。谁能知道这时她们眼里是射的哪种光?她们门口的电灯特别的阴暗,陡然在那淡弱的光线下,看见了她们故意做出的娇媚和淫荡的表情的脸;禁不住我的寒毛根根竖了起来。我不相信这是所谓人间,我仿佛曾经经历过一个可怕的梦境:我觉得被两个鬼卒牵到地狱里来。在一处满是脓血腥臭的院子里,摆列着无数株艳丽的名花,这些花的后面,都藏着一个缺鼻烂眼,全身毒疮溃烂的女人。她们流着泪向我望着,似乎要向我诉说什么;我吓得闭了眼不敢抬头。忽然那两个鬼卒,又把我带出这个院子!在我回头再看时,那无数株名花不见踪影,只有成群男的女的骷髅,僵立在那里。"呀!"我为惊怕发出惨厉的呼号,建连忙回头问道:"隐,你怎么了?……快看,那个男人被她拖进去了。"这时我神志已渐清楚,果然向建手所指的那个门看去,只见一个穿西服的男人,用手摸着那空隙处露出来的脸,便听那女人低声喊道:"请,哥哥……洋哥哥来玩玩吧!"那个男人一笑,木门开了一条缝,一只纤细的女人的手伸了出来,把那个男人拖了进去。于是木门关上,那个空隙处的纸帘也放下来了,里面的电灯也灭了。……

我们离开这条胡同,又进了第二条胡同,一片"请呵,哥哥来玩玩"的声音在空气中震荡。假使我是个男人,也许要觉得这娇媚的呼声里藏着可以满足我欲望的快乐，因此而魂不守舍地跟着她们这声音进去的吧。但是实际我是个女人，竟使那些娇媚的呼声变了色彩。我仿佛听见她们在哭诉她们的屈辱和悲惨的命运。自然这不过是我的神经作用。其实呢，她们是在媚笑，是在挑逗，引动男人迷荡的心。最后她们得到所要求的代价了。男人们如梦初醒地走出那座木门，她们重新在那里招徕第二个主顾。我们已走过五条胡同了。当我们来到第六条胡同口的时候，看见第二家门口走出一个穿短衫的小贩。他手里提着一根白木棍，笑眯眯的，似乎还在那里回味什么迷人的经过似的。他走过我们身边时，向我看了一眼，脸上露出惊诧的表情，我连忙低头走开。但是最后我还逃不了挨骂。当我走到一个没人照顾的半老妓女的门口时，她正伸着头在叫"来呵！可爱的哥哥，让我们快乐快乐吧！"一面她伸出手来要拉陆样的衣袖。我不禁"呀"了一声，——当然我是怕陆样真被她拖进去，那真太没意思了。可是她被我这一声惊叫，也吓了一跳，等到仔细认清我是个女人时，她竟恼羞成怒地骂起我来。好在我的日本文不好，也听不清她到底说些什么，我只叫建快走。我逃出了这条胡同，便问陆样道："她到底说些什么？"陆样道："她说你是个摩登女人，不守妇女清规，也跑到这个地方来逛，并且说你有胆子进去吗？"这一番话，说来她还是存着忠厚呢！我当然不愿怪她，不过这一来我可不敢再到里边去了。而陆样和建似乎还想再看看。他们说："没关系，我们既来了，就要看个清楚。"可是我极力反对，他们只好随我回来了。在归途上，我问陆样对于这一次漫游的感想，他说："当我头一次看到这种生活时，的确心里有些不舒服；不过看过几次之后，也就没有什么了。"建他是初次看，自然没有陆样那种镇静，不过他也不像我那样神经过敏。我从那里回来以后，差不多一个月里头每一闭眼就看见那些可怕的灰白脸，听见含着罪恶的"哥哥！来玩"的声音。这虽然只是一瞥，但在心幕上已经留下不可磨灭的印象了！

井之头公园

自从我们搬到市外以来，天气渐渐凉快了。当那些将要枯黄的毛豆叶子，和白色的小野菊，一丛丛由草堆里钻出头来，还有小朵的黄色紫色的野花，在凉劲的秋风中抖颤，景象是最容易勾起人们的秋思，使人兴"帘卷西风，人比黄花瘦"的感慨。

这种心情是包含着怅惘，同时也有兴奋，很难平心静气地躲在单调的书房里工作。而且窗外蔚蓝色的天空，和淡金色的秋阳，还有夹了桂花香的冷风，这一切都含着极强的挑拨人们心弦的力量，我们很难勉强继续死板的工作了。吃过午饭以后，建便提议到附近吉祥寺的公园去看枫叶；在三点十分的时候，我们已到了那里。从电车轨道绕过，就是一条石子大马路，前面有一座高耸的木牌坊，上面写着几个很大的汉字："井之头恩赐公园"。过了牌坊，便见马路旁树木浓密，绿荫沉沉，陡然有一种幽秘的意味萦缠着我们的心情，使人想象到深山的古林中，一个披着黄金色柔发赤足娇羼而拖着丝质白色的长袍的仙女，举着短笛在白毛如雪的羊群中远眺沉思。或是孤独的诗人，抱着满腔的诗思，徘徊于这浓绿森翠的帷幔下歌颂自然。我们自己漫步其中，简直不能相信这仅仅是一个人间的公园而已。

走过这一带的森林，前面露出一条鹅卵石堆成的斜坡路，旁边植着修剪整齐的冬青树，阵阵的青草香从风里吹过来。我们慢慢地散着步，只觉心神爽疏，尘虑都消。下了斜坡，陡见面前立着一所小巧的日本式茶馆，里面陈设着白色的坐垫和红漆的矮几，两旁柜台上摆着水果及各种的零食。

"呵，这个地方多么眼熟呀！"我不禁失声喊了出来。于是潜伏于心底的印象，如蛰虫经过春雷的震撼惊醒起来。唉，这时我简直被那种感怀往事的情绪所激动了，我的双眼怔住了，胸膈间充塞着怅惘，心脉紧急地搏动着，眼前分明的现出那些曾被流年蹂躏过的往事。

唉！往事，只是不堪回首的往事哟！

那一群骄傲于幸福的少女们，正憧憬于未来的希望中，享乐于眼前的风光里；当她将由学校毕业的那一年夏天，曾随着她们的师长，带着欢乐的心情渡过日本海，来访蓬莱的名胜。那时候恰是暮春的天气，温和的杨柳风，和到处花开如锦的景色，更使她们乐游忘倦了。当她们由上野公园看过樱花的残妆后，便回到东京市内，第二天清晨便乘电车到井之头公园里来，为了奔走的疲倦也曾到这所小茶馆休息过——大家团团围着矮几坐下，酌着日本的清茶，嚼着各式的甜点心；有几个在高谈阔论，有几个在低歌婉转；她们真如初出谷的雏莺，只觉到处都是生机。的确，她们是被按在幸福之神的两臂中，充满了青春的爱娇和快乐活泼的心情；这是多么值得艳羡的人生呵！

但是，谁能相信今天在这里低徊感叹的我，也正是当年幸福者之一呢！哦，流年，残刻的流年哟！它带走了我的青春，它蹂躏了我的欢乐，而今旧地重游，当年的幸福都变成可诅咒的回忆了！

唉！这仅仅是七年后的今天呀，这短短的七年中，我走的是什么样的人生的路？我迎接的是哪一种神明？唉！我攀援过陡峭的崖壁，我曾被陨坠于险恶的幽谷；虽是恶作剧的运命之神，他又将我由死地救活，使我更忍受由心头滴血的痛苦，他要我吮干自己的血，如像喝玫瑰酒汁般。幸福之神，他遗弃我，正像遗弃他的仇人一样。这时我禁不住流出辛酸的泪滴，连忙躲开这激动情感的地方，向前面野草丛中，花径不扫的密松林里走去。忽然听见一阵悲恻的唏嘘，我仿佛望到张着黑翅的秋神，徘徊于密叶背后；立时那些枝柯，都抖颤起来，草底下的促织和纺车儿也都凄凄切切奏着哀乐；我也禁不住全身发冷，不敢再向前去，便在路旁的长木凳上坐了。我用凝涩的眼光，向密遮的矮树丛隙睁视，不时看见那潺湲的碧水，经过一阵秋风后，水面上涌起一层细微的波纹来，两个少女乘着一只小划子在波心摇着画桨，低低地唱着歌。我看到这里，又无端伤感起来，觉得喉头梗塞，不知不觉叹道："故国不堪回首呵！"同时那北海的绿漪清波便浮现在眼前。那些携了情侣的男男女女，恐怕也正摇着画桨指点眼前倩丽的秋景，低语款款吧！况且又是菊茂蟹肥的时候，长安市上正不少欢乐的宴聚；这被摒弃在异国的漂泊者，当然再也没有人想起她了。不过她却晨夕常怀着祖国，希望得些国内的好消息呢。并且她的神经又是怎样地过敏呵，她竟会想到树叶凋落的北平市，凄风吹着，冷雨洒着那些穷苦无告的同胞，正向阴黯的苍穹哭号。唉！破碎紊乱的祖国呵，北海的风光能掩盖那凄凉的气象吗？来今雨轩的灯红酒绿能够安慰忧惧的人心吗？这一切我都深深地怀念着呵！

连环不断的忧思占据了我整个的心灵，眼底的景色我竟无心享受了。我忙忙辞别了曾经二度拜访过的井之头公园。虽然如少女酡颜的枫叶，我还不曾看过，而它所给我灵魂的礼赠已经太多了；真的，太多了哟！

烈 士 夫 人

异国的生涯，使我时时感到陌生和漂泊。自从迁到市外以来，陈样和我们隔得太远，就连这唯一的朋友也很难有见面的机会。我同建只好终日幽因在几张席子的日本式的房屋里读书写文章——当然这也是我们的本分生活，一向所企求的，还有什么不满足，不过人总是群居的动物，不能长久过这种单调的生活而不感到不满意。

在一天早饭后，我们正在那临着草原的窗子前站着，——这一带的风景本不坏，远远有滴翠的群峰，稍近有万株矗立的松柯，草原上虽仅仅长些蓼荻同野菊，但色彩也极鲜明，不过天天看，也感不到什么趣味。我们正发出无聊的叹息时，忽见从松林后面转出一位中年以上的女人。她穿着黑色白花纹的和服，拖着木屐往我们的住所的方向走来，渐渐近了，我们认出正是那位嫁给中国人的柯太太。唉！这真仿佛是那稀有而陡然发现的空谷足音，使我们惊喜了，我同建含笑地向她点头。

来到我们屋门口，她脱了木屐上来了，我们请她在矮几旁的垫子上坐下，她温和地说：

"怎么，你们住得惯吗？"

"还算好，只是太寂寞些。"我有些怅然地说。

"真的，"建接着说："这四周都是日本人，我们和他们言语不通，很难发生什么关系。"

柯太太似乎很了解我们的苦闷，在她沉思以后，便替我们出了以下的一条计策。她说："我方才想起在这后面西川方里住着一位老太婆，她从前曾嫁给一个四川人，她对于中国人非常好，并且她会煮中国菜，也懂得几句中国话。她原是在一个中国人家里帮忙，现在她因身体不好，暂且在这里休息。我可以去找她来，替你们介绍，以后有事情尽可请她帮忙。"

"那真好极了，就是又要麻烦柯太太了！"我说。

"哦，那没有什么，黄样太客气了，"柯太太一面谦逊着，一面站起来，穿了她的木屐，绕过我们的小院子，往后面那所屋里去。我同建很高兴地把坐垫放好，我又到厨房打开瓦斯管，烧上一壶开水。一切都安派好了，恰好柯太太领着那位老太婆进来——她是一个古铜色面孔而满嘴装着金牙的硕胖的老女人，在那些外表上自然引不起任何人的美感，不过当她慈和同情的眼神射在我们身上时，便不知不觉想同她亲近起来。我们请她坐下，她非常谦恭地伏在席上向我们问候。我们虽不能直接了解她的言辞，但那种态度已够使我们清楚她的和蔼与厚意了。我们请柯太太当翻译随意地谈着。

在这一次的会见之后，我们的厨房里和院子中便时常看见她那硕大而和蔼的身影。当然，我对于煮饭洗衣服是特别的生手，所以饭锅里发出焦臭的气味，和不曾拧干的衣服，从晒竿上往下流水等一类的事情是常有的；每当这种时候，全亏了那位老太婆来解围。

那一天上午因为忙着读一本新买来的《日语文法》，煮饭的时候完全"心不在焉"，直到焦臭的气味一阵阵冲到鼻管时，我才连忙放下书，然而一锅的白米饭，除了表面还有几颗淡黄色的米粒可以辨认，其余的简直成了焦炭。我正在不知所措的时候，那位老太婆也为着这种浓重的焦臭气味赶了来。她不说什么，立刻先把瓦斯管关闭，然后把饭锅里的饭完全倾在铅筒里，把锅拿到井边刷洗干净；这才重新放上米，小心地烧起来。直到我们开始吃的时候，她才含笑地走了。

我们在异国陌生的环境里，居然遇到这样热肠无私的好人，使我们忘记了国籍，以及一切的不和谐，常想同她亲近。她的住室只和我们隔着一个小院子。当我们来到小院子里汲水时，便能看见她站在后窗前向我们微笑；有时她也来帮我，抬那笨重的铅筒；有时闲了，她便请我们到她房里去坐，于是她从橱里拿出各式各种的糖食来请我们吃，并教我们那些糖食的名辞；我们也教她些中国话。就在这种情形之下，大家渐渐也能各抒所怀了。

在一个星期六的下午，建同我都不到学校去。天气有些阴，阵阵初秋的凉风吹动院子里的小松树，发出竦竦的响声。我们觉得有些烦闷，但又不想出去，我便提议到附近点心铺里买些食品，请那位老太婆来吃茶，既可解闷，又应酬了她。建也赞成这个提议。

不久我们三个人已团团围坐在地席上的一张小矮几旁，喝着中国的香片茶。谈话的时候，我们便问到她的身世，——我们自从和她相识以来，虽然已经一个多月了，而我们还不知道她的姓名，平常只以"ォバサン"（伯母之意）相称。当这个问题发出以后，她宁静的心不知不觉受了撩拨，在她充满青春余晖的眸子中宣示了她一向深藏的秘密。

"我姓斋滕，名叫半子，"她这样地告诉我们以后，忽然由地席上站了起来，一面向我鞠躬道："请二位稍等一等，我去取些东西给你们看。"她匆匆地去了。建同我都不约而同地感到一种新奇的期待，我们互相沉默地猜想着等候她。约莫过了十分钟她回来了，手里拿着一个淡灰色棉绸的小包，放在我们的小茶几上。于是我们重新围着矮几坐下，她珍重地将那棉绸包袱打开，只见里面有许多张的照片，她先拣了一张四寸半身的照像递给我们看，一面叹息着道："这是我二十三年前的小照，光阴比流水还快，唉，现在已这般老了。你们看我那时是多么有生机？实在的，我那时有着青春的娇媚——虽然现在是老了！"我听了她的话，心里也不免充满无限的惆怅，默然地看着她青春时的小照。我仿佛看见可怕的流光的锤子，在捣毁一切青春的艺术。现在的她和从前的她简直相差太远了，除了脸的轮廓还依稀保有旧时的样子，其余的一切都已经被流光伤害了。那照片中的她，是一个细弱的身材，明媚的目睛，温柔的表情，的确可以使一般青年沉醉的，我正在呆呆地痴想时，她又另递给我一张两人的合影；除了年轻的她以外，身旁边站着一个英姿焕发的中国青年。

"这位是谁？"建很质直地问她。

"哦，那位吗？就是我已死去的丈夫呵！"她答着话时，两颊上露出可怕的惨白色，同时她的眼圈红着。我同建不敢多向她看，连忙想用别的话混过去，但是她握着我的手，悲切地说道："唉，他是你们贵国一个可钦佩的好青年呢，他抱着绝大的志愿，最后他是做了黄花岗七十二个烈士中的一个，——他死的时候仅仅二十四岁呢，也正是我们同居后的第三年……"

老太婆说到这些事上，似乎受不住悲伤回忆的压迫，她低下头抚着那些相片，同时又在那些相片堆里找出一张六寸的照像递给我们看道："你看这个小孩怎样？"我拿过照片一看，只见是个十五六岁的男孩，穿着学生装，含笑地站在那里，一双英敏的眼睛很和那位烈士相像，因此我一点不迟疑地说道："这就是你们的少爷吗？"她点头微笑道："是的，他很有他父亲的气概咧。"

"他现在多大了，在什么地方住，怎么我们不曾见过呢？"

"唉！"她叹了一口气道："他今年二十一岁了，已经进了大学，但是，"说到这里，她的眼皮垂下来了，鼻端不住地掀动，似乎正在那里咽她的辛酸泪液。这使我觉得窘迫了，连忙装着拿开水对茶，走出去了！建也明白我的用意，站起来到外面屋子里去拿点心。过了些时，我们才重新坐下，请她喝茶，吃糖果，她向我们叹口气道："我相信你们是很同情我的，所以我情愿将我的历史告诉你们：

"我家里的环境，一向都不很宽裕，所以在我十八岁的时候，我便到东京来找点职业做。后来遇到一个朋友，他介绍我在一个中国人的家里当使女，每月有十五块钱的工资，同时吃饭住房子都不成问题。这是对于我很合宜的，所以就答应下来。及至到了那里，才知道那是两个中国学生合租的贷家，他们没有家眷，每天到大学里去听讲，下午才回来。事情很简单，这更使我觉得满意，于是就这样答应下来。我从此每天为他们收拾房间，煮饭洗衣服，此外有的是空闲的时间，我便自己把从前在高等学校所读过的书温习温习，有时也看些杂志，遇到不明白的地方，常去请求那两位中国学生替我解释。他们对于我的勤勉，似乎都很为感动，在星期日没有什么事情的时候，便和我谈论日本的妇女问题，等等。这两个青年中有一位姓余的，他是四川人，对我更觉亲切。渐渐地我们两人中间就发生了恋爱，不久便在东京私自结了婚。我们自从结婚后，的确过着很甜蜜的生活；所使我们觉得美中不满足的，就是我的家族不承认这个婚姻，因此我们只能过着秘密的结婚生活。两年后我便怀了孕，而余君便在那一年的暑假回国。回国以后，正碰到中国革命党预备起事的时期，他为了爱祖国，不顾一切地加入工作，所以暑假后他就不曾回日本来。过了半年多，便接到黄花岗七十二烈士遭难的消息，而他的噩耗也同时传了来。唉！可怜我的小孩，也就在他死的那一个月中诞生了。唉！这个可怜的一生下来就没有父亲的小孩，叫我怎样安排？而且我的家族既不承认我和余君的婚姻，那么这个小孩简直就算是个私生子，绝不容我把他养在身边。我没有办法，恰好我的妹子和妹夫来看我，见了这种为难，就把孩子带回去作为她的孩子了。从此以后，我的孩子便姓了我妹夫的姓，与我断绝母子关系；而我呢，仍在外面帮人家做事，不知不觉已过了二十多年。……"

"呵，原来她还是烈士夫人呢！"建悄悄地对我说。

"可不是吗？……但她的境遇也就够可怜了。"我说。

建和我都不免为她叹息，她似乎很感激我们对她的同情，紧紧握着我的手，好久才说道："你们真好呵！"一面含笑将绸包收起告辞走了。

过了两个月，天气渐渐冷了，每天自己做饭洗碗够使人麻烦的，我便和建商议请那位烈士夫人帮帮我们。但我们经济很穷，只能每月出一半的价钱，不知道她肯不肯就近帮帮忙，因此我便去找柯太太请她代我们接洽。

那时柯太太正坐在回廊晒太阳，见我们来了，便让我们也坐在那里谈话，于是我便把来意告诉她。柯太太笑了笑道："这正太不巧，……不然的话那个老太婆为人极忠厚，绝不会不帮你们的。不过现在她正预备嫁人，恐怕没有工夫吧！"

"呀，嫁人吗？"我不禁陡然地惊叫起来道："这真是想不到的事，她现在将近五十岁的人，怎么忽然间又思起凡来呢？"

柯太太听了这话也不禁笑了起来，但同时又叹了一口气道："自然，她也有她的苦痛，照我看来，以为她既已守了二十多年寡，断不至再嫁了。不过，她从前的结婚始终是不曾公布的，她娘家父母仍然认为她没有结婚，并且余先生家里她势不能回去。而她的年纪渐渐老上来，孤孤单单一个无依无靠的人，将来死了都找不到归宿，所以她现在决定嫁了。"

"嫁给什么人？"建问。

"一个日本老商人，今年有五十岁吧！"

"倒也是个办法！"建含笑地说。

他这句话不知为什么惹得我们全笑起来。我们谈到这里，便告辞回去。在路上恰好遇见那位烈士夫人，据说她本月就要结婚，但她脸上依然憔悴颓败，再也看不出将要结婚的喜悦来。

真的，人们都传说，"她是为了找死所而结婚呢！"呵！妇女们原来还有这种特别的苦痛！……

代三百万灾民请命

连日翻开报，都看到黄河水涨，势将成灾的消息，心头不禁为之惴栗，但愿能幸免于万一，哪知前日报上竟载着黄河决口灾情惨重，沿河村落，竟成泽国，灾民不下三百万，于是各慈善团体，开紧急会议，筹思所以赈济之策。这本是大慰人心的消息，不但是那些嗷嗷待哺的饥民，要额手称庆，念一声"南无阿弥陀佛，善哉，善哉"了，就是我们小民，满心头也充塞着见死不救何以为人的气概，不能不多少减衣省食，蓄积三五元去救助他们。

但是再一看过去的种种事实，我们又不能为了这个赈济的消息，就放心得下。这是什么缘故呢？唉！说起来只是装我们贵国人的幌子。即拿"九一八"以来，民众对于前方抗敌的健儿，所捐助的款项来说吧，据传说共收到民众捐款在两千万元以上，而前方实际上只收到一百余万元，日来正闹着什么对经手人的检举，及清查账目这一类的事，同时又听见说有一部分人，本是住在人家后楼或亭子间的穷光蛋，只因为充了什么会的一员后，不到两三个月，居然租起洋房坐起汽车，讨起小老婆来了。呜呼，这是什么钱，竟忍心往腰包里放，真所谓此可为，天下事孰不可为了！

如果这次对灾民的捐助，不能有一妥善的办法，仍只是为一部分人充实腰包，不但灾民无从得救，就是我们这些捐钱的小百姓，也不愿永远做冤大头，把那辛苦的血汗钱，不明不白地供给他们作讨小老婆，吃黑饭的开销，结果必致因噎废食，没有人肯捐钱了，那些灾民的前途，还堪设想吗？因此我们又不能不代三百万灾民请命，请办赈济的大人先生们，破格地克己点吧！

第三篇 寄语相知苦愁心

或人的悲哀

亲爱的朋友 KY：

我的病大约是没有希望治好了！前天你走后，我独自坐在窗前玫瑰花丛前面，那时太阳才下山，余晖还灿烂地射着我的眼睛，我心脏的跳跃很厉害，我不敢多想什么，只是注意那玫瑰花妖艳的色彩和清润的香气，这时风渐渐大了，于我的病体不能适宜，媛姊在门口招呼我进去呢。

我到了屋里，仍旧坐在我天天坐着的那张软布椅上，壁上的相片，一张张在我心幕上跳跃着，过去的一件一件事情，也涌到我洁白的心幕上来，唉！KY，已经过去的是事情的形式，那深刻的，使人酸楚的味道，仍旧深深地印在我的脑海中，渗在我的血液里，回忆着便不免要饮泣！

第一次，使我忏悔的事情，就是我们在紫藤花架下，那几张石头椅子上坐着，你和心印谈人生究竟的问题，你那时很郑重地说："人生哪里有究竟！一切的事情，都不过像演戏一般，谁不是涂着粉墨，戴着假面具上场呢？……"后来你又说："梅生和昭仁他们一场订婚，又一场离婚的事情简直更是告诉我们说：人生是做戏，就是神圣的爱情，也是靠不住的，起初大家十分爱恋地订婚，后来大家又十分憎恶地离起婚来。一切的事情，都是靠不住的。"心印听了你的话，她便决绝地说："我们游戏人间吧！"我当时虽然没有开口，给你们一种明白的表示，但是我心里更决绝的，和心印一样，要从此游戏人间了！

从那天以后，我便完全改了我的态度；把从前冷静考虑的心思，都收起来，只一味地放荡着，——好像没有目的地的船，在海洋中漂泊，无论遇到怎么大的难事，我总是任我那时情感的自然，喜怒笑骂都无忌惮了！

有一天晚上，我独自坐在冷清清的书房里，忽然张升送进一封信来，是叔和来的。他说：他现在很闷，要到我这里谈谈，问我有工夫没有？我那时毫不用考虑，就回了他一封说："我正冷清得苦，你来很好！"不久叔和真来了，我们随意的谈话，竟消磨了四点多钟的光阴；后来他走了，我心里忽然一动，我想今天晚上的事情，恐怕有些太欠考虑吧？……但是已经过去了！况且我是游戏人间呢！我转念到这里，也就安帖了。

谁知自从这一天以后，叔和便天天写信给我，起初不过谈些学术上的问题，我也不以为奇，有来必回，最后他忽然来了一封信说："我对于你实在是十三分的爱慕；现在我和吟雪的婚事，已经取消了，希望你不要使我失望！"

KY！别人不知道我的为人，你总该知道呵！我生平最恨见异思迁的人，况且吟雪和我也有一面之缘，总算是朋友，谁能做此种不可思议的事呢！当时我就写了一封信，痛痛地拒绝他了。但是他仍然纠缠不清，常常以自杀来威胁我，使我脆弱的心灵受了非常的打击！每天里，寸肠九回，既恨人生多罪恶！又悔自家太孟浪！唉！KY！我失眠的病，就因此而起了！现在更蔓延到心脏了！昨天医生用听筒听了听，他说很要小心，节虑少思，或者可望好，唉！KY！这种种色色的事情，怎能使我不思呢？

明天我打算搬到妇婴医院去，以后来信，就寄到那边第二层楼十五号房间；写得乏了！再谈吧！

你的朋友亚侠

六月十日

亲爱的 KY：

　　我报告你一件很好的消息，我的心脏病已渐渐好了！失眠也比从前减轻，从前每一天夜里，至多只睡到三四个钟头，就不能再睡了。现在居然能睡到六个钟头，我自己真觉得欢喜，想你一定要为我额手称贺！是不是？

　　我还告诉你一件事：这医院里，有一个看护妇刘女士，是一个最笃信宗教的人，她每天从下午两点钟以后，便来看护我，她为人十分和蔼，她常常劝我信教。我起初很不以为然，我想宗教的信仰，可以遮蔽真理的发现；不过现在我却有些相信了！因为我似乎知道真理是寻不到，不如暂且将此心寄托于宗教，或者在生的岁月里不至于过分地苦痛！

　　昨天夜里，月色十分清明，我把屋里的电灯拧灭了；看那皎洁的月光，慢慢透进我屋里来。刘女士穿了一身白衣服，跪在床前低声地祷祝，一种恳切的声音，直透过我的耳膜，深深地侵进我的心田里，我此时忽感一种不可思议的刺激，我觉得月光带进神秘的色彩来，罩住了世界上的一切，我这时虽不敢确定宇宙间有神，然而我却相信，在眼睛能看见的世界以外，一定还有一个看不见的世界了。

　　我这一夜，几乎没闭眼，怔怔想了一夜，第二天我的病症又添了！不过我这时彷徨的心神好像有了归着，下午睡了一觉，现在已经觉得十分痊愈了！马大夫也很奇怪我好得这么快，他说：若以此种比例推下去，——没有变动再有三四天，便可出院了。

　　今天心印来看我一次，她近来颜色很不好！不知道有什么病，你有工夫可以去看看她，大约她现在彷徨歧路，必定很苦！

　　你昨天叫人送来的一束兰花，今天还很有生气，这时它正映着含笑的朝阳，更显得精神百倍，我希望你前途的幸福也和这花一样灿烂。再谈，祝你健康！

亚侠
七月六日

KY 吾友：

　　我现在真要预备到日本去找我的哥哥，因为我自从病后便不耐幽居，听说蓬莱的风景佳绝，我去散散心，大约病更可以除根了。

　　我希望你明天能来，因为我打算后天早车到天津乘长沙丸东渡，在这里的朋友，除了你和心印以外，还有文生，明天我们四个人，在我家里畅叙一下罢！我这一走，大约总要半年才能回来呢！

　　你明天来的时候，请你把昨天我叫人送给你看的那封心印的信带了来，她那边有一个问题，——"名利的代价是什么？"我当时心里很烦，没有详细地回答她，打算明天见面时，我们四个人讨论一个结果出来，不过这个问题，又是和"人生究竟"的问题差不多，恐怕结果又是悲的多，乐的少，唉！何苦呵！我们这些人总是不能安于现在，求究竟，——这于人类的思想，固然有进步，但是精神消磨得未免太多了！……但望明天的讨论可以得到意外的完满就好了！

　　我现在屋子里乱得不成样子，箱子里的东西乱七八糟堆了一床，我理得实在心烦，所以跑到外书房里来，给你们写信，使我的眼睛不看见，心就不烦了！说到这里，我又想起一件事了。

　　KY！你记得前些日子；我们看见一个盲诗人的作品，他说："中午的太阳，把世界和世界的一切惊异指示给人们，但是夜，却把宇宙无数的星，无际限的空间，——全生活，广大和惊异指示给人们。白昼指示给人们的，不过是人的世界，黑暗和污秽。夜却能把无限的宇宙指示给人们，那里有美丽的女神，唱着甜美的歌，温美的云织成洁白的地毡，星儿和月儿，围随着低低地唱，轻轻地舞。"这些美丽的东西，岂是我们眼睛所领略得到的呢？KY，我宁愿做一个瞎子呢！倘若我真是个瞎子，那些可厌的杂乱的东西，再不会到我心幕上来了。但是不幸！我实在不是个瞎子，我免不了要看世界上种种的罪恶的痕迹了！

　　任笔写来，不知说些什么，好了！别的话留着明天面谈的！

亚侠

九月二日

KY 呵！

　　丝丝的细雨敲着窗子，密密的黑云罩着天空，澎湃的波涛震动着船身；海天辽阔，四顾苍茫，我已经在海里过了一夜，这时正是开船的第二天早晨。

　　前夜，那所灰色墙的精致小房子里的四个人，握着手谈着天何等的快乐？现在我是离你们一秒比一秒远了！唉！为什么别离竟这样苦呵！

　　我记得：分别的那一天晚上，心印指着那迢迢的碧水说："人生和水一样地流动，岁月和水一样地飞逝；水流过去了，不能再回来！岁月跑过去了，也不能再回来！希望亚侠不要和碧水、时光一样。早去早回呵。"KY，这话真使我感动，我禁不住哭了！

　　你们送我上船，听见汽笛呜咽悲鸣着，你们便不忍再看我，忍着泪，急急转过头走去了，我呢？怔立在甲板上，不住地对你们望，你们以为我看不见你们了，用手帕拭泪，偷眼往我这边看，咳！KY，这不过是小别，便这样难堪！以后的事情，可以设想吗？

　　"名利的代价是什么？"心印的答案是："愁苦劳碌。"你却说："是人生生命的波动；若果没有这个波动，世界将呈一种不可思议的枯寂！"你们的话在我心里，起伏不定的浪头，在我眼底；我是浮沉在这波动之上，我一生所得的代价只是愁苦劳碌。唉！KY！我心彷徨得很呵！往哪条路上去呢？……我还是游戏人间吧！

　　今天没有什么风浪，船很平稳，下午雨渐渐住了，露出流丹般的彩霞，罩着炊烟般的软雾；前面孤岛隐约，仿佛一只水鸦伏在那里。海水是深碧的，浪花涌起，好像田田荷丛中窥人的睡莲。我坐在甲板上一张旧了的藤椅里，看海潮浩浩荡荡，翻腾奔掀，心里充满了惊惧的茫然无主的情绪，人生的真相，大约就是如此了。

　　再有三天，就可到神户；一星期后可到东京，到东京住什么地方，现在还没有定，不过你们的信，可寄到早稻田大学我哥哥那里好了。

　　我的失眠症和心脏病，昨日夜里又有些发作，大约是因为劳碌太过的缘故，今夜风平浪静，当得一好睡！

现在已经黄昏了。海上的黄昏又是一番景象，海水被红日映成紫色，波浪被余晖射成银花，光华灿烂，你若是到了这里，大约又要喜欢得手舞足蹈了！晚饭的铃响了，我吃饭去。再谈！

亚侠

九月五日

KY 吾友：

我到东京，不觉已经五天了。此地的人情风俗和祖国相差太远了！他们的饮食，多喜生冷；他们起居，都在席子上，和我们祖国从前席地而坐的习惯一样，这是进化呢，还是退化？最可厌的是无论到什么地方，都要脱了鞋子走路；这样赤足的生活，真是不惯！满街都是吱吱咖咖木屐的声音，震得我头疼，我现在厌烦东京的纷纷搅搅，和北京一样！浮光底下，所盖的形形色色，也和北京一样！莫非凡是都会的地方都是罪恶荟萃之所吗？真是烦煞人！

昨天下午我到东洋妇女和平会去，——正是她们开常会的时候，我因一个朋友的介绍，得与此会。我未到会以前，我理想中的会员们，精神的结晶，是纯洁的，是热诚的。及至到会以后，所看见的妇女，是满面脂粉气，贵族式的夫人小姐；她们所说的和平，是片面的，就和那冒牌的共产主义者，只许我共他人之产不许人共我的产一样。KY！这大约是：人世间必不可免的现象吧？

昨天回来以后，总念念不忘日间赴会的事，夜里不得睡，失眠的病又引起了！今天心脏觉得又在急速地跳，不过我所带来的药还有许多，吃了一些，或者不至于再患。

今天吃完饭后，我跟着我哥哥，去见一位社会主义者，他住的地方离东京很远，要走一点半钟。我们一点钟从东京出发，两点半到那里。那地方很幽静，四围种着碧绿的树木和菜蔬，他的屋子就在这万绿丛中。我们刚到了他那门口，从他房子对面，那个小小草棚底下，走出两个警察来，盘问我们住址、籍贯、姓名，与这个社会主义者的关系。我当时见了这种情形，心里实感一种非常的苦痛，我想，这些巩固各人阶级和权利的自私之虫，不知他们造了多少罪孽呢？KY 呵，那时我的心血沸腾了！若果有手枪在手，我一定要把那几个借强权干涉我神圣自由的恶贼的胸口打穿了呢！

麻烦了半天，我们才得进去，见着那位社会主义者。他的面貌很和善，但是眼神却十分沉着。我见了他，我的心仿佛热起来了！从前对于世界所抱的悲观，而酿成的消极，不觉得变了！这时的亚侠，只想用弹药炸死那些妨碍人们到光明路上去的障碍物，KY！这种的狂热回来后想想，不觉失笑！

今天我们谈的话很多，不过却不能算是畅快；因为我们坐的那间屋子的窗下，有两个警察在那里临察着。直到我们要走的时候，那位社会主义者才说了一句比较畅快的话，他说："为主义牺牲生命，是最乐的事，与其被人的索子缠死，不如用自己的枪对准喉咙打死！"KY！这话的味道，何其隽永呵！

晚上我哥哥的朋友孙成来谈，这个人很有趣，客中得有几个解闷的，很不错！

写得不少了，再说罢。

亚侠

九月二十日

KY 呵！

我现在不幸又病了！仍旧失眠，心脏跳动，和在京时候的程度差不多。前三天搬进松井医院。作客的人病了，除了哥哥的慰问外，还有谁来看视呢！况且我的病又是失眠，夜里睡不着，两只眼看见的是桌子上的许多药瓶，药末的纸包，和那似睡非睡的电灯，灯上罩着深绿的罩子，——医生恐光线太强，于病体不适的缘故。——四围的空气，十分消沉、暗淡，耳朵所听见的，是那些病人无力的吟呻；凄切的呼唤，有时还夹着隐隐的哭声！

KY！我仿佛已经明白死是什么了！我回想在北京妇婴医院的时候看护妇刘女士告诉我的话了，她说："生的时候，做了好事，死后便可以到上帝的面前，那里是永久的乐园，没有一个人脸上有愁容，也没有一个人掉眼泪！"KY！我并不是信宗教的人，但是我在精神彷徨无着处的时候，我不能不寻出信仰的对象来；所以我健全的时候，我只在人间寻道路；我病痛的时候，便要在人间之外的世界，寻新境界了。

这几天，我一闭眼，便有一个美丽的花园——意象所造成的花园，立在我面前，比较人间无论哪一处都美满得多。我现在只求死，好像死比生要乐得多呢！

人间实在是虚伪得可怕！孙成和继梓——也是在东京认识的，我哥哥的同学；他们两个为了我这个不相干的人，互相猜忌，互相倾轧。有一次，恰巧他们两人不约而同时都到医院来看我，两个人见面之后，那种嫉妒仇视的样子，竟使我失惊！KY！我这时才恍然明白了！人类的利己心是非常可怕的！并且他们要是欢喜什么东西，便要据那件东西为己有！

唉！我和他们两个只是浅薄的友谊，哪里想到他们的贪心，如此厉害！竟要做成套子，把我束住呢？KY！我的志向你是知道的，我的人生观你是明白的，我对于我的生，是非常厌恶的！我对于世界，也是非常轻视的，不过我既生了，就不能不设法不虚此生！我对于人类，抽象的概念，是觉得可爱的，但对于每一个人，我终觉得是可厌的！他们天天送鲜花来，送糖果来，我因为人与人必有交际，对于他们的友谊，我不能不感谢他们！但是照现在看起来，他们对于我，不能说不是另有作用呵！

KY！你记得，前年夏天，我们在万牲园的那个池子旁边钓鱼，买了一块肉，那时你曾对我说："亚侠！做人也和做鱼一样，人对付人，也和对付鱼一样！我们要钓鱼，拿它甘心，我们不能不先用肉，去引诱它，它要想吃肉，就不免要为我们所甘心了！"这话我现在想起来，实在佩服你的见识，我现在是被钓的鱼，他们是要抢着钓我的渔夫，KY！人与人交际不过如此呵！

心印昨天有信来，说她现在十分苦闷，知与情常常起剧烈的战争！知战胜了，便要沉于不得究竟的苦海，永劫难回！情战胜了，便要沉沦于情的苦海，也是永劫不回！她现在大有自杀的倾向。她这封信，使我感触很深！KY！我们四个人，除了文生尚有些勇气奋斗外，心印，你，我三个人，困顿得真苦呵！

我病中的思想分外多，我想了便要写出来给你看，好像二十年来，茹苦含辛的生活，都可以在我给你的信里寻出来。

KY！奇怪得很！我自从六月间病后，我便觉得我这病是不能好的，所以我有一次和你说，希望你，把我从病时给你的信，要特别留意保存起来。……但是死不死，现在我自己还不知道，随意说说，你不要因此悲伤吧！有工夫多来信，再谈。祝你快乐！

亚侠

十一月三日

KY：

读你昨天的来信，实在叫我不忍！你为了我前些日子的那封信，竟悲伤了几天！KY！我实在感激你！但是你也太想不开了！这世界不过是个寄旅，不只我要回去，便是你，心印，文生，——无论谁，迟早都是要回去的呵！我现在若果死了，不过太早一点。所以你对于我的话，十分痛心！那你何妨，想我现在是已经百岁的人，我便是死了，也是不可逃数的，那也就没什么可伤心了！

这地方实在不能久住了！这里的人，和我的隔膜更深，他们站在桥那边；我站在桥这边，要想握手是很难的，我现在决定回国了！

昨天医生来说：我的病很危险！若果不能摒除思虑，恐怕没有好的希望！我自己也这样想，所以我不能不即作归计了！我的姑妈，在杭州住，我打算到她家去，或者能借天然的美景，疗治我的沉疴，我们见面，大约又要迟些日子了。

昨夜我因不能睡，医生不许我看书，我更加思前想后地睡不着，后来我把我的日记本拿来偷读，当时我的感触和回忆的热度，都非常厉害，我顾不得我的病了！我起来把笔作书，但是写来写去，都写不上三四个字，便写不下去了，因又放下笔，把日记本打开细读，读到三月十日我给心印的信上面，有首诗说：——

我在世界上，
不过是浮在太空的行云！
一阵风便把我吹散了，
还用得着思前想后吗？

假若智慧之神不光顾我，
苦闷的眼泪
永远不会从我心里流出来呵！

这一首诗可以为我矛盾的心理写照：我一方说不想什么，一方却不能不想什么，我的眼泪便从此流不尽了！这种矛盾的心理，最近更厉害，一方面我希望病快好，一方面我又希望死，有时觉得死比什么都甜美！病得厉害的时候，我又惧怕死神果真来临！KY呵，死活的谜，我始终猜不透！只有凭造物主的支配罢了！

我的行期大约是三天以内，我在路上或者还有信给你。

现在天气渐渐冷了。长途跋涉，诚知不宜，我哥哥也曾阻止我，留我到了春天再走，但是 KY！我心里的秘密，谁能知道呢？我当初到日本去，是要想寻光明的花园，结果只多看了些人类褊狭心理的怪现状！他们每逢谈到东亚和平的话，他们便要眉飞色舞地说：这是他们唯一的责任，也是他们唯一的权利！欧美人民是不容染指的。他们不用镜子照他们魑魅的怪状，但我不幸都看在眼里，印在心头，我怎能不思虑？我的病如何不添重？我不立刻走，怎么过呢？

况且我的病，能好不能好，我自己毫无把握！我固然是厌恶人间，但是我活了二十余年，我究竟是个人，不能没有人类的感情，我还有母亲，我还有兄嫂，他们和我相处很久；我要走了，也应该和他们辞别，我所以等不到春天，就要赶回来了！

我到杭州住一个礼拜，就到上海去，若果那时病好了，当到北京和你们一会。

我从五点钟给你写信，现在天已大亮了！医生要来，我怕他责备我，就此搁笔吧！

亚侠
十二月五日

亲爱的 KY：

我离东京的时候，接到你的一封信，当时忙于整理行装，没有复你，现在我到杭州了。我姑妈的屋子正在湖边，是一所很精致的小楼，推开楼窗，全湖的景色都收入脑海，我疲病之身受此自然的美丽的沐浴，觉得振刷不少！

湖上天气的变幻非常奇异，我昨天到这里，安顿好行李，便在这窗前的藤椅上坐下，我看见湖上的雾，很快——大约五分钟的工夫，便密密幂起，四围的山，都慢慢地模糊了。跟着淅淅沥沥的雨点往下洒，游湖的小船，被雨打得船身左右震荡，但是不到半点钟，雨住云散，天空飞翔着鲜红的彩霞，青山也都露出格外翠碧的色彩来。山涧里的白云随风袅娜，真是如画境般的湖山，我好像做了画中的无愁童子，我的病似乎好了许多。

我姑妈家里的表兄，名叫剑楚的，我们本是幼年的伴侣；但是隔了五六年不见，大家都觉得生疏了！这时他已经有一个小孩子，他的神气，自然不像从前那样活泼，不过我苦闷的时候，还是和他谈谈说说觉得好些！（十二月二十日写到此）

KY！我写这封信的一半，我的病又变了！所以直迟了五天才能继续着写下去，唉！KY！你知道恶消息又传来了！

我给你写信的那天晚上，——我才写了上半段，剑楚来找我，他说："唯逸已于昨晚死了！"唉！KY！这是什么消息？你回想一年前，我和你说唯逸的事情，你能不黯然吗？唯逸他是极有志气的青年，他热心研究社会主义，他曾决心要为主义牺牲，但是他因为失了感情的慰藉，他竟抑抑病了，昨晚竟至于死了。

他有一封信给我，写得十分凄楚，里头有一段说："亚侠！自从前年夏天起，我便种了病的因，只因为认识了你！……但是我的环境是不容我起奢望的，这是知识告诉我，不可自困！然而我的精神从此失了根据。我觉得人生真太干枯！我本身失去生活的趣味，我何心去助增别人的生活趣味？为主义牺牲的心，抵不过我厌生的心，……但是我也不愿意做非常的事，为了感情牺牲我前途的一切！且知你素来洁身自好，我也决不忍因爱你故而害你，但是我终放不下你！亚侠！现在病已深入了！我深藏心头的秘密，才敢贡诸你的面前！你若能为你忠心的仆人，叫一声可怜！我在九泉之灵也就荣幸不少了！……"唉！KY！游戏人间的结果，只是如此呵！

我失眠两天了！昨天还吐了几口血，现在疲乏得很！不知道还能给你几封信呵！

亚侠伏枕书

十二月二十五日

KY 亲爱的朋友：

在这一星期里，我接到你两封信，心印和文生各一封信，但是我病了，不能回你们！

唉！ KY！我想不到，我已经不能回上海了！也不能到北京了！昨天我姑妈打电报给我的家里，今天我母亲、嫂嫂已经来了！她们见了我，只是掉眼泪，我的心也未尝不酸！但是奇怪得很！我的泪泉，不知在什么时候已经干枯了！

自从上礼拜起，我就知道我的病是不能好了！我便把我一生的事情，从头回想一遍，拉杂写了下来！现在我已经四肢无力，头脑作痛，眼光四散，我不能写了！唉！

…………

"我一生的事情，平常得很！没什么可记，但是我精神上起的变化，却十分剧烈：我幼年的时候，天真烂漫，不知痛苦。到了十六岁以后，我的智情都十分发达起来。我中学卒业以后，我要到西洋去留学，因为种种的关系，做不到；我要投身作革命党，也被家庭阻止，这时我深尝苦痛的滋味！

但是这些磨折，尚不足以苦我！最不幸的，是接二连三，把我陷入感情的旋涡，使我欲拔不能！这时一方，又被知识苦缠着，要探求人生的究竟，花费了不知多少心血，也求不到答案！这时的心，彷徨到极点了！不免想到世界既是找不出究竟来，人间又有什么真的价值呢？努力奋斗，又有什么结果呢？并且人生除了死，没有更比较大的事情，我既不怕死，还有什么事不可做呢！……唉！这时的我，几乎深陷堕落之海了！……幸一方面好强的心很占势力，当我要想放纵性欲的时候，他在我头上打了一棒，我不觉又惊醒了！不敢往这里走，但是究竟往什么地方去呢？我每天夜里睡在床上，殚精竭虑地苦事搜求，然而没有结果！

我在极苦痛的时候，我便想自杀，然而我究竟没有勇气！我否认世界的一切；于是我便实行我游戏人间的主义，第一次就失败了！接二连三的，失败了五六次！唯逸因我而死！叔和因我而病！我何尝游戏人间？只被人间游戏了我！……自身的究竟，既不可得，茫茫前途，如何不生悲凄之感！

唉！天乎！不可治的失眠病，从此发生！心脏病，从此种根！颠顿了将及一年，现在将要收束了！

今夜他们都睡了。更深人静，万感丛集！——虽没死的勇气，然而心头如火煎逼！头脑如刀劈、剑裂！我纵不欲死，病魔亦将缠我至于死呵！死神还不降临我，实在等不得了！这时我努力爬下床来，抖战的两腿，使我自己惊异！这时窗子外面，射进一缕寒光来，湖面上银花闪烁，我晓得那湖底下朱红色的珊瑚床，已为我预备好了！云母石的枕头，碧绿青苔泥的被褥，件件都整理了……我回去吧！唉！亲爱的母亲！嫂嫂！KY……再见吧！"

…………

我表姊，昨夜不知什么时候跳在湖心死了！她所写的信，和她自己的最后的一页日记，都放在枕边。唉！湖水森寒，从此人天路隔！KY！姊呵！我表姊临命的时候，瘦弱可怜的影子，永远深深刻在我脑幕上。今天晚上，我走到她住的屋子里去，但见雪白的被单上，溅着几滴鲜红的血迹，哪有我表姊的影子呢？我禁不住坐在她往日常坐的那张椅子上，痛哭了！

她的尸首始终没有捞到，大约是沉在湖底，或者已随流流到海里去了。

她所有的东西都收拾好，交给我舅母带回去，有一本小书——《生之谜》，上面写着留给你作纪念品的，我现在邮寄给你，望你好好保存了吧！

亚侠的表妹附书

一月九日

雷 峰 塔 下

——寄到碧落

涵！记得吧！我们徘徊在雷峰塔下，地上芊芊碧草，间杂着几朵黄花，我们并肩坐在那软绵的草上。那时正是四月间的天气，我穿的一件浅紫麻纱的夹衣，你采了一朵黄花插在我的衣襟上，你仿佛怕我拒绝，你羞涩而微怯地望着我。那时我真不敢对你逼视，也许我的脸色变了，我只觉心脏急速地跳动，额际仿佛有些汗湿。

黄昏的落照，正射在塔尖，红霞漾射于湖心，轻舟兰桨，又有一双双情侣，在我们面前泛过。涵！你放大胆子，悄悄地握住我的手，——这是我们头一次的接触，可是我心里仿佛被利剑所穿，不知不觉落下泪来，你也似乎有些抖颤，涵！那时节我似乎已料到我们命运的多磨多难！

山脚上忽涌起一朵黑云，远远地送过雷声，——湖上的天气，晴雨最是无凭，但我们凄恋着，忘记风雨无情的吹淋，顷刻间豆子般大的雨点，淋到我们的头上身上，我们来时原带着伞，但是后来看见天色晴朗，就放在船上了。

雨点夹着风沙，一直吹淋。我们拼命地跑到船上，彼此的衣裳都湿透了，我顿感到冷意，伏作一堆，还不禁抖颤，你将那垫的毡子，替我盖上，又紧紧地靠着我，涵！那时你还不敢对我表示什么！

晚上依然是好天气，我们在湖边的椅子上坐着，看月。你悄悄对我说："雷峰塔下，是我们生命史上一个大痕迹！"我低头不能说什么，涵！真的！我永远觉得我们没有幸福的可能！

唉！涵！就在那夜，你对我表明白你的心曲，我本是怯弱的人，我虽然恐惧着可怕的命运，但我无力拒绝你的爱意！

从雷峰塔下归来，一直四年间，我们是度着悲惨的恋念的生活。四年后，我们胜利了！一切的障碍，都在我们手里粉碎了。我们又在四月间来到这里，而且我们还是住在那所旅馆，还是在黄昏的时候，到雷峰塔下，涵！我们那时毫无所拘束了。我们任情地拥抱，任意地握手，我们多么骄傲……

但是涵！又过了一年，雷峰塔倒了，我们不是很凄然地惋惜吗？不过我绝不曾想到，就在这一年十月里你抛下一切走了，永远地走了，再不想回来了！呵！涵！我从前惋惜雷峰塔的倒塌，现在，呵！现在，我感谢雷峰塔的倒塌，因为它的倒塌，可以扑灭我们的残痕！

涵！今年十月就到了。你离开人间已经三年了！人间渐渐使你淡忘了吗？唉！父亲年纪老了！每次来信都提起你，你们到底是什么因果？而我和你确是前生的冤孽呢！

涵！去年你的二周年纪念时，我本想为你设祭，但是我住在学校里，什么都不完全，我记得我只作了一篇祭文，向空焚化了。你到底有灵感没有！我总痴望你，给我托一个清清楚楚的梦，但是哪有？！

只有一次，我是梦见你来了，但是你为甚那么冷淡？果然是缘尽了吗？涵！你抛得下走了，大约也再不恋着什么！不过你总忘不了雷峰塔下的痕迹吧！

涵！人间是更悲惨了！你走后一切都变更了。家里呢：也是树倒猢狲散，父亲的生意失败了！两个兄弟都在外洋飘荡，家里只剩母亲和小弟弟，也都搬到乡下去住。父亲忍着伤悲，仍在洋口奔忙，筹还拖欠的债。涵！这都是你临死而不放心的事情，但是现在我都告诉了你，你也有点眷恋吗？

我！大约你是放心的，一直扎挣着呢，涵！雷峰塔已经倒塌了，我们的离合也都应验了。——今年是你死后的三周年——我就把这断藕的残丝，敬献你在天之灵吧！

郭君梦良行状

君讳弼藩，字梦良，福建闽侯县郭宅乡人。北京大学法科毕业，任国立政治大学总务长。君为人明敏沉默，幼从陈竹安先生启蒙，勤慎敦笃，极为陈先生所称许。

少长入福州第一中学肄业，每试辄冠其曹，而翁姑望其大成之心至切，恐学校之作业不足，于课余之暇，复为请师补授经史，君亦能善体亲心，日夜苦攻，朝夕侍师于古庙荒斋中，未尝言倦。至新年元日及家祭大典时，始一宁家，而君时年仅十五六耳。

君年十九，卒业于第一中学，即拟负笈京师。时先王姑年已七十晋九，抱孙之念颇殷，必欲使之完婚而行。君不敢违，因于次年六月间与林瑞英（贞）女士结婚。婚后甫一月，即束装北上，考入北京大学，时在民国六年。

君入学后，初以言语不通，颇苦艺之难进，然不期月，已能了解。且君于良师讲授之外，复日埋头图书馆，手披目览，未尝顷刻息，因大有所得，曾著《〈周易〉政窥》等论文，刊于《法政学报》，阅者称积学焉。

民国八年下季，因日人在福州枪杀学生案发生，旅京福建学生闻信愤极，组织福建学生联合会，以为雪耻计。每校例举代表二人，君为北京（大学）代表之一。时庐隐肄业于前国立女子师范大学，亦被推为代表，因得识君。且君时为《闽潮》编辑主任，庐隐则为编辑员，以此接谈之机会益多。书札往还，不觉竟成良友。不数月，福建学生联合会以内部风潮解散。吾辈少数同志组织 SR 会，盖寓改造社会之意也。第一次开成立会于万牲园之豳风堂，同志自述已往之生活及将来之志趣。于是庐隐乃得深悉君之家事，融洽益深矣。盖君不但学业精深，且品格清华，益使庐隐心折也。

民国十年暑假，君由京回闽，庐隐则宁家上海，因约同道而行。至沪后，郑君振铎及徐君六几，倡游西湖，遂同往焉。一夕，正星月皎洁，湖水澄澈，六几与振铎凭栏望月，庐隐与君同坐回廊上闲谈，时君忽询庐隐以毕业后之行踪，并曰："吾二人之友谊，当抵于何时？"庐隐闻言，不禁怅触殊深，盖庐隐与君时已由友谊进而为恋爱矣，然君正直，不愿欺庐隐，亦不忍苦林女士，明告庐隐已娶，虽爱庐隐，而恐无以处庐隐，然又恐毕业后，劳燕分飞，不能赓续友谊，颇用怅怅。庐隐感而怜之，因许以精神之恋爱，为彼此之慰安。君喜而赞同，遂于是夕订约，永不相忘。暑假后，仍约同时北上。到京各入学校，每星期辄同游万牲园及西山等处。时君喜研究基尔特社会主义之学说，与徐君六几日夜研讨（著作颇多，散见于《京报·青年之友》、《晨报副刊》、《时事新报》之"社会主义研究"），并以其意见要庐隐批评。于是函札每日不断。

民国十一年，庐隐毕业于国立女子师范大学。暑假后任教安徽。君以回闽路过上海，庐隐与之话别，君不禁泣泪泛澜曰："精神之恋爱，究竟难慰心灵深处之愿望。若长此为别，宁不将彼此憔悴而死耶？"庐隐无以慰之，亦只相对唏嘘耳。庐隐行后，君竟病矣。呜呼，春蚕自束，庐隐实有以致之，更使之忧愁以死，庐隐究竟胡忍！

十二年春，庐隐生母忽而见背，虽有兄嫂，不患无依，而庐隐精神上之慰藉益鲜矣。君不忍庐隐之悲苦，恒彻夜思维慰安之计，不免失眠，身体衰弱，潜于斯矣。友辈有知其事者，大不以为可，因劝君具体解决。筹思半载，始划一策，盖即以君与庐隐相爱之情形，诉之于翁姑，并恳其许吾辈结婚，卒蒙其赞同。然不可不商之林女士及外家也。此中大费周折，故君之不能成眠者月余。最后虽庆成功，以同室名义与庐隐结婚于上海远东饭店，但已心力交疲矣。且当此时，正张君劢先生与瞿君世英、胡君铁岩，约君创办自治学院。开办伊始，事颇繁巨。且君不善摄养，恒恃脑力之强，夜午始眠。至饮食精粗不择，病根潜伏于不知觉中，而形容日槁。庐隐殊引以为忧，为购鱼肝油及牛肉汁等，君又嫌其味异，屏而不食。庐隐不忍过拂其意，亦唯听之。呜呼，孰知竟因此而陨其生耶？

今春自治学院总务长陈伯庄先生辞职，君因继任。唯恐偾事，事无巨细，必亲自料理，竟至饮食无心，精神益疲。复以学校经费缺乏，筹划应付，苦乃无艺。君曾告庐隐曰："学校之事，实不易办。若长此以往，必将不支。"庐隐亦然其言，唯责任所在，亦无可如何耳。

今年暑假，君回闽省亲，家人见其瘦骨支离，皆大恐慌，曾劝其珍摄。君亦自认非调养不可，并告庐隐为之将养。及至沪，见校务猬集，复不克稍休养。至阴历八月二十七日，忽感风寒，时正疟疾流行，以为亦必是疾为厉，延医诊治，亦云恐系疟疾，遂不以为意，唯服金鸡纳霜数粒，仍照常赴校办事。庐隐虽再三劝其请假一二日以资休养，君则曰："事多未理，不能请假。"并云微有寒热，不足介意。庐隐无以强之，而心窃忧焉。乃一星期后，热度益高，庐隐五中如焚，不知为计。会金井羊先生颇知医理，见君精神疲茶，舌苔极厚，因惊曰："此病势非轻，非请医调治不可。"庐隐因恳其代请中医诊治。医云：系伏暑晚发伤寒之症颇重，连服三帖，疾不见减。复改请西医诊治，亦云疾颇棘手。因劝迁医院为是。因于九月初十日迁入上海宝隆医院。经德医诊断，系肠热病，势极危殆。然庐隐尚不料其与性命有关也。且进院后四五日，热度已渐退，以为无碍矣。乃九月十六日晨，忽大便出血不止，经德医打针止血后，症渐有生机，以为大难已过矣。孰料不可测之人事，竟变生仓卒。十月初六晨，庐隐轻按其脉，颇和缓，热度亦渐低，心为窃慰，以为更三四星期，当可出院矣。乃是午后一时，病忽大变，寒战不已，便溺竟污裀褥，肚腹鼓涨，急请德医视之，则曰肠断矣，呜呼！一声霹雳，庐隐心胆皆碎，知君之病不起矣。自顾身后，弱女未曾周岁，寡妇孤儿，将何以度此未了岁月。时庐隐忍痛询君，有无遗言。君方知其疾之危，因曰："生死本不足计，唯父母养育之恩，未报涓滴，殊对不住耳。"次则嘱善视幼女，待其嫁，好事翁姑，以尽其未尽人子之职。整理其所译《世界复古》一书，以之付梓，汇其平日散见各报之论文，刊之成册。庐隐并询其惧死不。君则曰："否。"又问其须待父母来否，则曰："不必待，唯烦尔代吾赎不孝之罪耳。"呜呼，苍苍者天，曷其有极！君之聪敏忠正，乃未到颜子之年，已短命而死，所谓天道者，可信耶！读君前致庐隐书有曰："你说你自料不是长命之预兆，庐隐如果以天良犹未丧尽的人视我，当知道我听了是如何地难受！若果庐隐必死，我愿与庐隐一齐死去。有后悔者，不是脚色！"呜呼，孰知庐隐未死，而君已弃庐隐而去耶？当君弥留之际，庐隐曾告君愿与君同死，君则曰："奈孺子何？"呜呼，庐隐之心碎矣！然而为君故，不能不强延残喘，任不仁之造物宰割耳。君灵未远，当知庐隐五中之辛酸滋味也。虽然，庐隐亦知死生命也，强之不祥。况君曾有宣传基尔特社会主义之志，及改良中国政治之雄心。今也不禄，能无遗憾乎？庐隐知君之心，岂忍不为一努力乎？纵不能为君抉其内心所蕴藏者，然不可不为君整理其已成文者，此庐隐亦不敢与君俱死者也。矧翁姑暮年，既遭君夭折之痛，庐隐何敢更贻其悲媳之惨。呜呼，当君症变之前一日，君尚询以何日可出院，并云：年假拟不回闽，盖恐荒弛校务。并呼庐隐将账本至。庐隐劝君不可劳神。君尚曰："今日已略好。"则君诚料此疾之不起也。而刹那之间，竟至肠断而死，呜呼，生死只一线之隔耳！庐隐今日虽不死，然而无时无刻不可死，则庐隐与君之别，乃暂别耳！况君曾许再结来世之缘，庐隐宁不能以此自遣，且以自慰耶！虽然，君与庐隐，皆愚迷不悟。今日如此辛酸之果，尚不知悔，欲造来世之因。呜呼，实自为

106

之，夫复何言！

君脑力之强，实所仅有。当君热度至四十一摄氏度时，尚能阅报，临命之数小时，犹能为幼女题名曰"薇萱"，其用意之深，及神志之清楚，庐隐实不信其将死，终至不起，其隐耶！然三尺桐棺，固赫然在也。庐隐固亲见君仰卧其中也，然则，非梦矣！天乎痛哉！

郭黄庐隐泣述

寄 一 星

似游丝荡漾在光影里，如琴弦震动穿过广漠的空野，起伏不定的灵感波痕，正独坐凝想时。

几番打开抽屉，一封封雪笺翻来细读，字字都有泪渍，行行显露悲哀，一星！是你伤离恨别，引起我情感的萧瑟？还是我"无病呻吟"，对月长嗟？

且听我细细地说："繁密的海棠荫下，和你最后的话别，凄楚中我曾慰你梦里相接。碧水应笑我狂，嗔你痴，而今别已数月，梦曾几接？"

你来信说："百年梦境，愁苦何必！"一星，我力却愁魔，争耐浪掀波翻挣脱不得！我理会愁苦只是怯弱的表示，但强开笑口，比哭还觉难堪哟！

一星！我的魂灵一天天走向飘碧空虚的花园去，我的躯壳却步步深入人间的地狱，可怜我已是剩余游息的人间奔命者。但这些隐微的衷曲，除了你我向谁诉说？

当年学校园里，背着教员吃烧饼油条，这兴趣而今并韶光消失了！

喜欢高谈阔论的我；而今竟镇日无语了！

什么稀奇的音乐，我听了只觉平添多少怅惘！

美而多情的明月，我真怕见她，当她骄傲地逼视着我，只有将被把头严严蒙遮。

这些便是你久别的庐隐，郑重寄你的心弦中弹出的一曲哀音。

赠 李 唯 建

心爱：

　　血与泪是我贡献给你的呵！唯建！你应看见我多伤的心上又加了一个症结！自然我也知道这不是你的错，你对我的真诚我不该再怀疑，然而呵，唯建，天给我的宿命是事事不如人，我不敢说我能得到意外的幸福，纵然这些幸福已由你亲手交给我过！唉，唯建！唯建！我是从断头台下脱逃的俘虏呵，你原谅我已经破裂的胆和心吧！我再不能受世上的风波，况且你的心是我生命的发源地，你要我忘了你，除非你毁掉我的生命。唉！唯建！你知道当我想象到将来有一天，我从你那里受了最后的裁判时，我不能再苟延一天在这个世界上，我只有丢下一切走，我不能用我的眼睛再看别人是在你温柔的目光里，我也不能听别人是在你甜美的声唤中！总之，我是爱你太深，我的生命可以失掉，而不能失掉你！我知道你现在是爱我的，并且你也预备永远爱我，然而我爱你太深，便疑你也深，有时在你觉得不经意的一件事，而放在我的身上便成了绝对紧张和压迫了。唯建，你明白地告诉我，我这样地痴情，真诚的心灵中还容不得你吗？人生在世上所最可珍贵的，不是绝对地得到一个人无私的忠挚的心吗？唉，唯建！我的心痛楚，我的热血沸腾，我的身体寒战，我的精神昏沉，我觉得我是从山巅上陨落的石块，将要粉碎了！粉碎了呵！唯建！你是爱护这块石头的，你忍心看它粉碎吗？并且是由你的掌握之下，使它粉碎的呵！唉！你！多情多感的唯建！我知你必定尽全力来救护我的，望你今后少给我点苦吃，你瞧我狼狈得还成样子吗！现在我的心紧绞如一把乱麻，我的泪流湿了衣襟，有时也滴在信笺上，亲爱的唯建呵！这样可怜的心要吐的哀音真不知多少，但是我的头疼眼花手酸喉梗，我只有放下笔倒在床上，流我未尽的泪吧。

唉！唯建！你是绝顶的聪明人，你能知道我的心，纵使你沉默，你也是了然的！

你可怜的庐隐书于柔肠百转中

寄梅窠旧主人

在彼此隔绝音讯的半年中，知你又几经了世变。宇宙本是瞬息百变的流动体——更何处找安靖；人类的思想譬如日夜奔赴的江流，亦无时止息。深喜你已由沉沦的旋涡中，扎挣起来了！从此前途渐进光明，行见奔流入海，立鼓荡得波扬浪掀，使沉醉的人们，闻声崛兴，这是多么伟大的工作，亲爱的朋友，努力吧！我愿与你一同努力。

最近我发现人世最深刻的悲哀，不是使人颓丧哀嗪，当其能泪湿襟袖时，算不得已入悲哀之宫，那不过是在往悲哀之宫的程途上的表象；如果已进悲哀之宫——那里满蓄着富有弹性的烈火，它要烧毁世界一切不幸者的手铐脚镣，扫尽一切悲惨的阴霾。并且是无远不及的。吾友！这固然是由我自己命运中体验出来的信念，然而感谢你为我增加这信念的城堡坚固而深邃！

朋友！你应当记得那瘦肩高耸，愁眉深锁的海滨故人吧！那时同在

"白屋"中，你曾屡次指我叹道："可怜你瘦弱的双肩更担得多少烦悲。"但是，吾友！这是过去更不再来的往事了。现在的海滨故人呵！她虽仍是瘦肩高耸，然而眉锋舒放，眼波凝沉，仿佛从 X 光镜中，窥察人体五脏似的窥察宇宙。吾友！你猜到宇宙的究极是展露些什么？！……我老实地告诉你，那里只是一个深不见底的大缺陷，在展露着哟！比较起我们个人所遇的坎坷，我们真太渺小了。于此用了我们无限大的灵海而蓄这浅薄的泪泉，怎么怪得永久是干涸的……我现在已另找到前途了，我要收纳宇宙所有悲哀的泪泉，使注入我的灵海，方能兴风作浪，并且以我灵海中深渊不尽的巨流，填满那无底的缺陷。吾友！我所望的太奢吗？但是我决不以此灰心，只要我能做的时候，总要这样做，就是我的躯壳变成灰，倘我的一灵不泯，必不停止地继续我的工作。

你寄给我的《蔷薇》，我已经细看过了，在你那以血泪代墨汁的字句中，只加深我宇宙缺陷之感，不过眼泪却一滴没有。自从去年涵抛弃我时，痛哭之后，我才领受了哭的滋味，从那次以后，便永不曾痛哭过。这固然是由于我泪泉本身的枯竭，然而涵已收拾了我醉梦的人生，我已经不是原来的我了，从此便不再流眼泪了。

现在我要告诉你我最近的生活，我去年十一月回到故乡曾在那腐臭不堪的教育界混了半年。在那里只知有物质，而无精神的环境下，使我认识人类的浅薄和自私。并且除了肮脏的血肉之躯外，没有更重要的东西，所以耳濡目染，无非衣食住的问题，精神事业，那是永远谈不到的。虽偶有一两个特立独行之士，但是抵不过恶劣环境的压迫，不是洁身引退，便是志气消沉。吾友！你想我在百劫之余，已经遍体鳞伤，何堪忍受如此的打击？我真是愤恨极了！倘若是可能，但愿地球毁灭了吧！所以我决计离开那里，我也知道他乡未必胜故乡，不过求聊胜一步罢了，谁敢做满足的梦想！

不过在炎暑的夏天——两个月之中我得到比较清闲而绝俗的生活，——因为那时，我是离开充满了浊气的城市，而到绝高的山岭上，那里住着质朴的乡民，和天真的牧童村女，不时倒骑牛背，横吹短笛。况且我住房的前后，都满植苍松翠柏，微风穿林，涛声若歌，至于涧底流泉，沙咽石激，别成音韵，更足使我怔坐神驰。我往往想，这种清幽的绝境，如果我能终老于此，可以算是人间第一幸福人了。不过太复杂的一生，如意事究竟太少，仅仅五十几天，我便和这如画的山林告别了，我记得，朝霞刚刚散布在淡蓝色的天空时，微风吹拂我覆额乱发。我正坐山兜，一步一步地离开他们了。唉！吾友！真仿佛离别恋人的滋味一样呢，一步一回头。况且我又是个天涯漂泊者，何时再与这些富于诗兴的境地，重行握手，谁又料得到呢！

　　我下山之后，不到一星期，就离开故乡，这时对着马江碧水，鼓岭白云，又似眷恋又似嫌恨。唉！心情如此能不黯然，我想若到了"往事不堪回首"的江滨，又不知怎样把心魂扎挣！幸喜我所寄宿的学校宿舍，隔绝尘嚣，并且我的居室前面，一片广漠的原野，几座荒草离离的孤坟，不断有牧童樵叟在那里驻足。并且围着原野，有一道萦回的小河，天清日朗的时候，也有一两个渔人持竿垂钓，吾友！你可以想象，这是如何寂静而辽阔的境地。正宜于一个饱经征战的战士，退休的所在，我对上帝意外的赏赐，当如何感谢而欢忻呵！……我每日除了一二小时给学生上课外，便静坐案侧，在那堆积的书丛中找消遣的材料。有时对着窗外的荒坟，寄我忆旧悼亡的哀忧。萧萧白杨，似为我低唱挽歌，我无泪只有静对天容寄我冤恨！

　　吾友！我现在唯一的愿望，暑假到来时，我能和你及其他的朋友，在我第二故乡的北京一聚，无论是眼泪往里咽也好，因为至少你总了解我，我也明白你，这样，已足彼此安慰了，但愿你那时不离开北京。

　　　　　　　　　　　十五年十二月十七号隐寄自海滨

111

愁情一缕付征鸿

藜：

你想不到我有冒雨到陶然亭的勇气吧！妙极了，今日的天气，从黎明一直到黄昏，都是阴森着，沉重的愁云紧压着山尖，不由得我的眉峰蹙起。——可是在时刻挥汗的酷暑中，忽有这么仿佛秋凉的一天，多么使人兴奋！汗自然地干了，心头也不曾燥热得发跳；简直是初赦的囚人，四围顿觉松动。

藜！你当然理会得，关于我的僻性。我是喜欢暗淡的光线和模糊的轮廓。我喜欢远树笼烟的画境，我喜欢晨光熹微中的一切，天地间的美，都在这不可捉摸的前途里。所以我最喜欢"笑而不答心自闲"的微妙人生，雨丝若笼雾的天气，要比丽日当空时玄妙得多呢！

今日我的工作，比任何一天都多，成绩都好，当我坐在公事房的案前，翠碧的树影，横映于窗间，唰唰的雨滴声，如古琴的幽韵，我写完了一篇温妮的故事，心神一直浸在冷爽的雨境里。

雨丝一阵紧，一阵稀，一直落到黄昏。忽在叠云堆里，露出一线淡薄的斜阳，照在一切沐浴后的景物上，真的，藜！比美女的秋波还要清丽动怜，我真不知怎样形容才恰如其分，但我相信你总领会得，是不是！

这时君素忽来约我到陶然亭去，藜！你当然深切地记得陶然亭的景物，——万顷芦田，翠苇已有人高。我们下了车，慢慢踏着湿润的土道走着。从苇隙里已看见白玉石碑矗立，呵！藜！我的灵海颤动了，我想到千里外的你，更想到隔绝人天的涵和辛。我悲郁地长叹，使君素诧

112

异，或者也许有些惘然了。他悄悄对我望着，而且他不让我多在辛的墓旁停留，真催得我紧！我只得跟着他走了；上了一个小土坡，那便是鹦鹉冢，我蹲在地下，细细辨认鹦鹉曲。鞏！你总明白北京城我的残痕最多，这陶然亭，更深深地埋葬着不朽的残痕。五六年前的一个秋晨吧：蓼花开得正好，梧桐还不曾结子，可是翠苇比现在还要高，我们在这里履行最凄凉的别宴。自然没有很丰盛的筵席，并且除了我和涵也更没有第三人。我们带来一瓶血色的葡萄酒和一包五香牛肉干，还有几个辛酸的梅子。我们来到鹦鹉冢旁，把东西放下，搬了两块白石，权且坐下。涵将酒瓶打开，我用小玉杯倒了满满的一盏，鹦鹉冢前，虔诚地礼祝后，就把那一盏酒竟洒在鹦鹉冢旁。这也许没有什么意义，但到如今这印象兀自深印心头呢！

我祭奠鹦鹉以后，涵似乎得了一种暗示，他握着我的手说："音！我们的别宴不太凄凉吗？"我自然明白他言外之意，但是我不愿这迷信是有证实的可能，我咽住凄意笑道："我闹着玩呢，你别管那些，咱们喝酒吧。你不是说在你离开之先，要在我面前一醉吗？好，涵！你尽量地喝吧。"他果然拿起杯子，连连喝了几杯。他的量最浅，不过三四杯的葡萄酒，他已经醉了；——两颊红润得如黄昏时的晚霞，他闭眼斜卧在草地上，我坐在他的身旁，把剩下大半瓶的酒，完全喝了；我由不得想到涵明天就要走了，离别是什么滋味？那孤零会如沙漠中的旅人吗？无人对我的悲叹注意，无人为我的不眠嘘唏！我颤抖，我失却一切矜持的力，我悄悄地垂泪，涵睁开眼对我怔视，仿佛要对我剖白什么似的，但他始终未哼出一个字，他用手帕紧紧捂住脸，隐隐透出啜泣之声，这旷野荒郊充满了幽厉之凄音。

鞏！悲剧中的一角之造成，真有些自甘陷溺之愚蠢，但自古到今，有几个能自拔？这就是天地缺陷的唯一原因吧！

我在鹦鹉冢旁眷怀往事，心痕爆裂。鞏！我相信如果你在跟前，我必致放声痛哭，不过除了在你面前，我不愿向人流泪，况且君素又催我走，结果我咽下将要崩泻的泪液。我们绕过了芦堤，沿着土路走到群家时，细雨又轻轻飘落，我冒雨在晚风中悲嘘，鞶！呵！我实在觉得羡慕你，辛的死，为你遗留下整个的爱，使你常在憧憬的爱园中踯躅。那满地都开着紫罗兰的花，常有爱神出没其中，永远是圣洁的。我的遭遇，虽有些像你，但是比你差逊多了。我不能将涵的骨殖，葬埋在我所愿他葬埋的地方，他的心也许是我的，但除了这不可捉摸的心以外，一切都受了牵掣。我不能像你般替他树碑，也不能像你般将寂寞的心泪时时浇洒他的墓土。呵！鞶！我真觉得自己可怜！我每次想痛哭，但是没有地方让我恣意地痛哭。你自然记得，我屡次想伴你到陶然亭去，你总是摇头说："你不用去吧！"鞶！你怜惜我的心，我何尝不知道，因此我除了那一次醉后痛快地哭过，到如今我一直抑积着悲泪，我不敢让我的泪泉溢出。鞶！你想这不太难堪吗？世界上的悲情，孰有过于要哭而不敢哭的呢？你虽是怜惜我，但你也曾想到这怜惜的结果吗？

我也知道，残情是应当将它深深地埋葬，可恨我是过分地懦弱，眉目间虽时时含有英气，可济什么事呢？风吹草动，一点禁不住撩拨呵！

雨丝越来越紧，君素急要回去，我也知道在这里守着也无味；跟着他离开陶然亭。车子走了不远，我又回头前望，只见丛芦翠碧，雨雾幂幂，一切渐渐模糊了。

到家以后，大雨滂沱，君素也不能回去，我们坐在书房里，君素在案上写字，我悄悄坐在沙发上沉思，鞶呵！我们相隔千里，我固然不知道你那时在做什么；可是我想你的心魂，日夜萦绕着陶然亭旁的孤墓呢！人间是空虚的，我们这种摆脱不开，聪明人未免要笑我们多余，——有时我自己也觉得似乎多余！然而只有鞶你能明白：这绵绵不尽的哀愁，在我们有生之日，无论如何，是不能扫尽抛开的呵！

我往往想做英雄，——但此念越强，我的哀愁越深。为人类流同情的泪，固然比较一切伟大，不过对于自身的伤痕，不知抚摸悯惜的人，也绝对不是英雄。鞶，我们将来也许能做英雄，不过除非是由辛和涵使我们在悲愁中扎挣起来，我们绝不会有受过陶炼的热情，在我们深邃的心田中蒸勃呢！

我知道你近来心绪不好，本不应再把这些近乎撩拨的话对你诉说，然而我不说，便如鲠在喉，并且我痴心希望，说了后可以减少彼此的深郁的烦纡，所以这一缕愁情，终付征鸿，颦呵！请你恕我吧！

云音　七月十五写于灰城

寄燕北故人

亲爱的朋友们：

在你们闪烁的灵光里，大约还有些我的影子吧！但我们不见已经四年了，以我的测度你们一定不同从前了，——至少梅姊给我的印影——夕阳下一个倚新坟而凝泪的梅姊，比起那衰草寒烟的梅窠，吃鸡蛋煎菊花的豪情逸兴要两样了。至于轩姊呢，听说愁病交缠，近来更是人比黄花瘦。那么中央公园里，慢步低吟的幽趣，怕又被病魔销尽了！……呵！现在想到隽妹，更使我心惊！我记得我离开燕京的时候，她还睡在医院里，后来虽常常由信里知道她的病终久痊愈了，并且她又生了两个小孩子，但是她活泼的精神和天真的情态，不曾因为病后改变了吗？哎！不过四年短促的岁月中，便有这许多变迁了，谁还敢打开既往的生活史看，更谁敢向那未来的生活上推想！

我自从去年自己害了一场大病，接着又遭人生的大不幸，终日只是被暗愁锁着。无论怎样的环境，都是我滋感之菌——清风明月，苦雨寒窗，我都曾对之泣泪泛澜，去年我不是告诉你们：我伴送涵的灵柩回乡吗？那时我满想将我的未来命运，整个地埋没于僻塞的故乡，权当归真的墟墓吧！但是当我所乘的轮船才到故乡的海岸时，已经给我一个可怕的暗示——一片寒光，深笼碧水。四顾不禁毛发为之悚栗，满不是我意想中足以和暖我战惧灵魂的故乡。及至上了岸，就见家人，约了许多道士，在一张四方木桌上，满插着招魂幡旗，迎冷风而飘扬。只见涵的衰年老父，揾泪长号，和那招魂的磬钹繁响争激。唉！马江水碧，鼓岭云高，渺渺幽冥，究竟何处招魂！徒使劫余的我，肝肠俱断。到家门时，更是凄冷鬼境，非复人间。唉！那高举的丧幡，沉沉的白幔，正同五年前我奔母亲丧时的一样刺心伤神。——不过几年之间，我却两度受造物者的宰割。哎！雨打风摧，更经得几番磨折！——再加着故乡中的俚俗困人，我究竟不过住了半年，又离开故乡了——正是谁念客身轻似叶，千里飘零！

去年承你们的盛情约我北去，更续旧游，只恨我胆怯，始终不敢应诺。按说北京是我第二故乡，我七八岁的时候，就和它相亲相近。直到我离开它，其间差不多十八九年。它使我发生对它的好感，实远胜我发源地的故乡。我到北京去，自然是很妥当而适意的了。不过你们应当知道，我为什么不敢去？东交民巷的皎月馨风，万牲园的幽廊斜晖，中央公园的薄霜淡雾，都深深地镂刻着我和涵的往事前尘！我又怎么敢去？怎么忍去！朋友们！你们千里外的故人，原是不中用的呢！不过也不必因此失望，因为近来我似乎又找到新生路了。只要我的灵魂出了牢狱，我便可和你们相见了！

我这一次重到上海，得到一个出我意料外的寂静的环境，读书作稿，都用不着等待更深夜静。确是蓼荻绕宅，梧桐当户，荒坟蔓草，白杨晚鸦，而它们萧然地长叹，或冷漠，都给我以莫大的安慰，并且启示我，为俗虑所掩遮的灵光——虽只是很淡薄的灵光，然而我已经似有所悟了。

我所住的房子，正对着一片旷野，窗前高列着几棵大树，枝叶繁茂，宿鸟成阵，时时鼓舌如簧，娇啭不绝。我课余无事，每每开窗静听，在它们的快乐声中，常常告诉我，它们是自由的……有时竟觉得，它们在嘲笑我太不自由了，因为我灵魂永永不曾解放过，我不能离开现实而体察神的隐秘，无论做什么事情，都只能宛转因人，这不是太怯弱了吗？

有一天我正向窗外凝视，忽然看见几个小孩子，满脸都是污泥，衣服也和他们的脸一样地肮脏，在我们房子左右满了落叶枯枝的草地上，撮拾那落叶枯枝。这时我由不得心里一惊——天寒岁暮了，这些孩子们，捡这枯枝，想来是，燃了取暖的。昨天听说这左右发见不少小贼，于是我告诉门房的人，把那些孩子赶了出去，并且还交代小工，将那破损的竹篱笆修修好，不要让闲杂人进来，……这自然是我的责任，但是我可对不起那几个圣洁的小灵魂了。我简直是蔑视他们，贼自然是可怕的罪恶，然而我没有用的人，只知道关紧门，不许他们进来，这只图自己的安适，再不为那些不幸的人们着想，这是多么卑鄙的灵魂？除自私之外没有更大的东西了！朋友们：在这灵光一瞥中，我发见了人类的丑恶，所以现在除了不幸的人外，我没有朋友。有许多人，对着某一个不幸的人，虽有时也说可怜，然而只是上下唇及舌头筋肉间的活动，和音带的震响罢了——真是十三分的漠然，或者可以说，其间含着幸灾乐祸的恶意呢？总之，一个从来不懂悲哀和痛苦真义的人，要叫他能了解悲哀和痛苦的神秘，未免太不容易！所以朋友们！你们要好好记住，如果你们是有痛苦悲哀的时候，与其对那些不能了解的人诉说，希冀他们予以同情的共鸣，那只是你们的幻想，决不会成事实的。不如闭紧你们的口，眼泪向肚里流要好得多呢。

悲哀才是一种美妙的快感，因为悲哀的纤维，是特别地精细。它无论是触于怎样温柔的玫瑰花朵上，也能明切地感觉到，比起那近于欲的快乐的享受，真是要耐人寻味多了。并且只有悲哀，能与超乎一切的神灵接近。当你用怜悯而伤感的泪眼，去认识神灵的所在，比较你用浮夸的享乐的欲眼时，要高明得多。悲哀诚然是伟大的！

朋友们！你们读我的信到这个地方，总要放下来揣想一下吧！甚或要问这倒是怎么一回事？——想来这个不幸的人，必要被暗愁搅乱了神经，不然为何如此尊崇悲哀和不幸者呢？……要不然这个不幸的人，一定改了前此旷达的心胸，自囿于凄栗之中，……呵！朋友们：如果你们如是的怀疑，我可以诚诚实实地告诉你们，这揣想完全错了。我现在的态度，固然是比较从前严肃，然而我却好久不掉眼泪了。看见人家伤心，我仿佛是得到一句隽永的名句，有意义的，耐人寻味的名句。我得到这名句，一面是刻骨的欣赏，一面又从其中得到慰安。这真是一种灵的认识，从悲哀的历程中，所发见的宝藏。

　　我前此常常觉得人生，过于单调；青春时互相的爱恋者，一天天平凡地度过，究竟什么是生命的意义！——有什么无上的价值，完全不明了。现在我仿佛得到神明的诏示，真了解悲哀才有与神接近的机会，才能以鲜红的热血为不幸者牺牲，朋友们！我相信你们中一定有能了解我这话的人，至少梅姊可以和我表同情，是不是？

　　我自从沦入失望和深愁浸渍的旋涡中，一直总是颓废不振。我常常自危，幸而近来灵光普照，差不多已由颓废的旋涡中扎挣起来了。只要我一旦对于我的灵魂，更能比较地解放，更认识得清楚些，那么那个人的小得失，必不至使我惊心动魄了。

　　梅姊的近状如何？我记得上半年来信，神气十分萎靡；固然我也知道梅姊的遭遇多苦；但是，我希望梅姊把自己的价值看重些，把自己的责任看大些，像我们这种个人的失意，应该把它稍为靠后些。因为这悲哀造成的世界，本以悲哀为原则，不过有的是可医治的悲哀，有的是不可医治的悲哀。我们的悲哀，是不可医治的根本的烦冤，除非毁灭，是不能使我们与悲哀相脱离。我们只有推广这悲哀的意味，与一切不幸者同运命，我们的悲哀岂不更觉有意义些吗？呵！亲爱的朋友！为了怜悯一个贫病的小孩子而流泪，要比因自己的不幸而流泪，要有意味得多呢！

　　神实在是不可思议的，所以能够使世界瑰琦灿烂，不可逼视，在这里我要告诉你一件很有趣味的事实。前天下午，我去看星姊，那时美丽的太阳，正射着玫瑰色的玻璃窗上，天边浮动着变幻的浅蓝的飞云。我走到星姊的房间的时候，正静悄悄不听一点声息。后来我开门进去，只见星姊正在摇篮旁用手极轻微地摇着睡在里面的小孩子。我一看，突然感觉到母亲伟大而高远的爱的神光，从星姊的两眸子中流射出来。那真是一朵不可思议的灿烂之花！呵隽妹！我现在能想象你，那温慈的爱欢，正注射着你那可爱的娇儿呢！这真是人间最大慰安吧。无论是怎么痛苦或疲乏的人，只要被母亲的春晖拂照便立刻有了生气。世界上还有比母亲的爱更伟大么。这正是能牺牲自己而爱，爱她们的孩子，并且又是无所为而爱的呵！母亲的爱是怎样地神圣，也正和为不幸而悲哀同样有意味呢！

现在天气冷了，秋风秋雨一阵紧一阵，燕北彤云，雪意必浓，四境的冷涩，不知又使多少贫苦人惊心骇魄。但愿梅姊用悲哀的更大同情，为他们洗涤创污；隽妹以母亲伟大的温情，为他们的孤零嘘拂。

如果是无甚阻碍，明年暑假，我们定可图一晤。敬祝亲爱的朋友为使灵魂的超越而努力呵！

你们海角的故人书于凄风冷雨之下

寄天涯一孤鸿

亲爱的朋友，这是什么消息，正是你从云山叠翠的天末带来的！我绝不能顷刻忘记，也绝不能刹那不为此消息思维。我想到你所说的"从今后我真成了天涯一孤鸿了"，这一句话日夜在我心魂中回旋荡漾。我不时地想，倘若一只孤鸿，停驻在天水交接的云中，四顾苍茫，无枝可栖，其凄凉当如何？你现在既是变成天涯一孤鸿，我怎堪为你虚拟其凄凉之境，我也不愿你真个是那样地冷漠凄凉。但你带来的一纸消息，又明明是："……一切的世界都变了，我处身其中，正是活骸转动于冷酷的幽谷里，但是我总想着一年之中，你要听到我归真的信息……"唉，朋友！久已心灰意懒的海滨故人，不免为此而怦怦心动，正是积思成痗了。我昨夜因赴友人之召，回来已经十时后，我归途中穿过一带茂密的树林，从林隙中闪烁着淡而无力的上弦月，我不免又想起你了。回来后，我懒懒坐在灯光下，桌上放着一部宋人词钞，我随手翻了几页，本想于此中找些安慰，或能把想你的念头忘却；但是不幸，我一翻便翻出你给我的一封信来，我想搁起它，然而不能，我始终又从头把它读了。这信是你前一个月寄给我的，大约你已忘了这其中的话。我本不想重复提这些颓丧的话，以惹你的伤心，但是其中有一个使命，是你叫我为你作一篇记述的。原文是："……我友，汝尚念及可怜陷入此种心情的朋友吗？你有兴，我愿你用诚恳的笔墨为伤心人一吐积悃……"朋友！这个使命如何地重大？你所希望我的其实也是我所愿意做的。但是朋友，你将叫我怎样写法？唉！我终是踟蹰，我曾三番五次，握管沉思，竟至整日无语，而只字不曾落纸。我与你交虽莫逆，但是你的心究竟不是我的心，你的悲伤我虽然知道，但是我所知道的，我不敢臆断你伤感的程度，是否正应我所直觉到的一样。我每次作稿，描写某人的悲哀或烦恼，我只是欺人自欺，说某人怎样地痛哭，无论说得怎样像，但是被我描写的某人，是否和我所想象的伤心程度一样，谁又敢断定呢？然而那些人只是我借他们来为我象征之用，是否写得恰合其当，都无伤于事；而你是我最好的朋友，我对于你的嘱托，怎好不忠于其事。因此我再三踌躇，不能轻易落笔，便到如今我也不敢为你做记述。我只能把我所料想你的心情，和你平日的举动，使我直觉到你的特性，随便写些寄给你。你看了之后，你若因之而浮白称快，我的大功便成了五分。你若读了之后，竟为之流泪，而至于痛哭，我的大功便成了九分九。这种办法，谅你也必赞成？

我记得我认识你的时候，正是我将要离开学校的头一年春天。你与我同学虽不止一年，可是我对于新来的同学，本来多半只知其名，不识其面，有的识其面又不知其名，我对于你也是如此。我虽然知道新同学中有一个你，而我并不知道，我所看见很活泼的你，便是常在报纸上作缠绵悱恻的诗的你。直到那一年春天，我和同级的莹如在中央公园里，柏树荫下闲谈，恰巧你和你的朋友从荷池旁来，我们只以彼此面熟的缘故，点头招呼。我们也不曾留你坐下谈谈，你也不曾和我说什么，不过那时我觉得你很好，便想认识你，我便问莹如你叫什么名字。她告诉我之后，才狂喜地叫起来道："原来就是她呵，不像！不像！"莹如对于我无头无脑的话，很觉得诧异，她说："什么不像不像呵？"我被她一问，自己也不觉笑起来，我说："你不知道我的心里的想头，怪不得你不懂我的意思了。你常看见报上 PM 的诗吗？你就那个诗的本身研究，你应当觉到那诗的作者心情的沉郁了，但是对她的外表看起来，不是很活泼的吗？我所以说不像就是这个原故了。"莹如听了我的解释，也禁不住点头道："果然有点不像，我想她至少也是怪人了！"朋友！自从那日起，我算认识你了，并且心中常有你的影像，每当无事的时候，便想把你的人格分析分析，终以我们不同级，聚会的时间很少，隔靴搔痒式的分析，总觉无结果，我的心情也渐渐懒了。

过了二年，我在某中学教书。那中学是个男校，教职员全是男人。我第一天到学校里，觉得很不自然，坐在预备室里很觉得无聊，正在神思飞越的时候，忽听预备室的门呀的一响，我抬头一看，正是你拿着一把藕合色的绸伞进来了。我这时异常兴奋，连忙握着你的手道："你也来了，好极！好极！你是不是担任女生的体操？"你也顾不得回答我的话，只管嘻嘻地笑——这情景谅你尚能仿佛？亲爱的朋友！我这时心里的欢乐，真是难以形容，不但此后有了合作的伴侣，免得孤孤单单一个人坐在女教员预备室里，而且与你朝夕相处，得以分析你的特性，酬了我的心愿。

　　想你还记得那女教员预备室的样子，那屋子是正方形的，四壁新裱的白粉连纸，映着阳光，都十分明亮。不过屋里的陈设，异常简陋，除了一张白木的桌子，和两三张白木椅子外，还有一个书架，以外便什么都没有了。当时我们看了这干燥的预备室，都感到一种怅惘情绪。过了几天，我们便替这个预备室起了一个名字，叫作白屋。每逢下课后，我们便在白屋里雄谈阔论起来。不过无论怎样，彼此总是常常感到苦闷，所以后来我们竟弄得默然无言。我喜欢诗词，你也爱读诗词，便每人各手一卷，在课后浏览以消此无谓的时间。我那时因为这预备室里很干燥，一下了课便想回到家里去，但是当我享到家庭融洽乐趣的时候，免不得想到栖身学校寄宿舍中，举目无与言笑的你，因决意去访你，看你如何消遣。我因雇车到了你所住的地方，只见两扇欲倒未倒的剥漆黑灰不分明的大柴门，墙头的瓦七零八落地叠着，门楼上满长着狗尾巴草，迎风摇摆，似乎代表主人招待我。下车后，我微用力将柴门推了一下，便呀的开了。一个老看门人恰巧从里面出来，我便问他你住的屋子，他说："这外头院全是男教员的住舍，往东去另有一小门，又是一个院子，便是女教员住的地方了。"我因按他话往东去，进了小门，便看见一个院落，院之中间有一座破亭子，亭子的四围放着些破木头的假枪戟，上头还有红色的缨子，过了破亭有一株合抱的大槐树，在枝叶交覆的荫影下，有三间小小的瓦房，靠左边一间，窗上挂着淡绿色的纱幔，益衬得四境沉寂。我走到窗下，低声叫你时，心潮突起，我想着这种冷静的所在，何异校中白屋。以你青年活泼的少女，整日住在这种的环境里，何异老僧踞石崖而参禅，长此以往，宁不销铄了生趣。我一走进屋子里看见你，突然问道："你原来住在破庙里！"你微笑着答道："不错！我是住在破庙里，你觉得怎样？"我被你这一问，竟不知所答，只是怔怔地四面观望。只见在小小的门斗上有一张妃红色纸，写着"梅窠"两字。这时候我仿佛有所发见，我知道素日对你所想象的，至少错了一半，从此我对你的性格分析，更觉兴味浓厚了。

　　光阴过得很快，不觉开学两个多月了，天气已经秋凉。在那晓露未干的公园草地上，我们静静地卧着。你对我说："我愿就这样过一世，我的灵魂便可常常与浩然之气结伴遨游。"我听了你的话，勾起我好作玄思的心，便觉得身飘飘凌云而直上，顷刻间来到四无人迹的仙岛里，枕藉芳草以为茵缛，餐美果，饮花露，绝不染丝毫烟火气。那时你心里所想的什么，我虽无从知道，但看你那优然游然的样子，我感到你已神游天国了。

　　我和你相处将及一年，几次同游，几次深谈，我总相信你是超然物外的人。我记得冬天里我们彼此坐在白屋里向火的时候，你曾对我说，你总觉得我是个怪人，你说："我不曾和你同事的时候，我常常对婉如说，你是放荡不羁的天马。但是现在我觉得你志趣消沉，束缚维深……"我当时听了你的话，我曾感到刺心的酸楚，因为我那时正困顿情海里拔脱不能的时候，听你说起我从前悲歌慷慨的心情，现在何以如此萎靡呢？

　　但是朋友！你所怀疑于我的，也正是我所怀疑于你；不过我觉得你只是被矛盾的心理争战而烦闷，我却不曾疑心你有什么更深的苦楚。直到我将要离开北京的那一天，你曾到车站送我，你对我说："朋友！从此好好地游戏人间吧！"我知道你又在打趣我，我因对你说："一样的，大家都是游戏人间，你何必特别嘱咐我呢！"你听了我这话，脸色忽然惨淡起来，哽咽着道："只怕要应了你在《或人的悲哀》里的一句话：我想游戏人间，反被人间游戏了我！"当时我见你这种情形，我才知道我从前的推想又错了。后来我到上海，你写信给我，常常露着悲苦的调子，但我还不能知道你悲苦到什么地步；直到上月我接到你一封信说，你从此变成天涯一孤鸿了，我才想起有一次正是风雨交作的晚上，我在你所住的"梅窠"坐着，你对我说："隐！世界上冷酷的人太多了，我很佩服你的卓然自持，现在已得到最后的胜利！我真没有你那种胆量和

123

决心，只有自己摧残自己，前途结果现在虽然不能定，但是惨象已露，结果恐不免要演悲剧呢。"我那时知道你蕴藏心底必有不可告人的哀苦，本想向你盘诘，恐怕你不愿对我说，故只对你说了几句宽解的话。不久雨止了，余云尽散，东山捧出淡淡月儿，我们站在廊庑下，沉默着彼此无语，只有互应和着低微之吁气声。

最近我接到你一封信，你说：

隐友！《或人的悲哀》中的恶消息："唯逸已于昨晚死了！"隐友！怎么想得到我便是亚侠了，游戏人间的结果只是如斯！……但是亚侠的悲哀是埋葬在湖心了，我的悲哀只有飘浮的天心了，有母亲在，我须忍受腐蚀的痛苦活着。……

我自从接到你这封信，我深悔《或人的悲哀》之作。不幸的唯逸和亚侠，其结果之惨淡，竟深刻在你活跃的心海里。即你的拘执和自傲，何尝不是受我此作的无形影响。我虽然知道纵不读我的作品，在你超特的天性里早已蛰伏着拘执的分子，自傲的色彩，不过若无此作，你自傲和拘执或不至如是之深且刻。唉！亲爱的朋友，你所引为同情的唯逸既已死了，我是回天无术，但我却要恳求你不要做亚侠罢。你本来体质很好，并没有心脏病，也不曾吐血，你何必自己过分地糟蹋呢。我接到你纵性喝酒的消息，十分难受。亲爱的朋友！你对于爱你的某君，既是不能在他生时牺牲无谓的毁誉，而满足他如饥如渴的纯挚情怀，又何必在他死后，做无谓的摧残呢？你说："人事难测，我明年此日或者已经枯腐，亦未可知！……现在我毫无痛苦，一切麻木，仰观明月一轮常自窃笑人类之愚痴可怜。"唉！你的矛盾心理，你自己或不觉得，而我却不能不为你可怜。你果真麻木，又何至于明年此日化为枯槁？我诚知人到伤心时，往往不可理喻，不过我总希望你明白世界本来不是完全的，人生不如意事也自难免，便是你所认为同调的某君不死，并且很顺当地达到完满的目的；但是胜利以后，又何尝没有苦痛？况且恋感譬如漠漠平林上的轻烟微雾，只是不可捉摸的，使恋感下跻于可捉摸的事实，恋感便将与时日而并逝了。亲爱的朋友呀！你虽确是悲剧中之一角，我但愿你以此自傲，不要以此自伤吧！

昨夜星月皎洁，微风拂煦，炎暑匿迹，我同一个朋友徘徊于静安寺路。忽见一所很美丽庄严的外国坟场，那时铁门已阖，我们只在那铁棚隙间向里窥看，只见坟牌莹洁，石墓纯白；墓旁安琪儿有的低头沉默，似为死者之幽灵祝福；有的仰瞩天容，似伴飘忽的魂魄上游天国。我们伫立忘返。忽然坟场内松树之巅，住着一个夜莺，唱起悲凉的曲子。我忽然又想起你来了。

回来之后忽接得文菊的一封信说：

隐友！前接来信，令我探听 PM 的近状，她现在确是十分凄楚。我每和她谈起 FN 的死，她必泪沾襟袖呜咽地说："造物戏我太甚！使我杀人，使我陷入于类似自杀之心境！"自然哟！她的悲凉原不是无因。我当年和她在故乡同学的时候，她是很聪明特殊的学生。有一个青年十分羡慕她，曾再三想和她缔交，她也晓得那青年也是个很有志趣的人，渐渐便相熟了。后来她离开故乡，到北京去求学，那青年便和她同去。她以离开温情的父母和家庭，来到四无亲故的燕都，当然更觉寂寞凄凉，FN 常常伴她出游。在这种环境下，她和他的交感之深，自与时日俱进了。那时我们总以为有情人终成眷属了；然而人事不可测，不久便听说 FN 病了，病因很复杂，隐约听说是呕血之症。这种的病，多半因抑郁焦劳而起，我很觉得为 PM 担忧，因到她住的"梅窠"去访她。我一进门便看见她黯然无言地坐在案旁，手里拿着一张甫写成的几行信稿。她见我进来，便放下信稿招呼我。正在她倒茶给我喝的时候，我已将那桌上的信稿看了一遍，她写的是："……飞蛾扑火而焚身，春蚕作茧以自缚，此岂无知之虫蛋独受其危害，要亦造物罗网，不可逃数耳！

125

即灵如人类，亦何能摆脱？……"隐友！PM的衰苦，已可在这数行信笺中寻绎了解，何况她当时复戚容满面呢。我因问她道："你曾去看 FN 吗？他病好些吗？"她听我问完，便长叹道："他的病怎能那么容易好呢！瞧着罢！我虽不杀伯仁，伯仁终不免因我而死！"我说："你既知你有左右他的生死权，何忍终置之于死地！"她这时禁不住哭了，她不能回答我所问的话，只从抽屉里拿出一封信给我看，只见上面写道：

"PM！近来我忽觉得我自己的兴趣变了，经过多次的自省，我才晓得我的兴趣所以致变的原因。唉！PM！在这广漠的世界上我只认识了你，也只专诚地膜拜你，愿飘零半世的我，能终覆于你爱翼之下！

"诚然，我也知道，这只是不自然的自己束缚自己。我们为了名分地位的阻碍，常常压伏着自然情况的交感，然而愈要冷淡，结果愈至于热烈。唉！我实不能反抗我这颗心，而事实又不能不反抗，我只有幽囚在这意境的名园里，做个永久的俘虏罢！"

F 韩

隐友！世界上不幸的事何其多！不过因为区区的名分和地位，卒断送了一个有用的青年！其实其惨淡尚不止此，PM 的毁形灭灵，更使人为之不忍，当时我禁不住陪着哭，但是何益！

她现在体质日渐衰弱，终日哭笑无常，有人劝她看佛经，但何处是涅槃？我听说她叫你替她作一篇记述，也好！你有功夫不妨替她写写，使她读了痛痛快快哭一场；久积的郁闷，或可借之一泄！

文菊

亲爱的朋友！当我读完文菊这封信，正是午夜人静的时候，淡月皎光已深深隐于云被之后，悲风呜咽，以助我的叹息。唉，朋友呵！我常自笑人类痴愚，喜作茧自缚，而我之愚更甚于一切人类。每当风清月白之夜，不知欣赏美景，只知握着一管败笔，为世之伤心人写照，竟使洒然之心，满蓄悲楚！故我无作则已，有所作必皆凄苦哀凉之音，岂偌大世界，竟无分寸安乐土，资人欢笑！唉！朋友哟！我不敢责备你毁情绝义以自苦，你为了因你而死的 FN，终日以眼泪洗面，我也绝不敢说你想不开。因为被宰割的心绝不是别人所能想到其痛楚；那么更有何人能断定你的哭是不应该的呢。哭罢，吾友！有眼泪的时候痛快地流，莫等欲哭无泪，更要痛苦万倍了。

你叫我替你作记述，无非要将一腔积闷宣泄。文菊叫我作记述，也不过要借我的酒杯为你浇块垒。这都有益于你的，我又焉敢辞。不过我终不敢大胆为你作传，我怕我的预料不对，我若写得不合你的意，必更增你的惆怅，更觉得你是天涯一孤鸿了。但是我若写得合你的意，我又怕你受了无形的催眠。——只有这封信给你，我对于你同情和推想，都可于此中寻得。你为之欣慰或伤感，我无从得知，只盼你诚实地告诉我，并望你有出我意料外的彻悟消息告诉我！亲爱的朋友！保重罢！

隐自海滨寄

屈 伸 自 如

昼长无聊，偶翻十三经至孔老先生"天下有道则见，无道则隐"及"邦有道，如矢；邦无道，如失"。不禁掩卷而长叹道："傻子哉，孔老先生也！"怪不得有陈蔡之厄，周游列国，卒不见用！苟能学今之大人先生，又何往而不利？

然则今之大人先生处世之道如何？无他，能"屈伸自如"耳。何谓屈伸自如？即见人之势与财强于我者，则恭敬如儿孙对父祖，卑颜屈膝舐痔拍马，尽其能事而为之，如是则可仗人势，狐假虎威，昂首扬眉，摆摆摇摇，像煞有介事，渐渐而求之，不难为人上之人矣！

127

至于见无势无财之人，则傲之，骄之，虎吓之，吹法螺，装腔而作势，威风凛凛，气派十足，使其人不敢仰目而视，足恭听令，因之其气焰蒸蒸焉，灼灼焉，不可一世矣。

"屈伸自如"既有如是之宏功伟业，吾人宁可不鞠躬受教，以自取于灭亡耶？

然操此术者，亦有所谓秘诀者在，即忘记自己是个人，既非人则何恤乎人格？故不要人格是第一秘诀，试看古往今来，愚忠愚孝的傻子，修德立品的呆子，都是太看重自我和人格了，所以弄得"杀身成仁"徒贻笑于今日之大人先生，真真何苦来哉！

时至今日，世变非常，立身之道岂可不变？苟不知应付之术，包管索尔于枯鱼之肆，反之则可以大作其官，大发其财了！

穷小子们觉悟罢，不要被孔老先生所误，什么立功、立德、立言，这都是隔壁账，还是练习其"屈伸自如"之本事，与今之大人先生抗衡于二十世纪之世界，岂不妙哉！

云鸥情书选

一 寄 冷 鸥

可敬的冷鸥女士：

相谈后，心中觉着一种说不出的怪感；你总拿着一声叹息，一颗眼泪，去笼罩宇宙，去解释一切，我虽则反对你，但仍然深与你同情。我呵！昔日也虽终夜流过泪的，但无论如何我闭紧嘴决不发一声太息，因为在这世上，你如果觉得无聊或悲观，那么趁早去自杀罢，不然只望着生命空长呻吟，有何用处？你说你看透了世上早就是这么一回事，但是你能反对"自然"，反对"命运"，你就当努力去向它们宣战，失败成功，毫不顾及，努力去创造好环境，这才是真的人生。如果你畏缩，你岂不是落入命运之手？岂不是更入悲境？这样下去，又怎样才好呢？要知道奋斗即是人生意义，悲观、乐观、幸运、劫运一切一切都是假的！你也许说我不了解你的心情，和你的环境，所以才有这类意思，不过，可敬的冷鸥！主张是主张，环境是环境，外面的一切都不能改变我们的主张和见解，现在我把这首长诗《祈祷》寄与你，希冀你从它那里能得些安慰，我的目的也尽于此。呵！冷鸥，我很盼望你能时赐我书，更盼望你能给我纠正与指导，让我俩永远是心灵中的伴侣吧！

异云

二 寄 异 云

异云：

信收到了，诗尚未寄来，想因挂号耽误之故吧。

承你鼓舞我向无结果人生路上强为欢笑，自然是值得感激的；不过，异云，神经过敏的我，觉得你不说悲观是不自然的……什么是奋斗？什么是努力？反正一句话，无论谁在没有自杀或自然地死去之先，总是在奋斗在努力，不然便一天也支持不过去的。

异云，我告诉你，我并不畏缩，我虽屡经坎坷，汹浪，恶涛，几次没顶，然而我还是我，现在依然生活着；至于说我总拿一声叹息一颗眼泪去罩笼宇宙，去解释一切，那只怪我生成戴了这副不幸的灰色的眼镜，在我眼睛里不能把宇宙的一切变得更美丽些，这也是无办法的事。至于说悲观有何用——根本上我就没有希望它有用，——不过情激于中，自然地流露于外，不论是"阳春白雪"或"下里巴歌"，总而言之，心声而已。

我一生别的不敢骄人，只有任情是比一切人高明。我不能勉强敷衍

129

任何人，我甚至于不愿见和我不洽合的人，我是这样的，只有我，没有别人；换言之，我的个性是特别顽强，所以我是不容易感化的，而且我觉得也不必勉强感化。世界原来是种种色色的，况悲切的哀调是更美丽的诗篇，又何必一定都要如欢喜佛大开笑口呢？异云，我愿你不要失去你自己，——不过，如果你从心坎里觉得世界是值得歌颂的，那自然是对的；否则不必戴假面具——那太苦而且无聊！

我们初次相见，即互示以心灵，所以我不高兴打诳语，直抒所欲言，你当能谅我，是不是？

再说罢，祝你

快乐！

冷鸥

三 寄 冷 鸥

亲爱的鸥姊：

我确信你不至于误会我的——

现在我先要来"正名"！我觉得我无相当名称赏于你，除了"心灵的姊"——这是诗人雪莱叫黑琴籁女士用的，你以为如何？最好再声明一下：我这信是乱七八糟的，无系统的，我感着什么便吐出什么，毫不作假，绝非假面具！鸥姊，你说这个态度对不对？以下便是我的疯话，请听吧：

你在中央公园时不是说过，我来当你的领导吗？那么，我这一生就算是有意义了。我相信当我"领导"的人至少经验学问年纪三者须比我大，所以从前有一位德国学者曾言他最合适为我的"领导"，亲爱的鸥姊，你这般重视我，这样慷慨，在我请求你当我的"领导"之先，你便说这一句我永永远远不能忘的话哟！人类自古到今，圣贤哲士，当然也不少，我读的诗人也不很少，他们的话没有一句不像你那一句话——呵！就只那一句话，那般感动我的。唉，鸥姊，你须知道，我永远是单独的；我每觉这世上不是我栖息的地方，总愿飞到他处——不管何处，只需离了这世界。如今哟，也许以后我再不觉着生命如何无聊，也许不十分想飞离此世，那是谁的功劳呢？我说那并非你的力量，实在是上帝的力量，上帝的力量又在哪里？上帝的力量在我俩的内心的感应，说到这里，我入了神秘之境，希望你也进入神秘之境。

别后回学校，世界的面目好似改了，我心中有种说不出来的压迫，有种不可言喻的神奇，使得我昨夜通夜未尝安眠；呵，鸥姊，你到底是什么？我不知道，即使知道，也不敢讲；从今后我将用全般精神来侍奉你。请你别以我为龌龊——呵！不，即使我龌龊，你就应当完成你在世上的使命，来使人类清洁。我呢？也是人类之一，那你自然也当使我这龌龊的灵魂神洁。呵，我哭了。哭出过喜的眼泪，呵，我心中有美丽鲜花一朵——那是你对我的明白与怜爱。

现今再说几句关于我个人的话：——人人都以为我是一个太浪漫的人，其实我浪漫的动机正似李太白喝酒过度的原因。我来到世上与别人一样，想得点安慰，了解种种，现在固无论别的，只有一事是真的，就是我总觉得我自呱呱坠地以来没有得过一度的安慰与了解。我昔在上海，屡想自杀，但终屡弱胆怯，未能实现，到而今仍然生存着，过一天算一天。——唉，亲爱的鸥姊，你细想我如何地可怜？哦，请别哭，请保留着你那可贵的神泪，等我的其他的更大悲痛来临时，再来替我滴一两颗吧。

两三月前，那位德国学者由广州来函，还对我讲："异云，你一人东飘西流的，真可怜，无人注意你，也无人指导你，——除了我，异云，亲爱的异云，你如愿到广州来，那就快来，跟我一处吧！"他又讲，我如果有一个好的有力量的乳母，那就比什么书什么朋友都强。当时，我听着心下阵阵发酸，知道这是很难的，因为他以那样多的经验与学问，尚且说他恐怕不能怎样对我有效。以后，他又对我说，虽然不容易找这一位神圣的乳母，但我知道这位乳母是在女子中，这女子虽没有那般年纪学问和经验，但比较容易有相当的成绩；他又说要替我解决这一个特别对我是最大最难的问题——婚姻问题，所以这几年来，我也认识一些女子，我毫不重视她们，其中有些都很喜欢我，爱我，但我始终不大理她们，只是无聊时同她们玩玩罢了！

唉！我最敬爱的鸥姊！你听了这些话一定不至误会的，因为你是聪明人，我是疯人，真正的聪明人是真正了解真正的疯人的。现在你哟，我以为比一切一切万汇都伟大，我便愿终生在你这种伟大无边的智慧之光中当一只小鸟或一个小蝶，朝晨唱唱歌，中午翩翩地在花丛中飞舞，写到这里，还有许多许多的话想说，我觉文字这种东西现在很不能表现我的万分之一的感想与感觉，我要用音乐与图画来使你同样感到我心中的感觉，但我既非音乐家，也非图画家，——咳！我将用沉默来使你了解我。你沉默了吗？告诉我，请温柔地低声地告诉我，你在沉默中感觉什么，看看我俩感着的是否相同。

我的心，这一颗多伤，跳得不规则的心，从前跳，跳，单独地跳，跳出单独的音调；自从认识你后，渐渐地跳，跳出双音来，现在呢？这双音又合为一音了，此后，你的呼吸里，你的血管里，表面看来是单的，其实是双的；我呢，也在同样的情形中，这些谁知道谁了解呵？除了我俩！

啊！世界，跳舞，微笑，别再痴呆地坐在那儿板着灰的脸，我的生命，我的天使，我的我，——鸥姊！我看见你在教世界跳一种舞蹈，笑一种新微笑，我也学会了一首新生命的歌调，新生命的舞蹈，我即死，我的生命已经居在永久不朽之中，你说是不是？

我很想再见你，还有许多话要向你讲；但是话有时不能表现我的奥义与深情，奈何？

你礼拜天如果有空时，我虔诚盼望你能许我礼拜上午在你家里等我，我俩同到城外我的茅屋看看，然后同到玉泉山或西山一游。亲爱的姊姊，想来你不至于拒绝吧？鸥姊，我说一句真话，我从前没有被人动心像被你动心那样！希望你以后对我万万分的诚真，指导指教我的一切——身体和精神。希望你接到这封疯狂但是天真的信以后，即刻就回我一封。

异云

四 寄异云

云弟：

放心！我一切都看得雪亮，绝不至误会你！

人间虽然污浊，但是黑暗中也未尝没有光明；人类虽然渺小，但在或种环境之中也未尝没有伟大。云弟，我们原是以圣洁的心灵相结识，我们应当是超人间的情谊，我何至那么愚钝而去误会你，可怜的弟弟，你放心吧，放心吧！

人与人的交接不得已而戴上假面具，那是人间最残酷最可怜的事实，如果能够在某一人面前率真，那就是幸福，所以你能在我面前不虚伪，那是你的幸福，应当好好地享受。

什么叫疯话？——在一般人的意义（解释疯狂的意义之下）你自然难免贤者之讥；但在我觉得这疯话就是一篇美的文学，——至少它有着真诚的情感吧。

但是云弟，你入世未深，你年纪还小，恐怕有那么一天你的疯话将为你的经验和苦难的人生而陶铸成了假话呢！到那时候，才是真正可悲哀的，古人说"哀莫大于心死"，——现在一般社会上的人物，哪一个是有着活泼生动的心灵？哪一个不是行尸走肉般在光天化日之下转动着？唉！愚钝本是人类的根性，佛家所谓"真如"早已被一切的尘浊所遮掩了，还有什么可说？

其实我也不比谁多知道什么，有的时候我还要比一切愚钝的人更愚钝，不过我有一件事情可以自傲的：就是无论在什么环境中，我总未曾忘记过"自我"的伟大和尊严；所以我在一般人看起来是一个最不合宜的固执人，而在我自己，我的灵魂确因此解放不少，我除非万不得已的时候，我总是行我心之所安——这就是我现在还能扎挣于万恶的人间绝大的原因。云弟，我所能指导你的不过如是而已！

你是绝对主情生活的人，这种人在一方面说是很伟大很真实的，但在另一方面说，也是最苦痛最可怜的；因为理智与情感永远是冲突的，况且世界上的一切事实往往都穿上理智的衣裳，在这种环境之下，只有你一个人骑着没有羁勒的天马，到处奔驰，结果是到处碰钉子——这话比较玄妙，我可以举一件事实证明我的话是对的：比如你在南方饭店里所认识的某女士，在你不过任一时的情感说一两句玩话罢了，而结果？别人就拿你的话当作事实，然后加以理智的批评，因之某博士也不高兴你，某诗人也反对你，弄到现在，你自己也进退两难——这个大概够你受了吧？——所以，云弟，我希望你以后稍微冷静点，一般没什么知识的女子，她们不懂得什么神秘，她们可以把你一两句无意的话当作你对她们表示情爱的象征呢！——世路太险恶，天真的朋友，你要留心荆棘的刺伤呢。

云弟，你是极聪明的人，所以你比谁都疯狂，——自然这话也许你要笑我偷自"天才即狂人"的一句话；不过，我确也很了解这话的意义。所谓天才，他的神光与人不同，他的思想是超出人间的，而一般的批评家却是地道的人间的人，那些神秘惊奇的事迹在他们眼里看来自然是太陌生。又焉得不以疯子目之呢？

可是我并不讨厌疯子，我最怕那方行矩步的假人物。——在中国诗人中我最喜欢李太白和苏东坡，我最讨厌杜甫和吴梅村；在外国诗人中我所知道有限，可是我很喜欢雪莱——这也许就是我们能够共鸣的缘故吧。

天地间的东西最神秘的，是无言之言，无声之声，就是你所说的沉默。中国有一句成语说"无限心头事，都在不言中"。所谓沉默的时候，就是包容宇宙一切的时候，这时候是超人间的，如醉于美酒后的无所顾

忌飘逸美满的心情，云，你说对不对？再谈吧，祝你

高兴！

冷鸥

十六寄异云

异云：

现在正是黄昏时候，天空罩着一层薄薄的荫翳，没有娇媚的斜阳，也没有灿烂的彩霞，一切都是灰色的。可是我最喜欢这样的时候，因此我知道我的命运是我自己造成的，我只喜欢人们所不喜欢的东西，自然我应得到人们所逃避的命运了。

灰色最是美丽，一个人的生命如果不带一点灰色，他将永远被摒弃于灵的世界。你看灰色是多么温柔，它不像火把人炙得喘不过气来，它同时也不像黑暗引人陷入迷途，——我怕太强烈的光线，我怕太热闹的生活，我愿永远沉默于灰色中。

这话太玄了吧，但是我想你懂，至少也懂得一部分，是不是？

今天一天我没有离开我的书案，碧的绿藤叶在微风中鼓荡，我抬头望着，常恍若置身于碧海之滨，细听小的涛浪互语：这是多么神秘的体验呵！

你回校写诗了吗？我希望在最近的将来能看见它，而且我预料一定是一本很美丽的作品。杀青时，千万就寄给我吧。

我今天写了不少的东西，而且心情也比较安定了。希望你的生活也很舒适。

你还吃素吗？天热，多吃点菜蔬，倒是很合卫生，不过有意克苦去吃素，我瞧很可不必——而且吃不了三天又要开斋，真等于"一曝十寒"，未免太不彻底了。再谈。祝你

康健！

冷鸥

135

二十一 寄异云

异云:

不知为什么我这几天的心紊乱极了。我独自坐在书案前的摇椅上，怔怔看着云天出神，只觉得到处都是不能忍受的不和谐，我真愤恨极了，我要毁灭一切！——然而你知道我是太脆弱了；哪里有力量来做这非常的勾当呢。

异云，我不是对你说过吗？在我的眼前时时现露着那个可怕的阴影。它是像利剑似的时时刺得我的心流血——血滴是渐渐地展开来，好像一条河，可怜的我就沐浴于这鲜红的血水中；当我如疯狂似的投向那温软的梦中时，为了这血水的腥气又把我惊醒了；这时我看见我的灵魂是踯躅于荒郊，那神情太狼狈了！因此连刹那的沉醉都不可得！唉，天给我的宿命是如此地残刻，呵，异云，你将何以慰我呢？

从前我也曾经感到生之彷徨，然而程度没有现在的深，现在呵，太糟了，我简直没有法子说出我心里情调之复杂。

你说你每次见了我的时候，都觉得我好像在生病。真的，你的眼光实在够锐利了，因为我太柔弱，我负担不起心浪的掀腾，我受不住情感的重压，最后我是掩饰不住我的病容。

本来我就觉得，求人的谅解容易，现在更觉得了。哎，异云，我为了你的清楚我，曾使我感激得流泪，但同时我又觉得我太认真了，爽性世界上半个清楚我的人也没有，不是更干脆吗？现在呵，你是看见我狼狈的心了！然而那可怕的阴影又不止息地在我面前荡漾，我真不知道怎样才好，哎，太可怜了哟！

你给我写信了吗？每次写信都是这种悲调，我也觉得无谓，无奈根性如此，也没有办法呢。云，原谅我吧。

冷鸥

二十三 寄冷鸥

我爱——冷鸥:

别后心情怅惘。昨夜稍喝了点酒,便昏昏沉沉入梦乡了;梦中我看见你,好像是我们快要分离似的。我伏在你怀里哭,哭,直到你叫我"请别再哭了!我爱!"时,我才把头从你理想似的胸间抬起来;那时夕阳已只一半地露在地面,归鸦啼叫,真使我感到无限凄戚!眼看我们将各自东西,我不禁叹了口气说:"黯然消魂者,唯别而已矣。""此事古难全,但愿人长久,千里共婵娟!"今晨醒时,枕边尚有泪痕,勉强起床,心绪渐渐安静些,唯有周身十分无力。

唉,冷鸥,人生不过百年,而我们的岁月至多亦不过三四十年,所以我对于一切——整个的世界,全体的生命——毫无兴趣,只觉到空虚,一切都是枉然。我只能在你面前得到生机与止痛药,我宁牺牲一切,如果能得到你少许的真情挚爱。

鸥,吾爱,谈什么富贵功名?谈什么希望失意?谈什么是非善恶?——这些都不足维系我的心灵,更不能给我以生之意义,我愿长此在你怀里。我的生自然是美丽的,同时我的死也是美丽的。

上次我被你一句话把我弄到伤心的地步:你说大概到后来你还是演一出悲剧收了这一场美妙的梦吧。吾爱,我不知你说那话时的心境如何;我只有反视我自己,结果除了悲哀与灰心而外,还有什么可说呢?

我不是屡次告诉你过说将来等到你卧在死之榻上时,我坐在榻边伴着你,一边给你讲人生的秘奥,一边又讲到我俩的爱情安慰与结合,那时你自然会明白我的真心,——我那颗真的心。

明天也许你有封信来,我一切都好,请释慈怀!顺询

日安

你的异云

三十一 寄异云

亲爱的——

你瞧！这叫人怎么能忍受？灵魂生着病，环境又是如是的狼狈，风雨从纱窗里一阵一阵打进来，屋顶上也滴着水。我蜷伏着，颤抖着，恰像一只羽毛尽湿的小鸟，我不能飞，只有失神地等候——等待着那不可知的命运之神。

我正像一个落水的难人，四面汹涌的海浪将我紧紧包围，我的眼发花，我的耳发聋，我的心发跳，正在这种危急的时候，海面上忽然飘来一张菩提叶，那上面坐着的正是你，轻轻地悄悄地来到我的面前，温柔地说道："可怜的灵魂，来吧！我载你到另一个世界。"我惊喜地抬起头来，然而当我认清楚是你时，我怕，我发颤，我不敢就爬上去。我知道我两肩所负荷的苦难太重了，你如何载得起？倘若不幸，连你也带累得沦陷于这无边的苦海，我又何忍？而且我很明白命运之神对于我是多么严重，它岂肯轻易地让我逃遁？因此我只有低头让一个一个白银似的浪花从我身上踏过。唉，我的爱，——你真是何必！世界并不少我这样狼狈的歌者，世界并不稀罕我这残废的战士，你为甚么一定要把我救起，而且你还紧紧地将我搂在怀里，使我听见奇秘的弦歌，使我开始对生命注意！

呵，多谢你，安慰我以美丽的笑靥，爱抚我以柔媚的心光，但是我求你不要再对我遮饰，你正在喘息，你正在扎挣，——而你还是那样从容地唱着摇篮曲，叫我安睡。可怜！我哪能不感激你，我哪能不因感激你而怨恨我自己？唉！我为什么这样渺小？这样自私？这样卑鄙？拿爱的桂冠把你套住，使你吃尽苦头？——明明是砒霜而加以多量的糖，使你尝到一阵苦一阵甜，最后你将受不了荼毒而至于沦亡。

唉，亲爱的，你正在为我柔歌时，我已忍心悄悄地逃了，从你温柔的怀里逃了，甘心为冷硬的狂浪所淹没。我昏昏沉沉在万流里漂泊，我的心发出忏悔的痛哭，然而同时我听见你招魂的哀歌。

爱人，世界上正缺乏真情的歌唱。人与人之间隔着万重的铜山，因之我虔诚地祈求你尽你的能力去唱，唱出最美丽最温柔的歌调，给人群一些新奇的同感。

我在苦海波心不知漂泊几何岁月，后来我飘到一个孤岛上，那里堆满了贝壳和沙砾，我听着我的生命在沙底呻吟，我看着撒旦站在黑云上狞笑。呵，我为我的末路悲悼，我不由得跪下向神明祈祷，我说："主呵！告诉我，谁藏着玫瑰的香露？谁采撷了智慧之果？……一切一切，我所需要的，你都告诉我！你知道我为追求这些受尽人间的坎坷！……现在我将要回到你的神座下，你可怜我，快些告诉我吧！"

我低着头，闭着眼，虔诚地等候回答，谁想到你又是那样轻轻地悄悄地来了？你热烈地抱住我说："不要怕，我的爱！……我为追求你，曾跋涉过海底的宫阙；我为追求你，曾跑遍山岳；谁知那里一切都是陌生，一切都是缥缈，哪有你美丽的倩影？哪有你熟悉的声音？于是我夜夜唱着招魂的哀歌，希冀你的回应；最后我是来到这孤岛边，我是找到了你！呵，我的爱，从此我再不能与你分离！"

啊，天！——这时我的口发渴，我的肚子饥饿，我的两臂空虚，——当你将我引到浅草平铺的海滨——我没有固执，我没有避忌，我忘记命运的残苛；我喝你唇上的露珠，我吃你智慧之果，我拥抱你温软的玉躯。那时你教给我以世界的美丽，你指点我以生命的奥义，唉，我还有什么不满足，然而，吾爱，你不要惊奇，我要死——死在你充满灵光洋溢情爱的怀里，如此，我才可以伟大，如此我才能不朽！

我的救主，我的爱，你赐予我的如是深厚，而你反谦和地说我给你的太多太够！

然而我相信这绝不是虚伪，绝不是世人所惯用的技巧，这是伟大的爱所发扬出来的彩霓！——美丽而协和，这是人类世界所稀有的奇迹！

今后人世莫非将有更美丽的歌唱，将有更神秘的微笑吗？我爱，这都是你的力量啊！

前此撒旦的狞笑时常在我心中徜徉，我的灵魂永远是非常狼狈——有时我似跳出尘寰，世界上的法则都从我手里撕碎，我游心于苍冥，我与神祇接近。然而有时我又陷在运命的网里，不能挣扎，不能反抗，这种不安定的心情像忽聚忽散的云影。吾爱，这样多变幻的灵魂，多么苦恼，我需要一种神怪的力将我维系，然而这事真是不容易。我曾多方面地试验过：我皈依过宗教，我服从过名利，我膜拜过爱情，而这一切都太拘执太浅薄了，不能和我多变的心神感应，不能满足我饥渴的灵魂，使我常感到不调协，使我常感到孤寂，但是自碰见你，我的世界变了颜色——我了解不朽，我清楚神秘。

亲爱的，让我们是风和云的结合吧。我们永远互相感应，互相融洽，那么，就让世人把我们摒弃，我们也绝对的充实，绝对的无憾。

亲爱的，你知道我是怎样怪癖，在人间我希冀承受每一个人的温情，同时又最怕人们和我亲近。我不需要形式固定的任何东西，我所需要的是适应我幽秘心弦的音浪。我哭，不一定是伤心；我笑，不一定是快乐；这一切外形的表现不能象征我心弦的颤动；有时我的眼泪和我的笑声是一同来的；这种心波，前此只有我自己知道，我自己感着，现在你是将我整个地看透了。你说：

> "我握着你的心，
> 我听你的心音；
> 忽然轻忽然沉，
> 忽然热忽然冷，
> 有时动有时静，
> 我知你最晰清。"

呵！这是何等深刻之言。从此我不敢藐视人群，从此我不敢玩弄一切，因为你已经照彻我的幽秘，我不再倔强，在你面前我将服帖柔顺如一只羔羊。呵，爱的神，你诚然是绝高的智慧，我愿永远生息于你的光辉之下，我也再不彷徨于歧路，我也再不望着前途流泪，一切一切你都给了我，新奇的觉醒——我的爱，我的神……

你的冷鸥

三十四寄冷鸥

我唯一的冷鸥，我永久的人呀！

薄暮归途，一望四周苍茫。那孤寂冷静的日儿渐渐从东方爬起，挣扎了许久才慢慢爬起来，正似一个受创伤的灵魂自巉崖间逃出，得着了自由，悠游于澄清的太空中——我的冷鸥，你说那是谁？

每次分别，明知是很暂时的分别，然而总觉无名的压抑难受，想你也是如此。因为这一点，我曾怨恨过人生如何无味；因为这一点，我曾心中流泪——泪，心泪！

而今我不能更加程度地明白我们是如何地不可分离，我们的结合正与生死之不可分是一样。呵，你时常——自然现在不这样了——疑惑我是一朵行云，是一阵飘风，不能久住于你心里的宫殿，那时你是怎样傻呀！

毕竟，我自你的神情中窥出你的自招，你十二万分真诚地承认了我是你的，已是你的。

我希望我们此后有更美丽丰富的生活，一方面我们紧抓着人生的真谛，努力吸收外界的种种；他方面尽量地从事于创作文艺，把我们曾经在世上所抓着的东西全表现在文艺里。我告诉你，吾爱，不管你是乐观或悲观，你总不能反对"爱"——叔本华不能，哈代也不能。我愿你能沉醉在美甜的梦里——说梦，并非谓一种空虚，乃是一种神妙境地。

冷鸥，我的冷鸥，我在他人面前非常能忍耐冷静，在你美丽的影中我便不能；我那热烈流动不安定的心便全盘露出了，所以你无意间给我一句难受的话，或示我一种不安适的面貌，我便觉得比全世界的压迫还难受多了。我的人儿，请别以为我对你特别刻薄严厉，你当了解我的心态。

我无时不在想你，我祈上苍使我每晚能梦见你！

现在我爱护你，甚至于怕你受了微风的压迫。祝你

高兴

你的异云

三十八寄冷鸥

我的冷鸥：

我未知何时始可放下思想的重载和感觉的锐敏和情绪的热烈，这三种鬼魔我最怕的是感觉的锐敏——不！锐敏二字还不能象征我的痛苦，亲爱的，我不是曾经告诉你过我此生有个大隐痛？便指这种痛苦。所以"锐敏"还难称恰当，只好改为"怪僻"；那就是说我有许多怪感觉，这些怪感觉不能以言语讲出，即使能，也说不出它们怪僻的所在。

时间真不易过！我从未像今天受到时间的压迫。此刻，我才与那些因不能生存于现世而自杀者深表同情；此刻，我才体会出死的甜美与可爱；此刻，我才更认清我的命运与世界的一切。老实说，亲爱的，若没有你，我也许会去完结我的生之路程了。

你时常说你在人丛或观念中更感着需要我，而我呢？却在静寂孤单时才更觉着渴望你，我们的动机虽则不同，我们的结果是不异的。

做一个人真不容易！尤其是做我们这类的人，做人苦，人间苦，人间原来是苦的！但是请别误会我的意思，我并不像那些想离现世、向着现世浩叹之流，我又不像那些在世上失望，因恋爱名利而失望之流，我说"人间苦"，一面自然想脱离人间，他面却十分明白就是离开人间，别处也没有更高明的地方——那就是说不单人间是痛苦的，时间空间一切都是非常痛苦的。

142

自从认识你以后，我的隐痛仍然在，不过减轻多了。时间不容易过！我重复地说。亲爱的，你若在我身旁，它是比较容易逝去，你想想我焉能不时时刻刻分分秒秒地渴着你？这时我方顾虑到将来如果不幸你比我先死，我其余的生命又将如何过呢？但我又不愿比你先死，因为你也同样地难受，好了，我们同时死去吧。

昨夜梦中我看见许多鬼怪和许多安琪儿战争，等梦醒时，我的泪不自禁地流满枕边——那纵然是个梦，我也伤心地私自地流着泪。

异云

四十八寄冷鸥

心爱的鸥：

两天美妙的梦后，忽然来到这么刻板的环境里，自然使我有无边际的悲苦。我说不出当我俩分离那刹那间我是如何地忍着酸泪，我更说不出世间尚有比这种情况再悲惨更值得一颗血泪的哟！

今日心情较好，但身体却失了健康。我独卧床上，无疑地便想着你了——起初我看见你的心，那颗多创伤的心，从那些心的孔穴里闪出一股白光，白光是如此美净，我便发现了其中有爱情，有真美善。

吾爱，我们相识以前，我的生活全放在艺术的创作里，如今我爱你，我崇拜你，正如我爱我崇拜的艺术一样。可是你当晓得，生活第一，其次才是艺术，所以我爱我崇拜你比艺术更厉害。今后我将用艺术的我来歌颂你，前此我只是用肉体世俗的我来歌颂艺术。

冷鸥，你给我以新生命，推我再进一层生命，我将何以报你？

异云

五十九寄冷鸥

我的冷鸥——

来信接到。的确尘寰中的一切障碍不能减少我们生命的意义，不能阻隔我们灵魂的接吻，不能分开我们混合的一体。

呵，亲人！我希望你以后别再回忆你昔日生命的伤痕，别再拿一颗眼泪一声叹息去解释宇宙，去笼罩一切，任外间是如何凄风苦雨，我们仍是温暖有生机的啊！

我们有同样的生，同样的死，同样的命，同样的笑，同样的哭，同样的容貌，同样的安慰，同样的心声——唉！同样的身体，同样的呼吸，唉！一切一切都同样！我们同吃，同坐，同行，同游，一切一切都同样！我们是天地的一切，我们是空气，我们和谐的心声，正和空气一般充满着全宇宙！啊，冷鸥，我此刻虽暂和你别离数天，但我无时无刻地不带着你的啊！因为我心中永存着你的模样。

冷鸥，我愿你把你心灵的一切都交给我，我虽是弱者，但担负你的一切我敢自夸是有余的！冷鸥，我的，——你试想从前你是如何对我怀疑？我不怪你的有经验有理智，最可笑的是你那些自苦与用心全变为冤枉的了。我不是别人，我由上天命定而是你的！吾爱，你说是不是？问你安好！

你的云

六十三 寄冷鸥

最亲爱最可敬的冷鸥！

前信想早收到，今天又拿着我的血液来给你写这一封，千万请你早早回答我——我要的是你的整个，你的生命，表现在一封写超美丽热烈的信里！

当云魂战颤地狂放地失望地寻求他所不能寻得的东西，爱人，我告诉你，他便对世上一切怀疑着，藐视着，悲观着，不仅这样，他将流出无量的血液，唱出无数的哀歌，最后他便把他完全的幸福去冒险，自愿饮鸩毒而死。如果这样，吾爱，那人的生命岂不像秋天落叶一样的干枯脆弱飘零吗？不过请别误解！这不是他痴愚的原因，也不是他昏醉的原

144

因，这是——我当如何去说呢？请恕我！我既非文学家，又非雄辩家，不能透彻地表出我心里的意思；我既非音乐家，不能用细微的音调使你同样地感着我所感觉的。说也可怜，我又那能有达文骞那样一只手把我那些神秘的思想如他所作的图画那样真诚地表现出来呢？

老实说，除了你而外，我可向谁吐出我胸中无穷的蕴意？我怕的是误解臆断，不是责叱嘲笑，今后我只得忠诚地把我自己整个地诉给你听，你，我唯一的人儿，即使我想说一个东西是黑的而说成白的了，你，我十二万分相信，也会领悟我的本心本意——这样我死也是甘心。

今晨我十二点钟才起床，看见屋里的蜘蛛在那里织网，北风簌簌地从破窗隙里吹进，地上尘埃不知积了多厚，恰如蒙古的大沙漠。在这种孤寂的环境中，我太息了多少次，太息我自己不会当人，把自己的一生弄成这样潦倒，但是，只要一想着你，我的忧愁如六月的冰块便全消融了。所以你的相片成了我屋里独一的饰品，不单如此，简直是我心灵之神，我生命之师。

从冬暖夏凉的学校中初到这样破陋的茅屋，自然稍感不便，不过心中实较在校安适多了。别人知道，必以我为疯狂或傻子。他们是物质世界的健将，这我不得不承认的。可是，至亲爱的冷鸥，不管他们以为我们如何，我们只管我们灵感的指挥：这样也可得无量的安慰了。

因为初来此间，甚么也没有，今天一天未曾一饭一饮，然而时感快乐，这大约是环境变迁的缘故吧。住不多久，或许这地方又要成为至惨的牢狱，可是谁能够预料将来的万一呢？唉！就是上帝自己也不能的哟！

听！这是什么？啊，原来是夜间的敲竹声！已经三更了！月儿有些淡了，星儿也有些偷跑了，我的蜡也流了不少的泪，我不能再写了，明天的事还多，此刻我须休息。匆匆敬问
安好！

你的异云

六十五寄冷鸥

吾爱：

昨夜梦中看见你了，使我惊醒。平常暗淡的屋子，今晨变为光明素白。啊！外边积了不少的雪，破窗边也堆了几寸厚，真想不到一夜的时间世界竟改了面目，处处都是银白色。我起来把地略扫，觉得很疲倦，便靠着窗下的墙壁睡了。哦！谁知道又梦着你了！——但是我的发白了——哦，窗外的雪大片大片地坠下，北风吹它们进了窗，落在我的头上衣上。

吾爱，现在我告诉你我房屋的陈设。这里一共四间房（本来三间，我隔成四间的）。一间自然是我的卧室，其中唯一的陈设便是你的相片了；一间是书屋，我所有的佛经都放在架上，一本外国书都没有；还有一间是空的；其余一间呢？那就怪了！吾爱，那便是我的默想室，你如果来，一定又要说我神怪，好好的几间屋子，又得弄成这样奇秘，你不是常常说我三分像人七分像鬼吗？每当心中有无名的烦恼，我便冷静地入了这室，正如死者入棺一样。这室本来有两窗，我都用厚纸糊上，室内的冷墙全变为漆黑，我便在这冢里消磨我的青春。

今后我将和世界挑战，我的战书已写好了！我对世界始终是怀疑的——爱人，虽则你对我这样真纯——连我自己的存在也是怀疑着！人们看树是树，石是石，水是水，自己是自己；我呢？看树、石、水、自己……不是树、石、水、自己……我太苦了，我感到世事变化无常，一切的移动无归！

空中有鬼，地下有鬼，人的心里也有鬼！它们乱我心曲！呵呵！我命如此！我来向一切革命反抗，屋内屋外的万汇，细听我的战书，不要自误了！

写到这里，雪不下了，红日升起，檐上水滴声哒哒，这样美的天气，吾爱，我们不必太自戕，应当稍微享受点吧。

今天接得你的信。你劝我思想不必过于激烈，激烈只是自伤，只是愚者的举动。你说凡事总要忍耐，"时间"自然可以解决一切问题。是的，是的，时间是唯一的解决者：她使花苞变成花朵，使花朵变成果实，一切都在受它的指挥管束。

连日雨雪霏霏，小巷里的行人很少，我房内也有熊熊的火，但我并不觉温暖，只是阵阵地寒抖。这时，我想着人类的命运，世界的将来，有时我全不能分别我还是在人间还是在地下；但是，吾爱，我总知道我是在你的怀抱里。

你，美丽的神灵，在我内心中叫唤我；我夜夜听见你的歌声——呵！神哟！不必躲我，我是诗人，是天上掉在地上的一朵花，请来罢，来到最终的一息间，来到我最后的生命焰中。神哟！我而今发现了你在叫我。我的耳朵呀，你们为什么聋了这么久？昏迷迷的我弃了世界，毫不回顾地弃了它，特意地来与你神灵亲爱。我曾不呼吸过，想着死，我曾不动地盼望死之来临，最终死神却未来，而你哟，黑暗里进出的光芒，乌云外的一颗明星，残杀中的一点微笑，反来降临在我的心上，不要走，请永远地留在这里，用水浇我生命的嫩芽，使它开花，结果，而为人类牺牲！愿全宇宙都感着你！使过去现在将来都成为不灭之微笑！哦，我曾为你疯过，人们用最柔和的爱来抱我，我凋零了；你即使用最严酷的绳来桎梏我，我也欢喜而卑谦地服从你，我认识你了！有时，你不来，我心中总老现着你的形状，不要走呀！你一隐身全宇宙就得崩溃！我战栗着，喘着气，等你美丽的神灵，请出现吧，请别使人类在徘徊踌躇不定之中而沦亡……

冷鸥——我的亲人儿呀！你想上面的神秘之辞到底是在说谁呢？

我永远是你的异云

六十七　寄冷鸥

我生命的爱人——冷鸥：

的确，流年如逝水，真不待人，转瞬间我俩已相识一年了。在这一年中，你我曾不知流了多少泪，我们的心潮忽然如沸血般的热，忽然如冰雪般的冷；我们的心潮有时如鸿毛之轻，有时又如泰山之重；我们在这一年的短促时间内的往事，真是可歌可泣可赞美可浩叹！

可是天有宿命，我们已渡过了万顷风波的海洋。越过了万仞巉峻的重岭，而今我们已踏上了平坦的大路，路旁满是些爱情的玫瑰。

吾爱，海有枯的时候，山有崩的时候，我们的爱情只是无尽永久的哟。匆匆，余续上。

我是你的异云

第四篇 歧路指归说清狂

灵魂可以卖吗

　　荷姑她是我的邻居张诚的女儿，她从十五岁上，就在城里那所大棉纱工厂里，做一个纺纱的女工，现在已经四年了。

　　当夏天熹微的晨光笼罩着万物的时候，那铿锵悠扬的工厂开门的钟声，常常唤醒这城里居民的晓梦，告诉工人们做工的时间到了。那时我推开临街的玻璃窗，向外张望，必定看见荷姑拿着一个小盒子，里边装着几块烧饼，或是还有两片卤肉——这就是工厂里的午饭；从这里匆匆地走过，我常喜欢看着她，她也时常注视我，所以我们总算是一个相识的朋友呢！

　　初时我和她遇见的时候，只不过彼此对望着，仅在这两双视线里，打个照会。后来日子长了，我们也更熟悉了，不像从前那种拘束冷淡了；每次遇见的时候，彼此都含着温和的微笑，表示我们无限的情意。

　　今天我照常推开窗户，向下看去，荷姑推开柴门，匆匆地向这边来了，她来到我的窗下，便停住了，满脸露着很愁闷和怀疑的神气，仰着头，含着乞求的眼神颤巍巍地道："你愿意帮助我吗？"说完俯下头去，静待我的回答。我虽不知道她要我帮助她做什么，但是我的确很愿意尽我的力量帮助她，我更不忍看她那可怜的状态，我竟顾不得思索，急忙地应道："能够！能够！凡是你所要我做的事，我都愿意帮助你！"

　　"呵！谢上帝！你肯帮助我了！"荷姑极诚恳地这么说着，眼睛里露出欣悦的光彩来，那两颊温和的笑痕，在我的灵魂里，又增了一层更深的印象，甜美、神秘，使人永远不易忘记呢！过了些时，她又对我说:"今天下午六点钟的时候,我们再会吧!现在我还须到工厂里去。"我也说道:"再会吧!"她便回转身子,匆匆地向工厂的那条路上去了。

荷姑走了!连影子都看不见了!但是我还怔怔地俯在窗子上,回想她那种可怜的神情,不禁使我生出一种神秘微妙的情感,和激昂慷慨的壮气;我觉得世界上可怜的人实在太多,但是像荷姑那种委屈沉痛的可怜,我还是第一次看见呢!她现在要求我帮助她,我的能力大约总有胜过她的,这是上帝给我为善的机会,实在是很难得而可贵的机会!我应当怎样地利用呵!

我决定帮助她了!那么我所帮助她的,必要使她满足,所以我现在应该预备了。她若果和我借钱,我一定尽我所有的帮助她;她若是有一种大需要,我直接不能给她,也要和母亲商量把我下月应得的费用,一齐给她,一定使她满足她所需要的。人们生活在世界上,缺乏金钱,实在是不幸的运命呢!但是能济人之急,才是人类互助的精神,可贵的德行!我有绝大的自尊心,不愿意做个自私自利的动物,我不住地这么想,我豪侠的壮气,也不住地增加,恨不得荷姑立刻就来,我不要她向我乞求,便把我所有的钱,好好地递给她,使她可以少受些疑难和愁虑的苦!

我自从荷姑走后,我心里没有一刻宁帖,那一股勇于为善的壮气,直使我的心容留不下,时时流露在我的行动里,说话的声音特别沉着,走路都不像平日了。今天的我仿佛是古时候的虬髯客和红拂那一流的人,"气概不可一世"。

今天的日子,过得特别慢,往日那太阳射在棉纱厂的烟筒尖上,是很容易的事情,可是今天,我至少总有十几次,从这窗外看过去,日影总没到那里,现在还差一寸呢!

"呵!那烟筒的尖上,现在不是射着太阳,放出闪烁的光来吗?荷姑就要来了!"我俯在窗子上,不禁喜欢得自言自语起来。

远远地一队工人，从工厂里络绎着出来了；他们有的向南边的大街上去；有的到东边那广场里去，顷刻间便都散尽了。但是荷姑还不见出来，我急切地盼望着，又过了些时，那工厂的大铁门，才又"呀"的一声开了，荷姑忙忙地往我们这条胡同里来，她脸上满了汗珠，好似雨点般滴下来，两颊红得真像胭脂，头筋一根根从皮肤里隐隐地印出来，表示那工厂里恶浊的空气，和疲劳的压迫。

　　她渐渐地走近了，我们的视线彼此接触上了。她微微地笑着走到我的书房里来，我等不得和她说什么话，我便跑到我的卧室里，把那早已预备好的一包钱，送到荷姑面前，很高兴地向她说："你拿回去吧！若果还有需用，我更想法子帮助你！"

　　荷姑起先似乎很不明白地向我凝视着，后来她忽叹了一口气，冷笑道："世界上应该还有比钱更为需要的东西吧！"

　　我真不明白，也没有想到，荷姑为什么竟有这种出人意料的情形？但是我不能不后悔，我未曾料到她的需要，就造次把含侮辱人类的金钱，也可以说是万恶的金钱给她，竟致刺激得她感伤。唉！这真是一种极大的羞耻！我的眼睛不敢抬起来了！羞和急的情绪，激成无数的泪水，从我深邃的心里流出来！

　　我们彼此各自伤心寂静着，好久好久，荷姑才拭干她的眼泪和我说道："我现在要告诉你一件小故事，或者可以说是我四年以来的历史，这个就是我要求你帮助的。"我就点头应许她，以下的话，便是她所告诉我的故事了。

　　"在四年前，我实在是一个天真活泼的小孩子，现在自然是不像了！但是那时候我在中学预科里念书，无论谁不能想象我会有今天这种沉闷呢！"

　　荷姑说到这里，不禁叹息流下泪来，我看着她那种凄苦憔悴的神气，怎能不陪着她落下许多同情泪呢？等了许久，荷姑才又继续说：——

　　"日子过得极快，好似闪电一般，这个冰雪森严的冬天，早又回去了，那时我离中学预科毕业期，只有半年了，偏偏我的父亲的旧病，因春天到了，便又发作起来，不能到店里去做事，家境十分困难，我不能不丢弃这张将要到手的毕业文凭，回到家里侍奉父亲的病！当然我不能不灰心！但是这还算不得什么，因为慈爱的父母和弟妹，可以给我许多安慰。不过没有几天，我的叔叔便托人替我荐到那所绝大的棉纱厂里做女工，一个月也有十几块钱的进项。于是我便不能不离开我的父母弟妹，去做工了，幸亏这时我父亲的病差不多快好了，我还不至于十分不放心。

"走到工厂临近的那条街上，早就听见轧轧隆隆的声音，这种声音，实含着残忍和使人厌憎的意思，足以给人一种极大不快的刺激，更有那乌黑的煤烟和污腻的油气，更加使人头目昏胀！

"我第一天进这工厂的门，看见四面黯淡的神气，实在忍耐不住，但是这些新奇的境地，和庞大的机器，确能使我的思想轮子，不住地转动，细察这些机器的装置和应用，实在不能说没有一点兴趣呢！过了几天，我被编入纺纱的那一队里。那个纺车的装置和转动，我开始学习，也很要用我的脑力，去领会和记忆，所以那时候，我仍不失为一个有活泼思想的人，常常从那油光的大铜片上，映出我两颊微笑的窝痕。

"那一年春天，很随便地过去了！所有鲜红的桃花托上，那时不是托着桃花，是托着嫩绿带毛的小桃子，榆树的残花落了一地，那叶子却长得非常茂盛，遮蔽着那灼人肌肤的太阳，竟是一个天然的凉棚。所有春天的燕子、杜鹃、黄莺儿，也都躲到别处去了，这一切新鲜夏天的景致，本来很容易给人们一种新刺激和新趣味。但是在那工厂里的人，实在得不到这种机会呢！

"我每天早晨，一定的时间到工厂里去，没有别的爽快的事情和希望，只是每次见你俯在窗子上，微笑着招呼，那便是我一天里最快活的事情了！除了这件，便是那急徐高低永没变更过一次的轧轧隆隆的机器声，充满了我的两耳和心灵，和永远用一定规矩去转动那纺车，这便是

154

我每天的工作了！我的工作实在使我厌烦，有时我看见别的工人打铁，我便有一个极热烈的愿望，就是要想把那铁锤放在我的手中，拿起来试打两下，使那金黄色的火星，格外多些，似乎能使这沉黑的工厂，变光明些。

"有一次我看着刘良站在那铁炉旁边，摸擦那把铁锤子，火星四散，不觉看怔了，竟忘记使纺车转动，忽听见一种严厉的声音道：'唉！'我吓了一跳，抬头只见管纺纱组的工头板着铁青的面孔，恶狠狠地向我道：'这个工作便是你唯一的责任，除此以外，你不应该更想什么；因为工厂里用钱雇你们来，不是叫你运用思想，只是运用你的手足，和机器一样，谋得最大的利益，实在是你们的本分！'

"唉！这些话我当时实在不能完全明白，不过我从那天起，我果然不敢更想什么，渐渐成了习惯，除了谋利和得工资以外，也似乎不能更想什么了！便是离开工厂以后，耳朵还是充满着纺车轧轧的声音，和机器隆隆的声音；脑子里也只有纺车怎样动转的影子，和努力纺纱的念头，别的一切东西，我都觉得仿佛很隔膜的。

"这样过了三四年，我自己也觉得我实在是一副很好的机器，和那纺车似乎没有很大的分别。因为我纺纱不过是手自然的活动，有秩序的旋转，除此更没有别的意义。至于我转动的熟习，可以说是不能再增加了！

"在那年秋天里的一天——八月十号——是工厂开厂的纪念日，放了一天工。我心里觉得十分烦闷，便约了和我同组的一个同伴，到城外去疏散，我们出了城，耳旁顿觉得清静了！天空也是一望无涯的苍碧，不着些微的云雾，只有一阵阵的西风吹着那梧桐叶子，发出一种清脆的音乐来，和那激石潺潺的水声，互相应和。我们来到河边，寂静地站在那里，水里映出两个人影，惊散了无数的游鱼，深深地躲向河底去了。

"我们后来拣到一块白润的石头上坐下了，悄悄地看着水里的树影，上下不住地摇荡，一个乌鸦斜刺里飞过去了。无限幽深的美，充满了我们此刻的灵魂里，细微的思潮，好似游丝般不住地荡漾，许多的往事，久已被工厂里的机器声压没了，现在仿佛大梦初醒，逐渐地浮上心头。

"忽一阵尖利的秋风，吹过那残荷的清香来，五年前一个深刻的印象，从我灵魂深处，渐渐地涌现上来，好似电影片一般的明显：在一个乡野的地方，天上的凉云，好似流水般疾驰过去，斜阳射在那蜿蜒的荷花池上，照着荷叶上水珠，晶晶发亮，一队活泼的女学生，围绕着那荷花池，唱着歌儿，这个快乐的旅行，实在是我一生最大的幸福呢！今天的荷花香，正是前五年的荷花香，但是现在的我，绝不是前五年的我了！

"我想到我可亲爱的学伴，更想到放在学校标本室的荷瓣和秋葵，我心里的感动，我真不知道怎样可以形容出来，使你真切地知道！"

荷姑说到这里，喉咙忽咽住了，眼眶里满含着痛泪，望着碧蓝的天空，似乎求上帝帮助她，超拔她似的，其实这实在是她的妄想呵！我这时满心的疑云乃越积越厚，忍不住地问荷姑道："你要我帮助的到底是什么呢？"

荷姑被我一问才又往下说她的故事：

"那时我和我的同伴各自默默地沉思着，后来我的同伴忽和我说：'我想我自从进了工厂以后，我便不是我了！唉！我们的灵魂可以卖吗？'呵！这是何等痛心的疑问！我只觉得一阵心酸，愁苦的情绪，乱了我的心，我一句话也回答不出来！停了半天只是自己问着自己道：'灵魂可以卖吗？'除此我不能更说别的了！"

"我们为了这个痛心和疑问，都呆呆地瞪视那去而不返的流水，不发一言，忽然从芦苇丛中，跑出四五个活泼的水鸭来，在水里自如地游泳着，捕捉那肥美的水虫充饥，水鸭的自由，便使我们生出一种嫉恨的思想——失了灵魂的工人，还不如水鸭呢！——而这一群恼人的水鸭，也似明白我们的失意，对着我们，作出傲慢得意的高吟，不住‘呵，呵！’地叫着，这个我们真不能更忍受了！便急急地离开这境地，回到那尘烟充满的城里去。

"第二天工厂照旧开工，我还是很早地到了工厂里，坐在纺车的旁边，用手不住摇转着，而我目光和思想，却注视在全厂的工人身上，见他们手足的转动，永远是从左向右，他们所站的地方，也永远没有改动分毫，他们工作的熟练，实在是自然极了！当早晨工厂动工钟响的时候，工人便都像机器开了锁，一直不止地工作，等到工厂停工钟响了，他们也像机器上了锁，不再转动了！他们的面色，是黧黑里隐着青黄，眼光都是木强的，便是做了一天的工作，所得的成绩，他们也不见得有什么愉快，只有那发工资的一天，大家脸上是露着凄惨的微笑！

"我渐渐地明白了，我同伴的话实在是不错，这工厂里的工人，实在不只是单卖他们的劳力，他们没有一些思想和出主意的机会，——灵魂应享的权利，他们不是卖了他们的灵魂吗？

"但是我永远不敢相信，我的想头是对的，因为灵魂的可贵，实在是无价之宝，这有限的工资便可以买去？或者工人便甘心卖出吗？……‘灵魂可以卖吗？’这个绝大的难题，谁能用忠诚平正的心，给我们一个圆满的回答呢！"

荷姑说完这段故事，只是低着头，用手摸弄着她的衣襟，脸上露着十分沉痛的样子。我心里只觉得七上八下地乱跳，更不能说出半句话来，过了些时荷姑才又说道："我所求你帮助我的，就是请你告诉我，灵魂可以卖吗？"

我被她这一问，实在不敢回答，因为这世界上的事情不合理的太多呵！我实在自悔孟浪，为什么不问明白，便应许帮助她呢？现在弄得欲罢不能！我急得眼泪湿透了衣襟，但还是一句话没有，荷姑见我这种为难的情形，不禁叹道："金钱虽是可以帮助无告的穷人，但是失了灵魂的人的苦恼，实在更甚于没有金钱的百倍呢！人们只知道用金钱周济

157

人，而不肯代人赎回比金钱更要紧的灵魂！"

她现在不再说什么了！我更不能说什么了！只有忏悔和羞愧的情绪，激成一种小声浪，责备我道："帮助人呵！用你的勇气回答她呵！灵魂可以卖吗？"

跳舞场归来

太阳的金光，照在淡绿色的窗帘上，庭前的桂花树影疏斜斜地映着。美樱左手握着长才及肩的柔发；右手的牙梳就插在头顶心。她的眼睛注视在一本小说的封面上，——那只是一个画得很单调的一些条纹的封面；而她的眼光却缠绕得非常紧。不久她把半长的头发卷了一个松松的髻儿，懒懒地把牙梳收拾起来，她就转身坐在小书桌旁的沙发上，伸手把那本小说拿过来翻看了一段。她的脸色更变成惨白，在她放下书时，从心坎里吁出一口气来。

无情无绪地走到妆台旁，开了温水管洗了脸，对着镜子擦了香粉和胭脂。她向自己的影子倩然一笑，似乎说："我的确还是很美，虽说我已经三十四岁了。……但这有什么要紧，只要我的样子还年轻！迷得倒人……"她想到这里，又向镜子仔细地端详自己的面孔，一条条的微细的皱痕，横卧在她的眼窝下面。这使得她陡然感觉到气馁。呀，原来什么时候，已经有了如许的皱痕，莫非我真的老了吗？她有些不相信，……她还不曾结婚，怎么就被老的恐怖所压迫呢？！是了，大约是因为她近来瘦了，所以脸上便有了皱痕，这仅仅是病态的，而不是被可怕的流年所毁伤的成绩。同时她向自己笑了，哦！原来笑起来的时候，眼角也堆起如许的皱痕……她砰的一声，把一面镜子向桌子上一丢，伤心地躲到床上去哭了。

　　壁上的时钟当当地敲了八下，已经到她去办公的时间了。没有办法，她起来揩干眼泪，重新擦了脂粉，披上夹大衣走出门来，明丽的秋天太阳，照着清碧无尘的秋山；还有一阵阵凉而不寒的香风吹拂过来。马路旁竹篱边，隐隐开着各色的菊花，唉，这风景是太美丽了。……她深深地感到一个失了青春的女儿，孤单地在这美得如画般的景色中走着，简直是太不调和了。于是她不敢多留意，低着头，急忙地跑到电车站，上了电车时，她似乎心里松快些了。几个摩登的青年，不时地向她身上投眼光，这很使她感到深刻的安慰，似乎她的青春并不曾真的失去；不然这些青年何至于……她虽然这样想，然而还是自己信不过。于是悄悄地打开手提包，一面明亮的镜子，对她照着，——一张又红又白的椭圆形的面孔；细而长的翠眉；有些带疲劳似的眼睛；直而高的鼻子，鲜红的樱唇，这难道算不得美丽吗？她傲然地笑了。于是心头所有的阴云，都被一阵带有炒栗子香的风儿吹散了。她趾高气扬跑进办公室，同事们已来了一部分，她向大家巧笑地叫道："你们早呵！"

　　"早！"一个圆面孔的女同事，柔声柔气地说："哦！美樱你今天真漂亮，……这件玫瑰色的衣衫也正配你穿！"

　　"唔，你倒真会作怪，居然把这样漂亮的衣服穿到 Office 来？！"那个最喜欢挑剔人错处的金英做着鬼脸说。

　　"这算什么漂亮！"美樱不服气地反驳着："你自己穿的衣服难道还不漂亮吗？"

　　"我吗？"金英冷笑说："我不需要那么漂亮，没有男人爱我，漂亮又怎么样？不像你交际之花，今日这个请跳舞，明天那个请吃饭，我们是丑得连同男人们说一句话，都要吓跑了他们的。"

　　"唉！你这张嘴，就不怕死了下割舌地狱，专门嚼舌根！"一直沉默着的秀文到底忍不住插言了。

　　"你不用帮着美樱来说我。……你问问她这个礼拜到跳舞场去了多

159

少次？……听说今天晚上那位林先生又来接她呢！"

"哦，原来如此！"秀文说："那么是我错怪了你了！美樱小鬼走过来，让我盘问盘问；这些日子你干些什么秘密事情，趁早公开，不然我告诉他去！"

"他是哪个？"美樱有些吃惊地问。

"他吗？你的爸爸呀！"

"唷，你真吓了我一跳，原来你简直是在发神经病呀！"

"我怎么在发神经病？难道一个大姑娘，每天夜里抱着男人跳舞，不该爸爸管教管教吗？……你看我从来不跳舞，就是怕我爸爸骂我……哈哈哈。"

金英似真似假，连说带笑地发挥了一顿。同事们也只一哄完事。但是却深深地惹起了美樱的心事；抱着男人跳舞；这是一句多么神秘而有趣味的话呀！她陡然感觉得自己是过于孤单了。假使她是被抱到一个男人的怀里，或者她热烈地抱着一个男人，似乎是她所渴望的。这些深藏着的意识，今天非常明显地涌现于她的头脑里。

办公的时间早到了，同事们都到各人的部分去做事了。只有她怔怔地坐在办公室，手里虽然拿着一支笔，但是什么也不曾写出来。一沓沓的文件，放在桌子上，她只漠然地把这些东西往旁边一推。只把笔向一张稿纸上画了一个圈，又是一个圈。这些无秩序的大小不齐的圈儿，就是心理学博士恐怕也分析不出其中的意义吧！但美樱就在这莫名其妙的画圈的生活里混了一早晨，下午她回到家里，心头似乎塞着一些什么东西，饭也不想吃，拖了一床绸被便蒙头而睡。

秋阳溜过屋角，慢慢地斜到山边；天色昏暗了。美樱从美丽的梦里醒来，她揉了揉眼睛，淡绿色窗帘上，只有一些灰黯的薄光，连忙起来开了电灯，正预备洗脸时，外面已听见汽车喇叭呜呜地响，她连忙锁上房屋，把热水瓶里的水倒出来，洗了个脸；隐隐已听见有人在外面说话的声音；又隔了一时，张妈敲着门说道："林先生来了！"

"哦！请客厅里坐一坐我就来！"

美樱收拾得齐齐整整，推开房门，含笑地走了出来说道："Good evening, Mr. Lin." 那位林先生连忙走过去握住美樱那一双柔嫩的手，同时含笑说道："我们就动身吧，已经七点了。"

"可以，"美樱踌躇说，"不过我想吃了饭去不好吗？"

"不，不，我们到外面吃，去吧！静安寺新开一家四川店，菜很好，我们在那里吃完饭，到跳舞场去刚刚是时候。"

"也好吧！"美樱披了大衣便同林先生坐上汽车到静安寺去。

···········

九点钟美樱同林先生已坐在跳舞场的茶桌上了。许多青年的舞女，正从那化妆室走了进来。音乐师便开始奏进行曲，林先生请美樱同她去跳。美樱含笑地站了起来，当她一只手扶在那位林先生的肩上时，她的心脉跳得非常快，其实她同林先生跳舞已经五次以上了，为什么今夜忽然有这种新现象呢？她四肢无力地靠着林先生；两颊如灼地烧着。一双眼睛不住盯在林先生的脸上；这使林先生觉得有点窘。正在这时候，音乐停了，林先生勉强镇静地和美樱回到原来的座位上，叫茶房开了一瓶汽水，美樱端着汽水，仍然在发痴，坐在旁边的两个外国兵，正吃得醉醺醺的，他们看见美樱这不平常的神色，便笑着向美樱丢眼色，做鬼脸。美樱被这两个醉鬼一吓，这才清醒了。这夜不曾等跳舞散场他们便回去了。

一间小小的房间里，正开着一盏淡蓝色的电灯，美樱穿着浅紫色的印花乔其纱的舞衣；左手支着头部，半斜在沙发上，一双如笼雾的眼，正向对面的穿衣镜，端详着自己倩丽的身影。一个一个的幻想的影子，从镜子里漾过，"呀，美丽的林！"她张起两臂向虚空搂抱，她闭紧一双眼睛，她愿意醉死在这富诗意的幻境里。但是她摇曳的身体，正碰在桌角上，这一痛使她不能不回到现实世界来。

"唉！"她黯然叹了一声，一个使她现在觉得懊悔的印象明显地向她攻击了：

七年前她同林在大学同学的时候，那时许多包围她的人中，林是最忠诚的一个。在一天清晨，学校里因为全体出发到天安门去开会，而美樱为了生病，住在疗养室里，正独自一个冷清清睡着的时候，听窗外有人在问："于美樱女士在屋里吗？"

"谁呀？"美樱怀疑地问。

"是林尚鸣……密司于你病好点吗？"

"多谢！好得多了，一两天我仍要搬到寄宿舍去，怎么你今天不曾去开会吗？"

"是的，我因为还有别的事情，同时我惦记着你，所以不曾去。"美樱当时听了林的话，只淡淡地笑了笑。不久林走了，美樱便拿出一本书来看，翻来翻去，忽翻出父亲前些日子给她的一封信来，她又摊开来念道：

樱儿！你来信的见解很不错，我不希望你做一个平常的女儿；我希望你要做一个为人类为上帝所工作的一个伟大孩子，所以你终身不嫁，正足以实现你的理想，好好努力吧！……

美樱念过这封信后，她对于林更加冷淡了；其余的男朋友也因为听了她抱独身主义的消息，知道将来没有什么指望，也就各人另打主张去了。而美樱这时候又因为在美国留学的哥哥写信喊她出去。从前所有的朋友，更不能不隔绝了。美樱在美国住了五年，回国来时，林已和一位姓蔡的女学生结婚了。其余的男朋友也都成了家，有的已经儿女成行了。而美樱呢，依然还是孤零零的一个人。而且近来更感到一种说不出来的烦闷……
…………

美樱回想到过去的青春和一切的生活。她只有深深的懊悔了。唉，多蠢呀！这样不自然地压制自己！难道结婚就不能再为上帝和社会工作吗？

美樱的心被情火所燃烧；她从沙发上跳了起来；把身上的衣服胡乱地扯了下来。她赤了一双脚，把一条白色的软纱披在身上，头发也散披在两肩。她怔怔地对着镜子，喃喃地道："一切都毁了，毁了！把可贵的青春不值一钱般地抛弃了，蠢呀！……"她有些发狂似的，伸手把花瓶里的一束红玫瑰，撕成无数的碎瓣，散落在她的四周，最后她昏然地倒在花瓣上。

…………

第二天清晨，灼眼的阳光正射在她的眼上，把她从昏迷中惊醒！"呀！"她翻身爬了起来，含着泪继续她单调的枯燥的人生。

一个著作家

他住在河北迎宾旅馆里已经三年了，他是一个很和蔼的少年人，也是一个思想宏富的著作家；他很孤凄，没有父亲母亲和兄弟姊妹；独自一个住在这二层楼上，靠东边三十五号那间小屋子里，他桌上堆满了纸和书；地板上也堆满了算草的废纸；他的床铺上没有很厚的褥和被，可是也堆满了书和纸；这少年终日里埋在书堆里，书是他唯一的朋友；他觉得除书以外没有更宝贵的东西了！书能帮助他的思想，能告诉他许多他不知道的知识；所以他无论对于哪一种事情，心里都很能了解；并且他也是一个富于感情的少年，很喜欢听人的赞美和颂扬；一双黑漆漆的眼珠，时时转动。好像表示他脑筋的活动一样；他也是一个很雄伟美貌的少年，只是他一天不离开这个屋子没有很好的运动，所以脸上渐渐退

163

了红色，泛上白色来，坚实的筋肉也慢慢松弛了；但是他的脑筋还是很活泼强旺，没有丝毫微弱的表象；他整天坐在书案前面，拿了一支笔，只管写，有时停住了，可是笔还不曾放下，用手倚着头部的左边，用左肘倚在桌上支着头在那里想；两只眼对着窗户外蓝色的天不动，沉沉地想，他常常是这样。有时一个黄颈红冠的啄木鸟，从半天空忽的一声飞在他窗前一棵树上，张开翅膀射着那从一丝丝柳叶穿过的太阳，放着黄色闪烁的光；他的眼珠也转动起来，丢了他微积分的思想，去注意啄木鸟的美丽和柳叶的碧绿；到了冬天，柳枝上都满了白色的雪花，和一条条玻璃穗子，他也很注意去看；秋天的风吹了梧桐树叶刷刷价响或乌鸦嘈杂的声音，他或者也要推开窗户望望，因为他的神经很敏锐，容易受刺激；遇到春天的黄莺儿在他窗前桃花树上叫唤的时候，他竟放下他永不轻易放下的笔，离开他亲密的椅和桌，在屋子里破纸堆上慢慢踱来踱去地想；有时候也走到窗前去呼吸。

今天他照旧起得很早，一个红火球似的太阳，也渐渐从东向西边来，天上一层薄薄的浮云和空气中的雾气都慢慢散了；天上露出半边粉红的彩云，衬着那宝蓝色的天，煞是姣艳，可是这少年著作家，不很注意，约略动一动眼珠，又低下头在一个本子上写他所算出来的新微积分，他写得很快，看他右手不住地动就可以知道了。

当啷！当啷！一阵铃声，旅馆早点的钟响了，他还不动，照旧很快地往下写，一直写，这是他的常态，茶房看惯了，也不来打搅他；他肚子忽一阵阵地响起来，心里觉得空洞洞的；他很失意地放下笔，踱出他的屋子，走到旅馆的饭堂，不说什么，就坐在西边犄角一张桌子旁，把馒头夹着小菜，很快地吞下去，随后茶役端进一碗小米粥来，他也是很快地咽下去；急急回到那间屋里，把门依旧锁上，伸了一个懒腰，照旧坐在那张椅上，伏着桌子继续写下去。他没有什么朋友，所以他一天很安静地著作，没有一个人来搅他，也没有人和他通信；可以说他是世界上一个顶孤凄落寞的人；但是五年以前，他也曾有朋友，有恋爱的人；

164

可是他的好运现在已经过去了！

　　一天下午河北某胡同口，有一个年纪约二十上下的女郎，身上穿戴很齐整的，玫瑰色的颊和点漆的眼珠，衬着清如秋水的眼白，露着聪明清利的眼光，站在那里很迟疑地张望；对着胡同口白字的蓝色牌子望，一直望了好几处，都露着失望的神色，末了走到顶南边一条胡同，只听她轻轻地念道："荣庆里……荣庆里……"随手从提包里，拿出一张纸念道："荣庆里迎宾馆三十五号……"她念到这里，脸上的愁云惨雾，一刹那都没有了；露出她姣艳活泼的面庞，很快地往迎宾旅馆那边走；她走得太急了，脸上的汗一颗颗像珍珠似的流了下来；她也顾不得什么，用手帕擦了又走；约十分钟已经到一所楼房面前，她仰着头，看了看匾额，很郑重地看了又看；这才慢慢走进去，到了柜房那里，只见一个五十岁上下的老头儿，在那里打算盘，很认真地打，对她看了一眼，不说什么，嘴里念着三五一十五,六七四十二，手里拨着那算盘子，滴滴嗒嗒价响；她不敢惊动他，怔怔在那里出神，后来从里头出来一个茶房，手里拿着开水壶，左肩上搭了一条手巾，对着她问道："姑娘！要住栈房吗？"她很急地摇头说："不是！不是！我是来找人的。"茶房道："你找人啊，找哪一位呢？"她很迟疑地说："你们这里二层楼上东边三十五号，不是住着一位邵浮尘先生吗？""哦！你找邵浮尘邵先生啊？"茶房说完这句话，低下头不再言语，心里可在那里奇怪，"邵先生他在这旅馆里住了三年，别说没一个来看过他，就连一封信都没有人寄给他，谁想到还有一位体面的女子来找他……"她看茶房不动也不说话，她不禁有些不自在，脸上起了一朵红云，烦闷的眼光表示出她心里很急很苦的神情！她到底忍不住了！因问茶房道："到底有没有这个人啊，你怎么不说话？""是！是！有一位邵先生住在三十五号，从这里向东去上了楼梯向右拐，那间屋子就是，可是姑娘你贵姓啊？你告诉我好给你去通报。"她听了这话很不耐烦道："你不用问我姓什么，你就和他说有人找他好啦！""哦，那么，你先在这里等一等我去说来。"茶房忙忙地上楼去了；她心里很乱，一阵阵地乱跳，她很忧愁悲伤！眼睛渐渐红了，似乎要哭出来，茶房来了！"请跟我上来罢！"她很慢地挪动她巍颤颤的身体，跟着茶房一步步地往上走；她很费力，两只腿像有几十斤重！

少年著作家，丢下他的笔，把地板上的纸拾了起来，把窗户开得很大，对着窗户用力地呼吸，他的心跳得很厉害！两只手互相用力地摩擦，从屋子这头走到那头，来往不住地走；很急很重的脚步声，震得地板很响，楼下都听见了！"邵先生，客来了！"茶房说完忙忙出去了。他听了这话不说什么，不知不觉拔去门上的锁匙，呀一声门开了，少年著作家和她怔住了！大家的脸色都由红变成白，更由白变成青的了！她的身体不住地抖，一包眼泪，从眼眶里一滴一滴往外涌；她和他对怔了好久好久，他才叹了一口气，轻轻地说道："沁芬！你为什么来？"他的声音很低弱，并且夹着哭声！她这时候稍为清楚了，赶紧走进屋子关上门，她倚在门上很失望地低下头，用手帕蒙着脸哭！很伤心地哭！他这时候的心，几乎碎了！想起五年前她在中西女塾念书的一天下午，正是春光明媚的时候，她在河北公园一块石头上坐着看书，他和她那天就认识了，从那天以后，这园子的花和草，就是那已经干枯一半的柳枝，和枝上的鸟，都添了生气，草地上时常有她和他的足迹；长方的铁椅上，当下午四五点钟的时候，有两个很活泼的青年，坐在那里轻轻地谈笑；来往的游人，往往站住了脚，对她和他注目，河里的鱼，也对着她和他很活泼地跳舞！哼！金钱真是万恶的魔鬼，竟夺去她和他的生机和幸福！他想到这里，脸上颜色又红起来，头上的筋也一根根暴了起来，对着她很决绝地道："沁芬！我想你不应该到这里来！……我们见面是最不幸的事情！但是……"她这时候止住了哭，很悲痛地说道："浮尘！我想你总应该原谅我！……我很知道我们相见是不幸的事情！但是你果然不愿意见我吗？"她的气色益发青白得难看，两只眼直了，怔怔地对着他望，久久地望着；他也不说什么，照样地怔了半天，末后由他绝望懊恼的眼光里掉下眼泪来了！很沉痛地说道："沁芬！我想罗懒他的运气很好，他可以常常爱你，做你生命的寄托！……无论怎么样穷人总没有幸福！无论什么幸福穷人都是没份的！"她的心实在要裂了！因为她没能力可以使浮尘得到幸福！她现在已经做了罗懒的妻子了！罗懒确是很富足，一个月有五百元的进项，他的屋子里有很好的西洋式桌椅，极值钱的字画，和很温软的绸缎被褥，钢丝的大床；也有许多仆人使唤，她的马车很时新的并且有强壮的高马，她出门坐着很方便；但是她常常地忧愁，锁紧了她的眉峰，独自坐在很静寞的屋里，数那壁上时计摇摆的次数；她有一个黄金的小盒子，当罗懒出去的时候，她常常开了盒子对着那张相片，和爱情充满的信和诗，有时微微露出笑容，有时很失望地叹气和落泪！但是她为了什么？谁也不知道！就是这少年著作家也不知道！她现在不能说什么，因为她的心已经碎了！哇的一声，一口鲜红的血从她口里喷了出来；身体摇荡站不住了！他急了顾不得什么，走过去扶助她，她实在支持不住了！也顾不得什么，她的头竟倒在他的怀里，昏过去了！他又急又痛，但是他不能叫茶房进来帮助他，只得用力把她慢慢扶到自己的床铺上，用开水撬开牙关，灌了进去；半天她才呀的一声哭了！他不能说什么，也呜咽地哭了！这时候太阳已经下了山，他知道不能再耽误了！赶紧叫茶房叫了一辆马车送她回去。

她回去不久就病了，玫瑰色的颊和唇，都变了青白色，漆黑头发散开了，披在肩上和额上，很憔悴地睡在床上。罗懒急得请医生买药，找看护妇，但是她的血还是不住地吐！这天晚上她张开眼往屋子里望了望，静悄悄地没一个人，她自己用力地爬起来，拿了一张纸和一支笔，已经累得出了许多汗，她又倒在床上了！歇了一歇又用力转过身子，伏在床上，用没力气的手在纸上颤巍巍地写道："我不幸！生命和爱情，被金钱强买去！但是我的形体是没法子卖了！我的灵魂仍旧完完全全交还你！一个金盒子也送给你作一个纪念！你……"她写到这里，一口鲜

167

血喷了出来，满纸满床，都是猩红的血点！她忍不住眼泪落下来了！看护妇进来见了这种情形，也很伤心，对她怔怔地望着；她对着看护妇点点头，意思叫她到面前来，看护妇走过来了。她用手指着才写的那信说道："信！折……起……"她又喘起来不能说了！看护妇不明白，她又用力地说道："折起来……放在盒子里……""啊呀！"她又吐了！看护妇忙着灌进药水去！她果然很安静地睡了。看护妇把信放好，看见盒子盖上写着"送邵浮尘先生收"，看护妇心里忽地生出一种疑问，她为什么要写信给邵浮尘？"啊呀？好热！"她脸上果然烧得通红；后来她竟坐起来了！看护妇知道这是回光返照；她已是没有多少时候的命了！因赶紧把罗懒叫起来。罗懒很惊惶地走了进来，看她坐在那里，通红的脸和干枯的眼睛，又是急又是伤心！罗懒走到床前，她很恳切地说道："我很对不住你！但是实在是我父母对不起你！"她说着哭了！罗懒的喉咙，也哽住了，不能回答，后来她就指着那个盒子对罗懒说道："这个盒子你能应许我替他送去吗？"罗懒看了邵浮尘三个字，一阵心痛，像是刀子戳了似的，咬紧了嘴唇，血差不多要出来了！末后对她说道："你放心！咳！沁芬我实在害了你！"她一阵心痛，灵魂就此慢慢出了躯壳，飘飘荡荡到太虚幻境去了！只有罗懒的哭声和街上的木鱼声，一断一续地在那里伴着失了知觉的沁芬在枯寂凄凉的夜里！

在法租界里，有一个医院，一天早晨来了一个少年——他是个狂人，——披散着一头乱蓬蓬的头发，赤着脚，两只眼睛都红了，瞪得和铜铃一般大，两块颧骨像山峰似的凸出来，颜色和蜡纸一般白，简直和博物室里所陈列的骷髅差不多。他住在第三层楼上，一间很大的屋子里；这屋子除了一张床和一桌子药水瓶以外，没有别的东西。他睡下又爬起来，在满屋子转来转去，嘴里喃喃地说，后来他竟大声叫起来了："沁芬！你为什么爱他！……我的微积分明天出版了！你欢喜吧？哼！谁说他是一个著作家？——只是一个罪人——我得了人的赞美和颂扬，沁芬的肠子要笑断了！不！不！我不相信！啊呀！这猩红的是什么？

血……血……她为什么要出血？哼！这要比罂粟花好看得多呢！"他拿起药瓶狠命往地下一摔，瓶子破了！药水流了满地；他直着喉咙惨笑起来；最后他把衣服都解开，露出枯瘦的胸膛来，拿着破瓶子用力往心头一刺；红的血出来了，染红了他的白色小褂和袜子，他大笑起来道："沁芬！沁芬！我也有血给你！"医生和看护妇开了门进来，大家都失望对着这少年著作家邵浮尘只是摇头，叹息！他忽地跳了起来，又摔倒了，他不能动了。医生和看护妇把他扶在床上，脉息已经很微弱了！第二天早晨六点钟的时候，这个可怜的少年著作家，也离开这世界，去找他的沁芬去了！

幽　弦

　　倩娟正在午梦沉酣的时候，忽被窗前树上的麻雀噪醒。她张开惺忪的睡眼，一壁理着覆额的卷发，一壁翻身坐起。这时窗外的柳叶儿，被暖风吹拂着，东飘西舞。桃花猩红的，正映着半斜的阳光。含苞的丁香，似乎已透着微微的芬芳。至于蔚蓝的云天，也似乎含着不可言喻的春的欢欣。但是倩娟对着如斯美景，只微微地叹了一声，便不踌躇地离开这目前的一切，走到外面的书房，坐在案前，拿着一枝秃笔，低头默想。不久，她心灵深处的幽弦竟发出凄楚的哀音，萦绕于笔端，只见她拿一张纸写道：

　　时序——可怕的时序呵！你悄悄地奔驰，从不为人们悄悄停驻。多少青年人白了双鬓，多少孩子们失却天真，更有多少壮年人消磨尽志气。你一时把大地装点得冷落荒凉，一时又把世界打扮得繁华璀璨。只在你悄悄的奔驰中，不知酝酿成人间多少的悲哀。谁不是在你的奔驰里老了红颜，白了双鬓。——人们才走进白雪寒梅冷隽的世界里，不提防你早又悄悄地逃去，收拾起冰天雪地的万种寒姿，而携来饶舌的黄鹂，不住传布春的消息，催起潜伏的花魂，深隐的柳眼。唉，无情的时序，真是何心？那干枯的柳枝，虽满缀着青青柔丝，但何能绾系住漂泊者的心情！花红草绿，也何能慰落寞者的灵魂！只不过警告人们未来的岁月有限。唉！时序呵！多谢你："红了樱桃，绿了芭蕉。"这眼底的繁华，莺燕将对你高声颂扬。人们呢？只有对你含泪微笑。不久，人们将为你唱挽歌了：

春去了！春去了！

万紫千红，转瞬成枯槁，

只余得阶前芳草，

和几点残英，

飘零满地无人归！

蝶懒蜂慵，

这般烦恼；

问东风：

何事太无情，

一年一度催人老！

倩娟写到这里，只觉心头怅惘若失。她想儿时的漂泊。她原是无父之孤儿，依依于寡母膝下。但是她最痛心的，她更想到她长时的沦落。她深切地记得，在她的一次旅行里，正在一年的春季的时候。这一天黄昏，她站在满了淡雾的海边，芊芊碧草，和五色的野花，时时送来清幽的香气，同伴们都疲倦倚在松柯上，或睡在草地上。她舍不得"夕阳无限好"的美景，只怔怔呆望，看那浅蓝而微带淡红色的云天，和海天交接处的一道五彩卧虹，感到自然的超越。但是笼里的鹦鹉，任他海怎样

170

阔，天怎样空，绝没有飞翔优游的余地。她正在悠然神往的时候，忽听背后有人叫道："密司文，你一个人在这里不嫌冷寂吗？"她回头一看，原来是他——体魄魁梧的张尚德。她连忙笑答道："这样清幽的美景，颇足安慰旅行者的冷寂，所以我竟久看不倦。"她说着话，已见她的同伴向她招手，她便同张尚德一齐向松林深处找她们去了。

过了几天，她们离开了这碧海之滨，来到一个名胜的所在。这时离她们开始旅行的时间差不多一个月了。大家都感到疲倦。这一天晚上，才由火车上下来，她便提议明晨去看最高的瀑布，而同伴们大家只是无力地答道："我们十分疲倦，无论如何总要休息一天再去。"她听同伴的话，很觉扫兴，只见张尚德道："密司文，你若高兴明天去看瀑布，我可以陪你去。听说密司杨和密司脱杨也要去，我们四个人先去，过一天若高兴，还可以同她们再走一趟。好在美景极不是一看能厌的。"她听了这话，果然高兴极了，便约定次日一早在密司杨那里同去。

这天只有些许黄白色的光，残月犹自斜挂在天上，她们的旅行队已经出发了。她背着一个小小的旅行袋，里头满蓄着水果及干点，此外还有一只热水壶。她们起初走在平坦大道上，觉得早晨的微风，犹带些寒意。后来路越走越崎岖，因为那瀑布是在三千多丈的高山上。她们从许多杂树蔓藤里攀缘而上，走了许多泥泞的山洼，经过许多蜿蜒的流水，差不多将来到高山上，已听见隆隆的响声，仿佛万马奔腾，又仿佛众机齐动。她们顺着声音走去，已远远望见那最高的瀑布了。那瀑布是从山上一个湖里倒下来的。那里山势极陡，所以那瀑布成为一道笔直白色云梯般的形状。在瀑布的四围都是高山，永远照不见太阳光。她们到了这里，不但火热的身体，立感清凉，便是久炙的灵焰，也都渐渐熄灭。她烦扰的心，被这清凉的四境，洗涤得纤尘不染。她感觉到人生的有限，和人事的虚伪。她不禁忏悔她昨天和张尚德所说的话。她曾应许他，做他唯一的安慰者，但是她现在觉得自己太渺小了，怎能安慰他呢？同时觉得人类只如登场的傀儡，什么恋爱，什么结婚，都只是一幕戏，而且还要牺牲多少的代价，才能换来这一刹的迷恋。"唉，何苦呵！还是拒绝了他吧？况且我五十岁的老母，还要我侍奉她百年呢！等学校里功课结束后，我就伴着她老人家回到乡下去，种些桑麻和稻粱，吃穿不愁了。闲暇的时候，看看牧童放牛，听听蛙儿低唱，天然美趣，不强似……"她正想到这里，忽见张尚德由山后转过道："密司文来看，此地的风景才更有趣呢！"她果真随着他，转过山后去，只见一带青山隐隐，碧水荡漾，固然比那足以洗荡尘雾的瀑布不同。一个好像幽静的处女，一个却似盖世的英雄。在那里有一块很平整的山石，她和他便坐在那里休息。在这静默的里头，张尚德屡次对她含笑地望着，仿佛这绝美的境地，都是为她和他所特设。但这只是他的梦想，他所认为安慰者，已在前一点钟里被大自然的伟力所剥夺了。当他对她表示满意的时候，她正将一勺冷水回报他，她说："密司脱张，我希望你别打主意罢，实在的！我绝不能做你终身的伴侣。"唉！她当时实在不曾为失意者稍稍想象其苦痛呢！……

倩娟想到这里，由不得流下泪来，她举头看看这屋子，只觉得冷寞荒凉，思量到自己的前途，也是茫茫无际。那些过去的伤痕每每爆裂，她想到她的朋友曾写信道："朋友！你不要执迷吧！不自然地强制着自己的情感，是对自己不住的呵！"但是现在的她已经随时序并老，还说什么？

人间事，本如浮云飞越，无奈冷漠的心田，犹不时为残灰余烬所燃炙。倩娟虽一面看破世情，而一面仍束缚于环境，无论美丽的春光怎样含笑向人，也难免惹起她身世之感。这是她对着窗外的春色，想到自身的飘零，一曲幽弦，怎能不向她的朋友细弹呢？她收起所涂乱的残稿，重新蘸饱秃笔写信给她的朋友肖菊了。她写道：

肖菊吾友：沉沉心雾，久滞灵通，你的近状如何？想来江南春早，这时桃绽新红，柳抽嫩绿，大好春光，逸兴幽趣，定如所祝。都中气候，亦渐暖和，青草绵芊，春意欣欣。昨日伴老母到公园——园里松柏，依然苍翠似玉，池水碧波，依然因风轻漾。澹月疏星，一切不曾改观。但是肖菊！往事不堪回首，你的倩娟已随流光而憔悴了。唉！静悄悄的园中，一个漂泊者，独对皎月，怅望云天，此时的心境，凄楚曷极！想到去年别你的时候正是一堂同业，从此星散的时候，是何等的凄凉？况且我又正卧病宿舍。当你说道："倩娟，我不能陪你了。"你是无限好意，但是枕痕泪渍至今可验。我不敢责你忍心，我也明知你自有你的苦衷。当时你两颊绯红，满蓄痛泪，勉强走了。我只紧闭双目，不忍看。那时我的心，只有绝望……唉！我只不忍回忆了呵！

肖菊！我现在明白了，人生在世，若失了热情的慰藉，无论海阔天空，也难使郁结之心消释；任他山清水秀，也只增对景怀人之感。我现在活着，全是为了这一点不可扑灭的热情，——使我恋恋于老母和亲友，使我不忍离开她们，不然我早随奔驰的时序俱逝了！又岂能支持到今日？但是不可捉摸的热情，究竟何所依凭？我的身世又是如何飘零，——老母一旦设有不讳，这飘零的我，又将何以自遣？吾友！试闭目凝想，在一个空旷的原野，有一只失了凭依的小羊，——只有一只孤零零的小羊，当黄昏来到世界上，四面罩下苍茫的幕子来，那小羊将如何地彷徨？她嘶声的哀鸣，如何地悲切。呵，肖菊！记得我们同游苏州，在张公祠的茅草亭上，那时你还在我的跟前，但当我们听了那虎丘坡上，小羊呜咽似的哀鸣，犹觉惨怛无限。现在你离我辽远，一切的人都离我辽远，我就是那哀鸣的小羊了，谁来安慰我呢？这黑暗的前途，又叫我如何迈步呢？

可笑，我有时想超脱现在，我想出世，我想到四无人迹的空山绝岩中过一种与世绝隔的生活——但是老母将如何？并且我也有时觉得我这思想是错的，而我又不能制住此想。唉！肖菊呵！我只是被造物主播弄的败将，我只是感情帜下的残卒，……近来心境更觉烦恼。窗前的玫瑰发了新芽，几上的蜡梅残枝，犹自插在瓶里。流光不住地催人向老死的路上去，花开花谢，在在都足撩人愁恨！

我曾读古人的诗道："天若有情天亦老。"可怜的人类，原是感情的动物呵！

倩娟正写着，忽听一阵箫声，随着温和的春风，摇曳空中，仿佛空谷中的潺潺细流，经过沙碛般的幽咽而沉郁。她放下笔，一看天色已经黄昏，如眉的新月，放出淡淡的清光。新绿的柔柳，迎风袅娜，那箫声正从那柳梢所指的一角小楼里发出，她放下笔，斜倚在沙发上，领略箫声的美妙。忽听箫声以外，又夹着一种清幽的歌声，那歌声和箫韵正节节符和。后来箫声渐低，歌喉的清越，真如半空风响又凄切又哀婉，她细细地听，歌词隐约可辨，仿佛道：

春风！春风！
一到生机动，
河边冰解，山顶雪花融。
草争绿，花夺红，
大地春意浓。
只幽闺寂寞，
对景泪溶溶。
问流水飘残瓣，
何处驻芳踪！

呵！茫茫大地，何处是漂泊者的归宿？正是"问流水飘残瓣，何处驻芳踪"？倩娟反复细嚼歌词越觉悲抑不胜。未完的信稿，竟无力再续。只怔怔地倚在沙发上，任那动人的歌声，将灵田片片地宰割罢，任那无情的岁月步步相逼吧！……

何处是归程

在纷歧的人生路上，沙侣也是一个怯生的旅行者。她现在虽然已是一个妻子和母亲了，但仍不时地徘徊歧路，悄问何处是归程。

这一天她预备请一个远方的归客，天色才朦胧，已经辗转不成梦了。她呆呆地望着淡紫色的帐顶，——仿佛在那上边展露着紫罗兰的花影。正是四年前的一个春夜吧，微风暗送茉莉的温馨，眉月斜挂松尖把光筛洒在寂静的河堤上。她曾同玲素挽臂并肩，踯躅于嫩绿丛中。不过为了玲素去国，黯然的话别，一切的美景都染上离人眼中的血痕。

第二天的清晨，沙侣拿了一束紫罗兰花，到车站上送玲素。沙侣握着玲素的手说道："素姊，珍重吧！……四年后再见，但愿你我都如这含笑的春花，它是希望的象征呵！"那时玲素收了这花，火车已经慢慢地蠕动了，——现在整整已经四年。

沙侣正眷怀着往事，不觉环顾自己的四围。忽看见身旁睡着十个月的孩子——绯红的双颊，垂覆着长而黑的睫毛，娇小而圆润的面孔，不由得轻轻在他额上吻了一下。又轻轻坐了起来，披上一件绒布的夹衣，拉开蚊帐，黄金色的日光已由玻璃窗外射了进来。听听楼下已有轻微的脚步声，心想大约是张妈起来了吧。于是走到扶梯口轻轻喊了一声"张妈"，一个麻脸而微胖的妇人拿着一把铅壶上来了。沙侣扣着衣纽欠伸着道："今天十点有客来，屋里和客厅的地板都要拖干净些……回头就去买小菜……阿福起来了吗？……叫他吃了早饭就到码头去接三小姐。另外还有一个客人，是和三小姐同轮船来的，……她们九点钟到上海。早点去，不要误了事！"张妈放下铅壶，答应着去了。

沙侣走到梳妆台旁，正打算梳头，忽然看见镜子里自己的容颜老了许多，和墙上所挂的小照大不同了。她不免暗惊岁月催人，梳子插在头上，怔怔地出起神来。她不住地想道："这是怎么一回事呢？结婚，生子，做母亲，……一切平淡地收束了，事业志趣都成了生命史上的陈迹……女人，……这原来就是女人的天职。但谁能死心塌地地相信女人是这么简单的动物呢？……整理家务，扶养孩子，哦！侍候丈夫，这些琐碎的事情真够消磨人了。社会事业——由于个人的意志所发生的活动，只好不提吧。……唉，真惭愧对今天远道的归客！——一别四年的玲素呵！她现在学成归国，正好施展她平生的抱负。她仿佛是光芒闪烁的北辰，可以为黑暗沉沉的夜景放一线的光明，为一切迷路者指引前程。哦，这是怎样地伟大和有意义！唉，我真太怯弱，为什么要结婚？妹妹一向抱独身主义，她的见识要比我高超呢！现在只有看人家奋飞，我已是时代的落伍者。十余年来所求知识，现在只好分付波臣，把一切都深埋海底吧。希望的花，随流光而枯萎，永永成为我灵宫里的一个残影呵！……"沙侣无论如何排解不开这骚愁的秘结，禁不住悄悄地拭泪。忽听见前屋丈夫的咳嗽声，知道他已醒了，赶忙喊张妈端正面汤，预备点心，自己又跑过去替他拿替换的裤褂。一面又吩咐车夫吃早饭，把车子拉出去预备着。乱了一阵子，才想去洗脸，床上的小乖乖又醒了，连忙放下面巾，抱起小乖，喂奶，换尿布，壁上的钟已当当地敲了九下。客人就要来了，一切都还不曾预备好，沙侣顾不得了，如走马灯似的忙着。

　　沙侣走到院子里，采了几支紫色的丁香插在白瓷瓶里，放在客厅的圆桌上。怅然坐在靠窗的沙发上，静静地等候玲素和她的三妹妹。在这沉寂而温馨的空气里，沙侣复重温她的旧梦，眼睫上不知何时又沾濡上泪液，仿佛晨露浸秋草。

　　不久门上的电铃，琅琅地响了。张妈"呀"的一声开了大门。一个年轻漂亮的女子，手里提了一个小皮包，含笑走了进来。沙侣忙上前

176

握住她的手，似喜似怅地说道："你们回来了。玲素呢……""来了！沙侣！你好吗？想不到在这里看见你，听说你已经做了母亲，快让我看看我们的外甥，……"沙侣默默地痴立着。玲素仿佛明白她的隐衷，因握着沙侣的手，恳切地说道："歧路百出的人生长途上，你总算找到归宿，不必想那些不如意的事吧！"沙侣蒸郁的热泪，不能勉强地咽下去了。她哽咽着叹道："玲姊，你何必拿这种不由衷的话安慰我，归宿——我真是不敢深想，譬如坑洼里的水，它永永不动，那也算是有了归宿，但是太无聊而浅薄了。如果我但求如此的归宿，——如此的归宿便是人生的真义，那么世界还有什么缺陷？"

"这是为什么？姊姊。你难道有什么不如意的事吗？"沙侣摇头叹道："妹妹，我哪敢妄求如意，世界上也有如意的事吗？只求事实与思想不过分地冲突，已经是万分的幸运了！"沙侣凄楚而深痛的语调，使得大家惘然了。三妹妹似不耐此种死一般的冷寂，站了起来，凭着窗子看院子里的蜜蜂，钻进花心采蜜。玲素依然紧握沙侣的手，安慰她道："沙侣，不要太拘迹吧，有什么难受的呢？世界上所谓的真理，原不是绝对的。什么伟大和不朽，究竟太片面了，何尝能解决整个的人生？——人生原来不是这样简单的，谁能够面面顾到？……如果天地是一个完整的，那么女娲氏倒不必炼石补天了，你也太想不开。"

"玲姊的话真不错，人生就仿佛是不知归程的旅行者，走到哪里算到哪里，只要是已经努力地走了，一切都可以卸责了。……姊姊总喜欢钻牛角尖，越钻越仄，……我不怕你笑话，我独身主义的主张，近来有些摇动了……因为我已觉悟，固执是人生滋苦之因，不必拿别人说，只看我们的姑姑吧。"

"姑姑近来怎么样？前些日子听说她患失眠很厉害，最近不知好了没有？三妹妹，你从故乡来，也听到她的消息吗？"

"姊姊！你自然很仰慕姑姑的努力啰。……人们有的说像她这样才算伟大，但是不幸同时也有人冷笑说她无聊，出风头，姑姑恨起来常常咬着嘴唇道：'龃龉的人类，永远是残酷的呵！'但有谁理会她，隔膜仿佛铁壁铜墙般**矗**立在人与人的中间。"

玲素听见三妹妹慨然地说着，也不觉有些心烦意乱，但仍勉强保持她深沉的态度，淡淡地说道："我想世上既没有兼全的事，那么随遇而安自多乐趣，又何必矫俗干名？"

沙侣摇头道："玲姊！我相信你更比我明白一切，因此我知道你的话还是为安慰我而发的。……究竟你也是替我咽着眼泪，何妨大家痛快些哭一场呢！……我老实地告诉你吧，女孩子们的心，完全迷惑于理想的花园里。——玫瑰是爱情的象征，月光的洁幕下，恋人并肩地坐在花丛里，一切都超越人间，把两个灵魂搅和成一个，世界尽管和死般的沉寂，而他和她是息息相通的，是谐和的。唉，这种的诱惑力之下，谁能相信骨子里的真相呢！……简直完全不是这么一回事。——结婚的结果是把他和她从天上摔到人间，他们是为了家务的管理，和欲性的发泄而娶妻。更痛快点说吧，许多女子也是为了吃饭享福而嫁丈夫。——但是做着理想的花园的梦的女子，跑到这种的环境之下，……玲姊，这难道不是悲剧吗？……前天芷芬来，她曾问我说：'你现在怎么样？看着杂乱如麻的国事，竟没有一些努力的意思吗？'玲姊，你知道芷芬这话，使我如何地受刺激！但是罪过，我当时竟说出些欺人自欺的话。——'我现在一切都不想了，抚养大了这个小孩子也就算了。高兴时写点东西，念点书，消遣消遣。我本是个小人物，且早已看淡了一切的虚荣。'……芷芬听罢，极不高兴，她用失望的眼光看着我道：'你能安于此也好，不过我也有我的思想，……将军上马，各自奔前程吧！'她大概看我是个不堪造就的废物，连坐也不坐便走了。当时我觉得很抱歉，并且再扪扪心，我何尝真是没有责任心？……呵，玲姊，怯弱的我只有悔恨我为什么要结婚呢？"沙侣说得十分伤心，不住地用罗巾拭泪。

但是三妹妹总不信，不结婚便可以成全一切，她回过头来看着沙侣

178

和玲素说:"让我们再谈谈不结婚的姑姑罢。"

"玲姊和姊姊,你们脑子里都应有姑姑的印象吧?美丽如春花般的面孔,玲珑而窈窕的身材,正仿佛这漂亮而馥郁的丁香花。可是只有这时候,是丁香的青春期,香色均臻浓艳;不过催人的岁月,和不肯为人驻足的春之女神,转眼走了,一切便都改观。如果到了鹃啼嫣红,莺恋残枝,已是春事阑珊,只落得眷念既往的青春,那又是如何地可悲,如何地冷落?……姑姑近来憔悴得多了,据我的观察,她或者正悔不曾及时地结婚呢!"

沙侣虽听了这话,但不敢深信,微笑道:"三妹妹,你不要太把姑姑看弱了。"

三妹妹辩道:"你听我讲她一段故事吧。"

"今年中秋月夜,我和她同在古山住着,这夜恰是满山的好月色,瀑布和涧流都闪烁着银色的光。晚饭后,我们沿着石路土阶,慢慢奔北山峰,那里如疏星般列着几块光滑的岩石,我们拣了一块三角形的,并肩坐下。忽从微风里悄送来阵阵的暗香,我们藉着月色的皎朗,看见岩石上攀着不少的藤蔓,也有如珊瑚色的圆球,认不出是什么东西。在我们的脚下,凹下去的地方有一道山涧,正潺潺湲湲地流动。我们彼此无言地对坐着,不久忽听见悠扬的歌声,正从对山的礼拜堂里发出来。姑姑很兴奋地站起来说:'美妙极了,此时此地,倘若说就在这时候死了,岂不……真的到了那一天,或者有许多人要叹道:可惜,可惜她死得太早了,如果不死,前途成就正未可量呢!……'我听了这话仿佛得了一种暗示,窥见姑姑心头隆起红肿的伤痕。——我因问道:'姑姑,你为什么说这种短气的话,你的前途正远,大家都希望你把成功的消息报告他们呢。……'姑姑抚着我的肩叹道:'三妹,你知道正是为了希望我的人多,我要早死了。只有死才能得到最大的同情。……想起两年前在北京为妇女运动奔走,结果只增加我一些惭愧,有些人竟赠了我一个准政客的刻薄名词。后来因为运动宪法修改委员,给我们

179

相当的援助，更不知受了多少嘲笑。末了到底被人造了许多谣言，什么和某人订婚了，最残忍的竟有人说我要给某人做姨太太，并且不止侮辱我一个。他们在酒酣耳热的时候，从他们喷唾沫的口角上，往往流露出轻薄的微笑，跟着，他们必定要求一个结论道："这些女子都是拿着妇女运动作招牌，借题出风头。"……你想我怎么受？……偏偏我们的同志又不争气，文兰和美真又闹起三角恋爱，一天到晚闹笑话，我不免愤恨终至于灰心。不久政局又发生了大变，国会解散，……我们妇女同盟会也就冰消瓦解。在北京住着真觉无聊，更加着不知趣的某次长整天和我夹缠，使我决心离开北京。……还以为回来以后，再想法团结同志以图再举，谁知道这里的环境更是不堪？唉！……我的前途茫茫，成败不可必，倘若事业终无希望，……倒不如早些做个结束。……'"

"姑姑黯然地站在月光之下，也许是悄悄地垂泪，但我不忍对她逼视。当我在回来的路上，姑姑又对我说：'真的，我现在感到各方面都太孤零了。'玲姊，姑姑言外之意便可知了。"沙侣静听着，最后微笑道："那么还是结婚好！"

玲素并不理会她的话，只悄悄地打算盘，怎么办？结婚也不好，不结婚也不好，歧路纷出，到底何处是归程呵？她不觉深深地叹道："好复杂的人生！"

沙侣和三妹妹沉默了，大家各自想着心事。四围如死般的寂静，只有树梢头的黄鹂，正宛转着，巧弄她的珠喉呢。

房　东

当我们坐着山兜，从陡险的山径，来到这比较平坦的路上时，兜夫"哎哟"地舒了一口气，意思是说"这可到了"。我们坐山兜的人呢，也照样地深深地舒了一口气，也是说："这可到了！"因为长久的颠簸和忧惧，实在觉得力疲神倦呢！这时我们的山兜停在一座山坡上，那里有一所三楼三底的中国化的洋房。若从房子侧面看过去，谁也想不到那是一座洋房，因为它实在只有我们平常比较高大的平房高。不过正面的楼上，却也有二尺多阔的回廊，使我们住房子的人觉得满意。并且在我们这所房子的对面，是峙立着无数的山峦，当晨曦窥云的时候，我们睡在床上，可以看见万道霞光，从山背后冉冉而升。跟着雾散云开，露出艳丽的阳光。再加着晨气清凉，稍带冷意的微风，吹着我们不曾掠梳的散发，真有些感觉得环境的松软。虽然比不上列子御风那么飘逸。至于月夜，那就更说不上来的好了。月光本来是淡青色，再映上碧绿的山景，另是一种翠润的色彩，使人目怡神飞。我们为了它们的倩丽往往更深不眠。

这种幽丽的地方，我们城市里熏惯了煤烟气的人住着，真是有些自惭形秽，虽然我们的外面是强似他们乡下人。凡从城里来到这里的人，一个个都仿佛自己很明白什么似的，但是他们乡下人至少要比我们离大自然近得多，他们的心要比我们干净得多。就是我那房东，她的样子虽特别的朴质，然而她都比我们好像知道什么似的人更知道些，也比我们天天讲自然趣味的人，实际上更自然些。

可是她的样子，实在不见得美，她不但有乡下人特别红褐色的皮肤，并且她左边的脖项上长着一个盖碗大的肉瘤。我第一次看见她的时候，对于她那个肉瘤很觉厌恶，然而她那很知足而快乐的老面皮上，却给我很好的印象。倘若她只以右边没长瘤的脖项对着我，那倒是很不讨厌呢！她已经五十八岁了，她的老伴比她小一岁，可是他俩所做的工作，真不像年纪这么大的人。他俩只有一个儿子，倒有三个孙子，一个孙女儿。他们的儿媳妇是个瘦精精的妇人。她那两只脚和腿上的筋肉，一股一股的隆起，又结实又有精神。她一天到晚不在家，早上五点钟就到田地里去做工，到黄昏的时候，她有时肩上挑着几十斤重的柴来家了。那柴上斜挂着一顶草笠，她来到她家的院子里时，把柴担从这一边肩上换到那一边肩上时，必微笑着同我们招呼道："吃晚饭了吗？"当这时候，我必想着这个小妇人真自在，她在田里种着麦子，有时插着白薯秧，轻快的风吹干她劳瘁的汗液；清幽的草香，阵阵袭入她的鼻观。有时可爱的百灵鸟，飞在山岭上的小松柯里唱着极好听的曲子，她心里是怎样地快活！当她向那小鸟儿瞬了一眼，手下的秧子不知不觉已插了很多了。在她们的家里，从不预备什么钟，她们每一个人的手上也永没有带什么手表，然而她们看见日头正照在头顶上便知道午时到了，除非是阴雨的天气，她们有时见了我们，或者要问一声：师姑，现在十二点了罢！据她们的习惯，对于做工时间的长短也总有个准儿。

住在城市里的人每天都能在五点钟左右起来，恐怕是绝无仅有，然而在这岭里的人，确没有一个人能睡到八点钟起来。说也奇怪，我在城里头住的时候，八点钟起来，那是极普通的事情，而现在住在这里也能够不到六点钟便起来，并且顶喜欢早起。因为朝旭未出将出的天容和阳光未普照的山景，实在别有一种情趣。更奇异的是山间变幻的云雾，有时雾拥云迷，便对面不见人。举目唯见一片白茫茫，真有人在云深处的意味。然而刹那间风动雾开，青山初隐隐如笼轻绡。有时两峰间忽突起朵云，亭亭如盖，翼蔽天空，阳光黯淡，细雨霏霏，斜风潇潇，一阵阵凉沁骨髓，谁能想到这时是三伏里的天气。我曾记得古人词有"采药名山，读书精舍，此计何时就？"这是我从前一读一怅然，想望而不得的逸兴幽趣，今天居然身受，这是何等的快乐！更有我们可爱的房东，每当夕阳下山后，我们坐在岩上谈说时，她又告诉我们许多有趣的故事，使我们想象到农家的乐趣，实在不下于神仙呢。

女房东的丈夫，是个极勤恳而可爱的人，他也是天天出去做工，然而他可不是去种田，他是替他们村里的人收拾屋漏。有时没有人来约他去收拾时，他便戴着一顶没有顶的草笠，把他家的老母牛和老公牛，都牵到有水的草地上拴在老松柯上，他坐在草地上含笑看他的小孙子在水涯旁边捉蛤蟆。

不久炊烟从树林里冒出来，西方一片红润，他两个大的孙子从家塾里一跳一踯地回来了。我们那女房东就站在斜坡上叫道："难民仔的公公，回来吃饭。"那老头答应了一声"来了"，于是慢慢从草地上站起来，解下那一对老牛，慢慢蹚了回来。那女房东在堂屋中间摆下一张圆桌，一碗热腾腾的老倭瓜，一碗煮糟大头菜，一碟子海蜇，还有一碟咸鱼，有时也有一碗鱼鲞墩肉。这时他的儿媳妇抱着那个七八个月大的小女儿，喂着奶，一手抚着她第三个儿子的头。吃罢晚饭她给孩子们洗了脚，于是大家同坐在院子里讲家常，我们从楼上的栏杆望下去，老女房东便笑嘻嘻地说："师姑！晚上如果怕热，就把门开着睡。"我说："那怪怕的，倘若来个贼呢？……这院子又只是一片石头叠就的短墙，又没个门！""呵哟师姑！真真的不碍事，我们这里从来没有过贼，我们往常洗了衣服，晒在院子里，有时被风吹了掉在院子外头，也从没有人给拾走。倒是那两只狗，保不定跑上去。只要把回廊两头的门关上，便都不得了！"我听了那女房东的话，由不得称赞道："到底是你们村庄里的人朴厚，要是在城里头，这么空落落的院子，谁敢安心睡一夜呢！"那老房东很高兴地道："我们乡户人家，别的能力没有，只讲究个天良，并且我们一村都是一家人，谁提起谁来都是知道的。要是做了贼，这个地方还住得下去吗？"我不觉叹了一声，只恨我不做乡下人，听了这返璞归真的话，由不得不心凉，不用说市井不曾受教育的人，没有天良；便是在我们的学校里还常常不见了东西呢！怎由得我们天天如履薄冰般的，掬着一把汗，时时竭智虑去对付人，哪复有一毫的人生乐趣？

我们的女房东，天天闭了就和我们说闲话儿，她仿佛很羡慕我们能读书识字的人，她往往称赞我们为聪明的人。她提起她的两个孙子也天天去上学，脸上很有傲然的颜色。其实她未曾明白现在认识字的人，实在不见得比他们庄农人家有出息。我们的房东，他们身上穿着深蓝老布的衣裳，用着极朴质的家具，吃的是青菜萝卜，白薯搀米的饭，和我们这些穿缎绸，住高楼大厦，吃鱼肉美味的城里人比，自然差得太远了。然而试量量身份看，我们是家之本在身，吃了今日要打算明日的，过了今年要打算明年的，满脸上露着深虑所渍的微微皱痕，不到老已经是发苍苍而颜枯槁了。她们家里有上百亩的田，据说好年成可收七八十石的米，除自己吃外，尚可剩下三四十石，一石值十二三块钱，一年仅粮食就有几百块钱的裕余。以外还有一块大菜园，里面萝卜白菜，茄子豆角，样样俱全，还有白薯地五六亩，猪牛羊鸡和鸭子，又是一样不缺。并且那一所房除了自己住，夏天租给来这里避暑的人，也可租上一百余元，老母鸡一天一个蛋，老母牛一天四五瓶牛奶，倒是纯粹的奶子汁，一点不掺水的。我们天天向他买一瓶要一角二分大洋，他们吃用全都是自己家里的出产品，每年只有进款加进款，却不曾消耗一文半个，他们舒舒齐齐地做着工，过着无忧无虑的日子。他们可说是"外干中强"，我们却是"外强中干"。只要学校里两月不发薪水，简直就要上当铺，外面再饰得好些，也遮不着隐忧重重呢！

我们的老房东真是一个福气人，她快六十岁的人了，却像四十几岁的人。天色朦胧，她便起来，做饭给一家的人吃。吃完早饭儿子到村集里去做买卖，媳妇和丈夫，也都各自去做工，她于是把她那最小的孙女用极阔的带把她驮在背上，先打发她两个大孙子去上学，回来收拾院子，喂母猪，她一天到晚忙着，可也一天到晚地微笑着。逢着她第三个孙子和她撒娇时，她便把地里掘出来的白薯，递一片给他，那孩子笑嘻嘻地蹲在捣衣石上吃着。她闲时，便把背上的孙女儿放下来，抱着坐在院子里，抚弄着玩。

有一天夜里，月色布满了整个的山，青葱的树和山，更衬上这淡淡银光，使我恍疑置身碧玉世界，我们的房东约我们到房后的山坡上去玩，她告诉我们从那里可以看见福州。我们越过了许多壁立的巉岩，忽见一片细草平铺的草地，有两所很精雅的洋房，悄悄地站在那里。这一带的松树被风吹得松涛澎湃，东望星火点点，水光泻玉，那便是福州了。那福州的城子，非常狭小，民屋垒集，烟迷雾漫，与我们所处的海中的山巅，真有些炎凉异趣。我们看了一会福州，又从这叠岩向北沿山径而前，见远远月光之下竖立着一座高塔，我们的房东指着对我们说："师姑！你们看见这里一座塔吗？提到这个塔，有一个很有趣的故事，我们这里相传已久了——

"人们都说那塔的底下是一座洞，这洞叫作小姐洞，在那里面住着一个神道，是十七八岁长得极标致的小姐，往往出来看山，遇见青年的公子哥儿，从那洞口走过时，那小姐便把他们的魂灵捉去，于是这个青年便如痴如醉地病倒，吓得人们都不敢再从那地方来。——有一次我们这村子，有一家的哥儿只有十九岁，这一天收租回来，从那洞口走过，只觉得心里一打寒战，回到家里便昏昏沉沉睡了，并且嘴里还在说：'小姐把他请到卧房坐着，那卧房收拾得像天宫似的。小姐长得极好，他永不要回来。后来又说某家老二老三等都在那里做工。'他们家里一听这话，知道他是招了邪，因找了一位道士来家作法。第一次来了十几个和尚道士，都不曾把那哥儿的魂灵招回来；第二次又来了二十几个道士和尚，全都拿着枪向洞里放，那小姐才把哥儿的魂灵放回来！自从这故事传开来以后，什么人都不再从小姐洞经过，可是前两年来了两个外国人，把小姐洞旁的地买下来，造了一所又高又大的洋房，说也奇怪，从此再不听小姐洞有什么影响，可是中国的神道，也怕外国鬼子——现在那地方很热闹了，再没有什么可怕！"

我们的房东讲完这一件故事，不知想起什么，因问我道："那些信教的人，不信有鬼神，……师姑！你们读书的人自然知道有没有鬼神了。"

这可问着我了，我沉吟半晌答道："也许是有，可是我可没看见过，不过我总相信在我们现实世界以外，总另有一个世界，那世界你们说他是鬼神的世界也可以，而我们却认那世界为精神的世界……"

"哦！倒是你们读书的人明白！……可是什么叫作精神的世界呵！是不是和鬼神一样？"

我被那老婆婆这么一问，不觉嗤地笑了，笑我自己有点糊涂，把这么抽象的名词和他们天真的农人说。现在我可怎样回答呢，想来想去，要免解释的麻烦，因唪嚅着道："正是，也和鬼神差不多！"

好了！我不愿更谈这玄之又玄的问题，不但我不愿给她勉强的解释，其实我自己也不大明白，我因指着她那大孙子道："孩子倒好福相，他几岁了？"我们的房东，听我问她的孩子，十分高兴地答道："他今年九岁了，已定下亲事，他的老婆今年十岁了，"后又指着她第二个孙子道："他今年六岁也定下亲，他的老婆也比他大一岁，今年七岁……我们家里的风水，都是女人比丈夫大一岁，我比他公公大一岁，她娘比他爹大一岁……我们乡下娶媳妇，多半都比儿子要大许多，因为大些会做事，我们家嫌大太多不大好，只大着一岁，要算很特别的了。"

"吓！阿姆你好福气，孙子媳妇都定下了，足见得家里有，要不然怎么做得起。"我们中的老林很羡慕似的，对我们的房东说。我觉得有些好奇，因对那两个小孩子望着，只见他们一双圆而黑的眼珠对他们的祖母望着……我不免想这么两个无知无识的孩子，倒都有了老婆，这真是有点不可思议的事实。自然，在我们受过洗礼的脑筋里，不免为那两对未来的夫妇担忧，不知他们到底能否共同生活，将来有没有不幸的命运临到他和她，可是我们的那老房东确觉得十分的爽意，仿佛又替下辈的人做成了一件功绩。

一群小鸡忽然啾啾地嘈了起来。那老房东说："又是田鼠作怪！"因忙忙地赶去看。我们怔怔坐了些时就也回来了。走到院子里，正遇见那房东迎了出来，指着那山缝的流水道："师姑！你看这水映着月光多么有趣……你们如果能等过了中秋节下去，看我们山上过节，那才真有趣，家家都放花，满天光彩，站在这高坡上一看真要比城里的中秋节还要有趣。"我听了这话，忽然想到我来到这地方，不知不觉已经二十天了，再有三十天，我就得离开这个富于自然——山高气清的所在，又要到那充满尘气的福州城市去，不用说街道是只容得一轮汽车走过的那样狭，屋子是一堵连一堵排比着，天空且好比一块四方的豆腐般呆板而沉闷，至于那些人呢，更是俗垢遍身不敢逼视。

日子飞快地悄悄地跑了，眼看着就要离开这地方了。那一天早起，老房东用大碗满满盛了一碗糟菜，送到我的房间，笑容可掬地说："师姑！你也尝尝我们乡下的东西，这是我自己亲手做的，这几天才全晒干了，师姑你带到城里去管比市上卖的味道要好，随便炒吃炖肉吃，都极下饭的。"我接着说道："怎好生受，又让你花钱。"那老房东忙笑道："师姑！真不要这么说，我们乡下人有的是这种菜根子，哪像你们城市的人样样都须花钱去买呢！"我不觉叹道："这正是你们乡下人叫人羡慕而又佩服的地方，你们明明满地的粮食，满院的鸡鸭和满圈子的牛羊猪，是要什么有什么，可是你们样子可都诚诚朴朴的，并没有一些自傲的神气，和奢侈的受用，……这怎不叫人佩服！再说你们一年到头，各人做各人爱做的事，舒舒齐齐地过着日了，地方的风景又好，空气又清，为什么人不羡慕？！……"

那老房东听了这话，一手摸着那项上的血瘤，一面点头笑道："可是的呢！我们在乡下宽敞清静惯了倒不觉得什么……去年福州来了一班耍马戏的，我儿子叫我去见识见识，我一清早起带着我大孙子下了岭，八点钟就到福州，我儿子说离马戏开演的时间还早咧，我们就先到城里各大街去逛，那人真多，房子也密密层层，弄得我手忙脚乱，实觉不如我们岭里的地方走着舒心……师姑！你就多住些日子下去吧！……"

我笑道："我自然是愿意多住几天，只是我们学校快开学了，我为了职务的关系，不能不早下去……这个就是城市里的人大不如你们乡下人自在呵！"

我们的房东听了这话，只点了一点头道："那么师姑明年放暑假早些来，再住在我们这里，大家混得怪熟的，热辣辣地说走，真有点怪舍不得的呢！"

可是过了两天，我依然只得热辣辣地走了，不过一个诚恳而温颜的老女房东的印象却深刻在我的心幕上——虽是她长着一个特别的血瘤，使人更不容易忘怀。然而她的家庭，和她的小鸡和才生下来的小猪儿……种种都充满了活泼泼的生机使我不能忘怀——只要我独坐默想时，我就要为我可爱而可羡的房东祝福！并希望我明年暑假还能和她见面！

云 萝 姑 娘

这时候只有八点多钟，园里的清道夫才扫完马路。两三个采鸡头米的工人，已经驾起小船，荡向河中去了。天上停着几朵稀薄的白云，水蓝的大空，好像圆幕似的覆载着大地，远远景山正照着朝旭，青松翠柏闪烁着金光，微凉的秋风，吹在河面，银浪轻涌。园子里游人稀少，四面充溢着辽阔清寂的空气。在河的南岸，有一个着黄色衣服的警察，背着手沿河岸走着，不时向四处瞭望。

云萝姑娘和她的朋友凌俊在松影下缓步走着。云萝姑娘的神态十分清挺秀傲，仿佛秋天里，冒霜露开放的菊花。那青年凌俊相貌很魁梧，两道利剑似的眉，和深邃的眼瞳，常使人联想到古时的义侠英雄一流的人。

他们并肩走着，不知不觉已来到河岸，这时河里的莲花早已香消玉殒，便是那莲蓬也都被人采光，满河只剩下些残梗败叶，高高低低，站在水中，对着冷辣的秋风抖颤。

云萝姑娘从皮夹子里拿出一条小手巾，擦了擦脸，仰头对凌俊说道："你昨天的信，我已经收到了，我来回看了五六遍。但是凌俊，我真没法子答复你！……我常常自己怀惧不知道我们将弄成什么结果……今天我们痛快谈一谈吧！"

凌俊嘘了一口气道："我希望你最后能允许我……你不是曾答应做我的好朋友吗？"

"哦！凌俊！但是你的希冀不止做好朋友呢？……而事实上阻碍又真多，我可怎么办呢？……"

"云姊！……"凌俊悄悄喊了一声，低下头长叹。于是彼此静默了五分钟。云萝姑娘指着前面的椅子说："我们找个座位，坐下慢慢地谈吧！"凌俊道："好！我们真应当好好谈一谈，云姊！你知道我现在有点自己制不住自己呢！……云姊！天知道：我无时无刻不念你，我现在常常感到做人无聊，我很愿意死！"

云萝在椅子的左首坐下，将手里的伞放在旁边，指着椅子右首让凌俊坐下。凌俊没精打采坐下了。云萝说："凌俊！我老实告诉你，我们前途只有友谊——或者是你愿意做我的弟弟，那么我们还可以有姊弟之爱。除了以上的关系，我们简直没有更多的希冀。凌弟！你镇住心神。你想想我们还有别的路可走吗？……我实在觉得对你不起，自从你和我相熟后，你从我这里学到的便是唯一的悲观。凌弟！你的前途很光明，

189

为什么不向前走？"

"唉！走，到哪里去呢？一切都仿佛非常陌生，几次想振作，还是振作不起来，我也知道我完全糊涂了……可是云姊！你对我绝没有责任问题。云姊放心吧！……我也许找个机会到外头去漂泊，最后被人一枪打死，便什么都有了结局……"

"凌弟！你这些话越说越窄。我想还是我死了吧！我真罪过。好好地把你拉入情海，——而且不是风平浪静的情海——我真忧愁，万一不幸，就覆没在这冷邃的海底。凌弟！我对你将怎样负疚呵！"

"云姊！你到底为了什么不答应我，你不爱我吗？……"

"凌弟！完全不是那么回事，我果真不爱你，我今天也绝不到这里来会你了。"

"云姊！那么你就答应我吧！……姊姊！"

云萝姑娘两只眼睛，只怔望着远处的停云，过了些时，才深深嘘了口气说："凌弟！我不是和你说过吗？我要永远缄情向荒丘呢！……我的心已经有了极深刻的残痕……凌弟，我的生平你不是很明白吗？……凌弟，我老实说了吧！我实在不配受你纯洁的情爱的，真的！有时候，我为了你的热爱很能使我由沉寂中兴奋，使我忘了以前的许多残痕，使我很骄傲，不过这究竟有什么益处呢！忘了只不过是暂时忘了！等到想起来的时候，还不是仍要恢复原状而且更增加了许多新的毒剑的刺剽……凌弟！我有时也曾想到我实在是在不自然的道德律下求活命的固执女子……不过这种想头的力量，终是太微弱了，经不起考虑……"

凌俊握着云萝姑娘的手，全身的热血，都似乎在沸着，心头好像压着一块重铅，脑子里觉得闷痛，两颊烧得如火云般红。但是一句话也说不出来，只一口一口向空嘘着气。

这时日光正射在河心，对岸有一只小船，里面坐着两个年轻的女子，慢慢摇着画桨，在那金波银浪上泛着。东边玉蛛桥上，车来人往，十分热闹。还有树梢上的秋蝉，也哑着声音吵个不休。园里的游人渐渐多了。

云萝姑娘和凌俊离开河岸，向那一带小山上走去。穿过一个山洞，就到了园子最幽静的所在。他们在靠水边的茶座上坐下，泡了一壶香片喝着。云萝姑娘很疲倦似的斜倚在藤椅上。凌俊紧闭两眼，睡在躺椅上。四面静悄悄，一些声息都没有。这样总维持了一刻钟。凌俊忽然站起身来，走到云萝姑娘的身旁，低声叫道："姊姊！我告诉你说，我并不是懦弱的人，也不是没有理智的人。姊姊刚才所说的那些话，我都能了解，……不过姊姊，你必要相信我，我起初心里，绝不是这么想。我只希望和姊姊做一个最好的朋友，拿最纯洁的心爱护姊姊。但是姊姊！连我自己也不明白，我什么时候竟恋上你了，……有时候心神比较地镇定，想到这一层就不免要吃惊……可是又有什么法子呢，我就有斩钉断铁的利剑，也没法子斩断这自束的柔丝呢。"

"凌弟！你坐下，听我告诉你，……感情的魔力比任何东西都厉害，它能使你牺牲你的一切，……不过像你这样一个有作有为的男儿，应当比一般的人不同些。天下可走的路尽多，何必一定要往这条走不通的路走呢！"

凌俊叹着气，抚着那山上的一个小削壁说："姊姊！我简直比顽石还不如，任凭姊姊说破了嘴，我也不能觉悟……姊姊，我也知道人生除爱情以外还有别的，不过爱情总比较得是一件重要的事情吧！我以为一个人在爱情上若是受了非常的打击，他也许会灰心得什么都不想做了呢！……"

"凌弟，千万不要这样想，……凌弟！我常常希望我死了，或者能使你忘了我，因此而振作，努力你的事业。"

"姊姊！你为什么总要说这话？你若果是憎嫌我，你便直截了当地说了吧！何苦因为我而死呢……姊姊，我相信我爱你，我不能让你独自死去。……"

云萝姑娘眼泪滴在衣襟上，凌俊依然闭着眼睡在躺椅上。树叶丛里的云雀，啾啾叫了几声，振翅飞到白云里去了。这四境依然是静悄悄的一无声息，只有云萝姑娘低泣的幽声，使这寂静的气流，起了微波。

"姊姊！你不要伤心吧！我也知道你的苦衷，姊姊孤傲的天性，别人不能了解你，我总应当了解你……不过我总痴心希冀姊姊能忘了以前的残痕，陪着我向前走。如果实在不能，我也没有强求的权力，并且也不忍强求。不过姊姊，你知道，我这几个月以来精神身体都大不如前，……姊姊的意思，是叫我另外找路走，这实在是太苦痛的事情。我明明是要往南走，现在要我往北走，唉，我就是勉强照姊姊的话去做，我相信只是罪恶和苦痛，姊姊！我说一句冒昧的话……姊姊若果真不能应许我，我的前途实在太暗淡了。"

云萝姑娘听了这活、心里顿时起了狂浪，她想：问题到面前来了，这时候将怎样应付呢？实在的，在某一种情形之下，一个人有时不能不把心里的深情暂且掩饰起来，极力镇定说几句和感情正相矛盾的理智话……现在云萝姑娘觉得是需要这种的掩饰了。她很镇定地淡然笑了一笑说："凌弟！你的前途并不暗淡，我一定替你负相当的责任，替你介绍一个看得上的人……人生原不过如此……是不是？"

凌俊似乎已经看透云萝的强作达观的隐衷了，他默然地嘘了一口气道："姊姊！我很明白，我的问题，绝不是很简单的呢！姊姊！……我请问你，结婚要不要爱情……姊姊！我敢断定你也是说'要的'。但是姊姊，恋爱同时是不能容第三个人的……唉，我的问题又岂是由姊姊介绍一个看得上的人，所能解决的吗？"

这真是难题，云萝默默地沉思着。她想大胆地说："弟弟！你应当找你爱的人和她结婚吧！"但是他现在明明爱上了她自己……假若说："你把你精神和物质划个很清楚的界限。你精神上只管爱你所爱的人，同时也不妨做个上场的傀儡，演一出结婚的喜剧吧……"但这实在太残忍，而且太不道德了呵！……所以云萝虽然这么想过，可是她向来不敢这么说，而且当她这么想的时候，总觉得脸上有些发热，心头有些红肿，有时竟羞惭得她流起眼泪来！

"唉！这是怎么一个纠纷的问题呵！"云萝姑娘在沉默许久之后，忽然发出这种的悲叹的语句来，于是这时的空气陡觉紧张。在他们头顶上的白云，一朵朵涌起来，秋风不住地狂吹。云萝姑娘觉得心神不能守舍，仿佛大地上起了非常的变动，一切都失了安定的秩序，什么都露着空虚的恐慌。她紧张握住自己的颈项，她的心房不住地跳跃，她愿意如絮的天幕，就这样轻轻盖下来，从此天地都归于毁灭，同时一切的纠纷就可以不了自了。但是在心里的狂浪平定以后，她抬头看见凌俊很忧愁地望着天。天还是高高站在一切之上，小山、土阜和河池一样样都如旧地摆列在那里，一切还是不曾变动。于是她很伤心地哭了。她知道她的幻梦永远是个幻梦，事实的权力实在庞大，她没有法子推翻已经是事实的东西，她只有低着头在这一切不自然的事实之下生活着。

太阳依着它一定的速度由东方走向中天，又由中天斜向西方，日影已照在西面的山顶，乌鸦有的已经回巢了；但是他们的问题呢，还是在解决不解决之间。云萝姑娘站了起来说："凌弟！我告诉你，你从此以后不要再想这个问题，好好地念书作稿，不要想你怯弱的云姊，我们永远维持我们的友谊吧！"

"哼！也只好这样吧。——姊姊你放心呵，弟弟准听你的话好了！"

他们从那山洞出来，慢慢地走出园去。晚霞已布满西方的天，反映在河里，波流上发出各种的彩色来。

那河边的警察已经换班了，这一个比上午那一个身体更高大些，不时拿着眼瞟着他们。意思说："这一对不懂事的人儿，你们将流连到什么时候呢！……"

云萝姑娘似乎很畏惧人们尖利的眼光。她忙忙走出园门坐上车子回去，凌俊也就回到他自己家里去。

云萝姑娘坐在车子上回头看见凌俊所乘的电车已开远，她深深地吐了一口气，心里顿觉得十分空虚，她想到一个人生活在世界上只有灵魂不能和身体分离，同时感情也不能和灵魂分离，那么缄情向荒丘又怎么做得到呢！但是要维持感情又不是单独维持感情所能维持得了的呵！唉！空虚的心房中，陡然又生出纠纷离乱的恐怖，她简直仿佛喝多了酒醉了，只觉得眼前一切都是模糊的。不久到了家门才似乎从梦中醒来，禁不住又是一阵怅惘！

这时候晚饭已摆在桌上，家里的人都等着云萝来吃饭。她躲在屋里，擦干了眼泪，强作欢笑地陪着大家吃了半碗饭。她为避免别人的打搅，托说头痛要睡。她独自走到屋里，放下窗幔，关好门，怔怔坐在书案前，对着凌俊的照片发怔。这时候，窗外吹着虎吼的秋风，藤蔓上的残叶打在窗棂上，响声瑟瑟，无处不充满着凄凉的气氛。

云萝姑娘在秋风惊栗声里，嘘着气，热泪沾湿了衣襟，把凌俊给她的信，一封封看过。每封信里，都仿佛充溢着热烈醇美的酒精，使她兴奋，使她迷醉，但是不幸……当她从迷醉醒来后，她依然是空虚的，并且她算定永久是空虚的。她现在心头虽已有凌俊的纯情占据住了，但是她自己很明白，她没有坚实的壁垒足以防御敌人的侵袭，她也没有柔丝韧绳可以永远捆住这不可捉摸的纯情……她也很想解脱，几次努力镇定纷乱的心，但是不可医治的烦闷之菌，好像已散布在每一条血管中，每一个细胞中，酿成黯愁的绝大势力。云萝想到无聊赖的时候，从案头拿起一本小说来看，一行一行地看下去。但是可怜哪里有一点半点印象呢，她简直不知道这一行一行是说的什么，只有一两个字如"不幸"或"烦闷"，她不但看得清楚，而且记得极明白，并且由这几个字里，联想到许许多多她自己的不幸和烦闷。她把书依然放下，到床上蒙起被来，想到睡眠中暂且忘记了她的烦闷。

不久，云萝姑娘已睡着了。但是更夫打着三更的时候，她又由梦中醒来，睁开眼四面一望，人迹不见，声息全无，只有窗幔的空隙处透进一线冷冷的月光，照着静立壁间的书橱，和书橱上面放着的古瓷花瓶，里边插着两三株开残的白菊，映着惨淡的月光益觉瘦影支离。

云萝看了看残菊瘦影，禁不住一股凄情，满填胸臆。悄悄披衣下床，轻轻掀开窗幔，陡见空庭月色如泻水银，天际疏星漾映。但是大地如死般地沉寂，便是窗根下的鸣蛩也都寂静无声，宇宙真太空虚了。她支颐怔颓坐案旁，往事如烟云般，依稀展露眼前。在她回忆时，仿佛酣梦初醒——她深深地记得她曾演过人间的各种戏剧，充过种种的角色，尝过悲欢离合的滋味。但是现在呢，依然恢复了原状，度着飘零落寞的生活，世界上的事情真是比幻梦还要无凭……

她想到这里忽见月光从书橱那边移向书案这边来了。书案上凌俊的照片，显然地站在那里。她这时全身的血脉似乎兴奋得将要冲破血管，两颊觉得滚沸似的发热。"唉！真太愚蠢呵！"她悄悄自叹了。她想她自己的行径真有些像才出了茧子的蚕蛾，又向火上飞投，这真使得她伤心而且羞愧。她怔怔思量了许久，心头茫然无主，好像自己站在十字路口，前后左右都是漆黑，看不见前途，只有站着，任恐怖与彷徨的侵袭。

这时月光已西斜了，东方已经发亮，云萝姑娘，依然挣扎着如行尸般走向人间去。但是她此时确已明白人间的一切都是虚幻。她决定从此沉默着，向死的路上走去。她否认一切，就是凌俊对她十分纯挚的爱恋，也似乎不足使她灰冷的心波动。

从这一天起，她也不给凌俊写信。凌俊的信来时，虽然是充溢着热情，但她看了只是漠然。

有一天下午，她从公事房回家，天气非常明朗，马路旁的柳枝静静地垂着，空气十分清和。她无意中走到公园门口停住了，园里的花香一阵阵从风里吹过来，青年的男女一对对在排列着的柏树荫下低语漫步。这些和谐的美景，都带着极强烈的诱惑力。云萝也不知不觉走进去了，她独自沿着河堤，慢慢地走着。只见水里的游鱼一队队地浮着泳着，残荷的余香，不时由微风中吹来。她在河旁的假山石旁坐下了，心头仿佛有什么东西压着，又仿佛初断乳的幼儿，满心充满着不可言说的恋念和悲怨。她想努力地镇定吧，可恨她理智的宝剑，渐渐地钝滞了，不可制的情感之流，大肆攻侵，全身如被燃似的焦灼得说不出话来。于是她毫不思索地打电话给凌俊，叫他立刻到公园来。当她挂上电话机时，似乎有些羞愧，又似乎后悔不应当叫他。但是她忙忙走到和凌俊约定相会的荷池旁，不住眼盯着门口，急切地盼望看见凌俊傲岸的身体……全神经都在搏搏地跳动，喉头似乎塞着棉絮，呼吸都不能调匀，最后她低下头悄悄地流着眼泪。

前　　尘

　　春天的早晨，荼蘼含笑，悄对着醉意十分的朝旭。伊正推窗凝立，回味夜来的梦境：山崖叠嶂耸翠的回影，分明在碧波里轻漾，激壮的松涛，正与澎湃的海浪，遥相应和。依稀是夕阳晚照中的千佛山景，还有一声两声磬钹的余响，又像是灵隐深处的佛音。

　　三间披茅附藤的低屋，几湾潺湲蜿蜒的溪流，拥护着伊和他，不解恋海的涯际，是人间，还是天上，只憬憧在半醉半痴的生活里，不觉已消磨了如许景光。

　　无限怅惘，压上眉梢，旧怨新愁，伊似不胜情，放下窗幔，怯生生地斜倚雕栏，忽见案头倩影成双；书架上的花篮，满栽着素嫩翠绿的文竹，叶梢时时迎风招展，水仙的清香，潜闯进伊的鼻观，蓦省悟，这一切都现着新鲜的欣悦，原来正是新婚的第二天早晨呵！

　　唉！绝不是梦境，也不是幻相，人间的事实，完全表现了，多么可以骄傲。伊的朋友，寄来《凯歌新咏》，伊含笑细读，真是味长意深；

但瞬息百变的心潮，禁不得深念，凝神处，不提防万感奔集，往事层层，都接二连三的，涌上心来。

无聊地来到书橱边，把两捆旧笺，郑重地重新细看。读到软语缠绵的地方，赢得伊低眉浅笑，若羞似喜。不幸遇到苦调哀音的过节，不忍终篇，悄悄地痛泪偷弹，这已是前尘影事，而耐味榆柑，正禁不起回想啊！

人间多少失意事，更有多少失意人。当他们楚囚对泣的时候，不绝口地咒诅人生，仿佛万种凄酸，都从有生而来；如果麻木无知，又悲喜何从，——伊也曾失望，也曾咒诅人生，但如今怎样？

收拾起旧恨新愁，
拈毫管；
谱心声，
低低弹出水般清调，
云般思流；
人间兴废莫问起，
且消受眼底温柔。

无奈新奇的异感，依然可以使伊怅惘，可以使伊彷徨。当伊将要结婚之前，伊的朋友曾给伊一封信道：

想到你披轻绡，衣云罗，捧着红艳的玫瑰花，含情傍他而立；是何等的美妙，何等的称意；毕竟是有情人终成了眷属，可是二十余年美丽的含蓄而神秘的少女生活，都为爱情的斧儿破坏了。不解人事的朋友——你——我们的交情收束了，更从头和某夫人订新交了。这个名称你觉得刺耳不？我不敢断定；但我如此地称呼你时，的确觉得十分不惯；而且又平添了多少不舒服的感想！噫！我真怪僻！但情不自禁，似手不如此写，总不能尽我之意，好朋友！你原谅我吧！……

这是何等知心之谈；伊何能不回想从前的生活；甚至于留恋着从前的幽趣，竟放声痛哭了。

伊初次见阿翁，——当未结婚之前，只觉羞人答答地；除此外尚不曾感到别种异味，现在呢？……记得阿翁对伊叮嘱道："善持家政，好和夫婿……"顿觉肩上平添多少重量。伊原是海角孤云，伊原是天边野鹤；从来顽憨，哪解得问寒嘘暖，哪惯到厨下调羹弄汤？闲时只爱读《离骚》，吟诗词，到现在，拈笔在手，写不成三行两语，陡想起锅里的鸡子，熟了没有？便忙忙放下笔，收拾起斯文的模样，到灶下做厨娘，这种新鲜滋味，伊每次尝到，只有自笑人事草草，谁也免不了哟！

不傍涯际的孤舟，终至老死于不得着落的苦趣中，彷徨的哀音，可以赚不少人同情的眼泪，但紧系垂杨荫里的小羊，也不胜束缚之悲，只是人世间，无处不密张网罗，任你孙悟空跳脱的手段如何高，也难出如来佛的掌握。况伊只是人间的弱者，也曾为满窗的秋雨生悲，也曾因温和的春光含笑，久困于自然的调度下，纵使心游天阃，这多余的躯壳，又安得化成轻烟，蒸成大气，游于无极之混元中呢！

记得朔风凛冽的燕京市中，不曾歇止的飞沙，不住地打在一间矮屋角上。伊和她含愁围坐炉旁，不是天气恼人，只怪心海浪多，波涌几次，觉得日光暗淡，生趣萧索。

伊手抚着温水袋，似憾似凄地叹道："你的病体总不见好；都由心境郁悒太过，人生行乐，何苦自戕若是？"她勉强苦笑道："我比不得你，……现在你是一帆风顺了，似我飘零，恐怕不是你得意人所能同日而语的；不过人生数十年的光阴，总有了结的一天，我只祝福你前途之花，如荼如火，无限的事业，从此发轫；至于我呵，等到你重来京华的时候，或者已经乘鹤回真！剩些余影残痕，供你凭吊罢了。……"伊听了这话，只怔怔地一言不发，仿佛她的话都变作尖利的细针将伊嫩弱的心花，戳成无数的创伤。不禁含泪，似哀求般说："你对于我的态度，为什么忽然变了？你这些话分明是生疏我，我不解你从前待我好，现在冷淡我是为什么？虽然我晓得，我今后的环境，要和你不同了，但我心依旧地不曾忘你，唉！我自觉一向冷淡，谁晓得到头来却自陷唯深！……"

唉！一番伤心的留别话，不时涌现于伊的心海之上，使她感到新的孤寂，尝受到异样的凄凉，伊相信事到结果，都只是煞风景的味道。伊向来是景慕着希望的隽永，而今不能了，在伊的努力上是得了胜利，可以傲视人间的失意者，但偶听到失意者的哀愤悲音，反觉得自己的胜利，是极可轻鄙的。

自从伊决定结婚的信息传出后，本来极相得忘形的朋友，忽然同伊生疏了。虽有不少虚意的庆祝话，只增加伊感到人间事情的伪诈。

她来信说："……唯望你最乐时期中，不要忘了孤零的我，便是朋友一场……"

她来信说："……独一念到侃侃登台，豪气四溢的良友，而今竟然盈盈花车中，未免耐人寻思，终不禁怅然了。往事何堪回首？"多感善思的伊，怎禁得起如许挑拨？在这香温情热的蜜月中，伊不时紧皱眉峰，当他外出的时候，伊冷清清地独坐案前，不可思议的怅恨，将伊紧紧捆住，如笼愁雾，如罩阴霾；虽处美满的环境里，心情终不能完全变换，沉迷的欣悦，只是刹那的异感，深镂骨髓的人生咒诅，不时现露苍凉的色彩。

这种出乎常情的心情，伊只想强忍，无奈悲绪如蒲苇般柔韧而绵长，怯弱的伊，终至于抗拒无力。伊近来极不愿给朋友们写信，当伊提起笔，心里便觉得无限辛酸，写起信来，便是满纸哀音，谁相信伊正在新婚陶醉的时期中？伊这种的现象，无形中击碎了他的心。

在一天的夜里，天空中，倒悬着明镜般的圆月，疏星欲敛还亮的，隐约于云幕的背后，伊悄然坐在沙发上，看他伏案作稿，满蓄爱意的快感使伊不禁微笑了。但当伊笑意才透到眉梢头，忽然又想到往事了。伊回忆到和他恋爱的经过——

最初若有若无的恋感，仿佛阴云里的阴阳电，忽接忽离，虽也发出闪目的奇光，但终是不可捉摸的，那时伊和他的心，都极易满足，总不想会面，也不想晤谈，只要每日接到一封信，这心里的郁结，便立刻洗荡干净。老实说，信的内容，以至于称呼，都没有什么特著的色彩，但这绝不妨碍伊和他相感相慰的效力。

而且他们都有怪癖，总不愿意分明地写出他们的命意，只隐隐约约写到六七分就止了。彼此以猜谜的态度，求心神上的慰安，在他们固然是知己知彼，失败的时候很少，但也免不了，有的时候猜错了，他们的心流便要因此滞住了，但既经疏通之后，交感又深一层。

在他们第一期的恋感中，彼此都仿佛是探险家，当摸不着边际的时候，彷徨于茫茫大海的里头，也曾生绝望的思想，但不可制止的恋流，总驱逐着他们，低低地叫道："往前去！往前去！"这时他们只得再鼓勇气，擦干失望的泪痕，继续着努力了。

他们来往的书信，所说的多半是学问上的讨论，起初并不见得两方的见解绝对相同，但只要他以为对的，伊总不忍完全反对，他对伊也是一样的心理，他们学问的见解，日趋于同，心情上的了解也就日甚一日了。这种摸索着探险的生活，希望固可安慰他们的热情，而险阻种种，不住地指示他们人生的愁苦，当他们出发的时候，各据一端，而他们的目的地，全在那最高的红灯塔边。一个从东走，一个从西来，本来相离很远，经过多少奇兀的险浪、汹波，还有猛鲸硕鼋，他们便一天接近一天了。

天下绝没有如直线般的道路，他们走到山穷水尽的时候，往往被困在悬崖的边上，下面海流荡荡，大有稍一反侧，便要深陷的危险，这时候伊几次想悬崖勒马，生出许多空中楼阁，聊慰凄苦的方法来，伊曾写信给他说：

……我不敢想人间的幸福，因为我是不幸者，但我不信上帝苛酷如是，便连我梦魂中的慰安，也剥夺了吗？

我记得悬泉飞瀑的底下，我曾经驻留过。那时正是夕阳满山，野花载道，莺燕互语的美景中你站在短桥上，慢吟新诗，我倒骑牛背，吹笛遥应，正是高山流水感音知心。及至暮色苍茫，含笑而别，恬然各归，郑重叮咛，明日此时此地，莫或愆期，唉！这是何等超卓的美趣啊！我希望——唯一的希望，不知结果如何，你也有意成就我吗？

超越世间的美趣，如幽兰般，时时发出迷人的醉香，诱引他们不住地前进，不觉得疲敝。有时伊倦了，发出绝望的悲叹，他和泪濡墨恳切地写道：

"唉！我已经灰冷的心为谁热了，啊！"这确实是使伊从颓唐中兴奋。

沉迷在恋海里面的众生，正似嗜酒的醉汉，当他浮白称快的时候，什么思想都被摈斥了。只有唯一的酒，是他的生命。不过等到清醒的时候，听见朋友们告诉他醉里的狂态，自己也不觉哑然失然。至于因酒而病的人，醒后未尝不生悔心，不过无效得很，不闻酒香，尚可暂时支持，一闻酒香，便立刻陶醉了。伊和他正是情海里的迷魂，正如醉汉的狂态。他们的眼泪只为他们迷狂而流，他们的笑口也只为他们的迷狂而开。

伊想到未认识他以前，从不曾发过悲郁的叹声，纵有时和同学们，争吵气愤至于哭了，这只是一阵的暴雨，立刻又分拨阴霾，闪烁着活泼的阳光了。自从认识他以后，伊才了解人间不可言说的悲苦。伊记得有一次，正是初秋的明月夜，他和伊在公园里闲散，他忽然因美感的强激，而生出苍凉的哀思，微微叹了一声。伊悄悄地问道："你怎么了？……"他只摇头道："没有什么。"这种的答话，在伊觉得他对自己太生疏了，情好到这种地步，还不能推心置腹。伊想到这里，觉得自己真是天地间的孤零者了，往日所认为唯一可靠的他，结果终至于斯，做人有什么意义，整日家奔波劳碌，莫非只为生活而生活吗？这种赘疣般的人生，收束了倒干净呢？伊越思量越凄楚。这时他们正来到石狮蹲伏着的水池边，伊悲抑地倚在石狮的背上，含泪的双眸，凄对着当空的皎月。银光似的月影正笼罩着一畦云般的蓼花，水池里的游鱼，依稀听得见哓喋的微响，园里的游人，都群聚在茶肆酒馆前。这满含秋意的境地里，只有他们的双影，在他们好和无间的时候，到了这种萧瑟苍凉的地方，已不免有身世之感。况今夜他们各有各的心事：伊憾他不了解自己的衷怀，他伤伊误解自己的悲凄。他本想对伊剖白，无奈酸楚如梗，欲言还休。伊也未尝不思穷诘究竟，细思又觉无味。因此悄默相对，伊终久落下泪来，伤感既深，求解脱的心。忽然如电光一闪，照见人生究竟，大有放下屠刀，立地成佛之思，把痴恋之柔丝，用锋利的智慧刀，一齐割断，立刻离开那蹲伏的石狮子，很斩决地对他道："我已倦了，先回去吧！"他这时的伤感绝不在伊之下，看了伊这种决绝的神气，更觉难堪，也一言不发地走了。伊孤孤零零出了园门，万种幽怨，和满心屈曲，缠搅得伊如腾云雾。昏沉中跳上人力车，两泪如断线珠子般，不住滚落襟前。那时街上的行人，已经稀少了，鱼鳞般的丝云，透出暗淡的月色，繁伙的众星，都似无力地微睁倦眼，向伊表示可怜的闪烁。

伊回到家里，家人已经都睡了。静悄悄地四境，更增加不少的凄凉，伊悄对银灯，拈起秃笔，在一张纸上，一壁乱涂，一壁垂泪，一张纸弄得墨泪模糊。直到壁上的钟敲了三点，伊才觉倦惰难支，到床上睡了，梦里兀自伤心不止。辗转终夜，第二天头晕目胀，起床不得，——伊本约今天早晨找他去，现在病了去不得，一半也因昨夜的芥蒂不愿去。在平日一定要叫人去通知，叫他不用等，或者叫他来，而现在伊总觉得自己的心事，他一点不知道，十分怨怒，明知道伊若不去，他一定要盼望，或者他也正伏枕饮泣；只是想要体谅他，又不胜怨他，结果这一天伊不曾去访他，也不派人通知他，放不下的心，和愤气的念头，缠搅着，唯有蒙起被来痛快地流泪。

到第二天的早晨，伊的病已稍好些，勉强起来，但寸心忐忑，去访他呢？又觉得自己太没气了，不去访他呢？又实在放心不下。伊草草收拾完，无聊闷坐在书案前，又怕家人看出破绽，只得拿了一本《红楼梦》，低头寻思，遮人耳目。

门前来了一阵脚步声，听差的拿进一封信来，正是他的笔迹，不由得心乱脉跳，急急拆开看道：

今天你不来，料是怒我，我没有权力取得世界一切人的同情的谅解，并也没有权力取得你的同情与谅解了！我在世界真是一个无告的人了！随他难过去吧！随他伤心去吧！随他痛哭去吧！随他……去吧！人家满不在乎这多一个不加多，少一个不见少的人，我又何苦必在乎这个。生也没有快乐，死也不见可惜，糟粕似的人生！我只怨自己的看不破，于人乎何尤！——明日能来也好，不来也好！

伊看了这封信，怨怒全消，只不胜可怜他委屈的悲伤，伊哭着咒骂自己，为什么前夜决绝如此，使他受苦；现在不晓得悲郁到什么地步，憔悴到怎般田地了，伊思着五衷若焚，急急将信收起，雇上车子去访他。在路上心浪起伏，几次泪液承睫，但白天比不得夜里，终不好意思当真哭起来，只得将眼泪强往肚里咽。及至来到他的屋子门口，那眼泪又拼命地涌出来，悄悄走进他的房间，唉！果然他正在伏枕呜咽。伊真觉得羞愧和不忍，慢慢掀开他的被角，泪痕如线，披挂满脸，两目紧闭，黯淡欲绝，伊禁不住伏在他的怀里，呜咽痛哭。他见了伊，仿佛受委屈的小孩见了亲人更哭得伤心了。

人生有限的精神，经得起几许消磨？伊和他如醉如痴的生活，不只耽搁了好景光，而且颓唐了雄心壮志，在这种探索彼岸的历程中，已经是饱受艰辛，受苦恼，那更禁得起外界的刺激呵！

他们的朋友，有的很能了解他们的，但也有只以皮毛论人的，以为他们如此地沉迷，是不当的，于是造出许多谣言，毁谤他们，这种没有同情的刺激，也足使伊受深刻的创伤。记得有一次，伊在书案上，看见伊的朋友寄伊表妹的一封信，里头有几句话道："你表姊近状到底怎样？她的谣言，已传到我们这里来了。人们固然是无情的，但她自己也要检点些才是。她的详状，望你告我何如？"

伊读了这一段隐约的话，神经上如受了重鼎的打击，纵然自己问心，没有愧对人天的事，但社会的舆论也足以使人或生或死呢！同学的彬如不是最好的例吗？她本来很被同学的优礼，只因前天报上登了一段毁谤她的文字，便立刻受同学们的冷眼，内情的真伪，谁也不晓得，但毁谤人的恶劣本能，无论谁都比较发达呢！彬如诚然是不幸了，安知自己不也依然不幸呢？伊越想越怕，终至于忏悔了。伊想伊所受的苦已经够了，真是惊弓之鸟，怎禁得起更听弹弓的响声呢！

唉！天地大得很呵！但伊此刻只觉得无处可以容身了。伊此时只想抛却他，自己躲避到一个没有人烟的孤岛上，每天吃些含咸味的海水和鱼虾，毁誉都不来搅乱伊；到了夜里，垫着银光闪灼的细纱的褥子，枕着海水洗净的白石，盖着满缀星光的云被；那时节任伊引吭狂唱恋歌，也没人背后鄙夷了！便紧紧搂着他，以天为证，以海为媒，甜蜜地接吻，也没有人背后议论了！况且还有依依海面的沙鸥，时来存问，咳，那一件不是撇开人间的桎梏呵！……但不知道他是否一样心肠？唉！可怜！真愚钝呵！不是想抛弃他，怎么又牵扯上他呢？

纷乱的矛盾思流，不住在伊心海里循荡着，不知道经过多少时光，伊才渐渐淡忘了。呵！最后伊给伊表妹的朋友写封信道：

读你致舍表妹信，知道你不忘故人，且弥深关怀，感激之心真难言喻。不过你所说的谣言，不知究竟何指？至于我和他的交往，你早就洞

204

悉详细，其间何尝有丝毫不坦白处？即使由友谊进而为恋爱，因恋爱而结婚，也是极平常的人事，世界上谁是太上，独能忘情？人间的我，自愧弗如。但世俗毁谤绝非深知如你的之所出，故敢披肝沥胆，一再陈辞，还望你代我洗涤，黑白倒置，庶得幸免。……

伊这信寄去后，心态渐次恢复原状，只留些余痕，滋伊回忆。情海风波，无时或息，叠浪兼涌，接连不止，这时他和伊中间的薄膜，已经挑破了，但不幸的阴云，不提防又从半天里涌出。当伊和他发生爱恋以后，对于其他的朋友，都只泛泛论交，便是通信，也极谨慎，不过伊生性极洒脱，小节上往往脱略，许多男子以为伊有意于己，常常自束唯深，伊有时还一些不觉得。有一次伊的朋友，告诉伊说：外面谣传，伊近来和某青年很有情感，不久当有订婚的消息。伊听了这话，仿佛梦话，不禁好笑，但伊绝不放在心上，依然是我行我素。

有一天早晨，伊尚在晓梦沉酣的时候，忽听见耳旁有人叫唤，睁眼细看，正是伊的表妹，对伊说快些起来，姓方的有电话。伊惺忪着两眼，披上衣服，到外面接电话，原来是姓方的约伊公园谈话。伊本待不去，无奈约者殷勤，辞却不得，忙忙收拾了到公园，方某已在门旁等待。伊无心无意地敷衍了几句，便来到荷花池边的山石上坐下，看一群雪毛的水鸭，张开黄金色的掌，在水面游泳。伊正当出神的时候，忽听方问伊道："你这两天都做些什么事？"伊用滑稽的腔调答道："吃了睡，睡了吃，人生的大事不过尔尔！"方道："我到求此而不得呢！"伊说："为什么？"方忽然叹道："可恼的失眠病现在又患了。这两天心绪之不宁，真算厉害了！唉！真是彷徨在茫漠的人间，孤寂得太苦了，……"伊似乎受了暗示，仿佛知道自己又做错了，心里由不得抖战，因努力镇定着，发出冷淡的声调道："草草人生，什么不是做戏的态度，何必苦思焦虑，自陷苦趣呢？我向来只抱游戏人间的目的，对于谁都是一样地玩视，所以我倒不感到没有同伴的寂寞，而且老实说起来，有许多人表

205

面看起来，很逼真引为同伴的，内心各有各的怀抱，到头来还是水乳不相容，白费苦心罢了。……"

方对于伊的话，完全了解；但也绝不愿意再往下说了。只笑道："好！游戏人间吧！我们到前面去坐坐。"他们来到前面茶座上，无聊似的默坐些时，喝了一杯茶，就各自散了。

到家以后，他刚好来了，因问伊到什么地方去，伊因把到公园，和方的谈话全告诉了他。他似乎有些不高兴，停了好久，他才冷冷地道："我想这种无聊的聚会，还是少些为妙，何苦陷人自苦呢？"伊故意问道："你这话什么意思，我笨得很，实在不大明白。……放心吧！……"他禁不住笑了道："我有什么不放心？"

在伊只是逢场作戏，无形中，不知害了多少人，但老实说，伊绝不曾存心害人；伊也绝不想到这便是自苦之原。

在那一年的夏天，白色的茶花，正开得茂盛，伊和他的一个朋友，同坐在紫藤架下，泥畦里横爬出许多螃蟹来，沙沙作响。伊伏在绿草地上，有意捉一只最小的，但终至失败了，只弄得满手是泥，伊自笑自己的顽憨，伊的朋友也笑道："你仿佛只有六岁的小孩子，可是越显得天真可爱！"他说完含笑望着伊，伊不觉脸上浮起两朵红云，又羞又惊地低着头，那种仓皇无措的神情，仿佛被困狼群的小羊。但他绝不放松这难得的机会，又继续着道："我原是贪夜奔前程的孤舟，你就是那指示迷途的灯塔，只有你，我才能免去覆没之忧，我求你不要拒绝我。"伊急得几乎要哭了，颤声道："你不知道我已经爱了他吗？……我岂能更爱别人！"他迫切地说："你说能爱他，为什么不能爱我？我们的地位不是一样吗？"伊摇头道："地位我不知道，我只晓得我只爱他，……好了！天不早了，我应当回去了。"他说："天还早，等些时，我送你回去。""不！我自己晓得回去，请你不要送我！……"伊说着等不得更听他的答言，急急往门口走，他似含怒般冷笑望着伊道："走也好！但是我总是爱你呢？"

这种不同意的强爱，使伊感到粗暴的可鄙，无限的羞愤和委屈。当伊回到家里的时候，制不住落下泪来。但不解事的那朋友又派人送信来，伊当时恨极，不曾开封，便用火柴点着烧化了，独自沉想前途的可怕，真憾人类的无良，自己的不幸。但这事又不好告诉他，伊忧郁着无法可遣，每天只有浪饮图醉，但愁结更深，伊憔悴了，消瘦了！而他这时候，又远隔关山，告诉无人，那强求情爱的朋友，又每天来找伊，缠搅不休。这个消息渐渐被他知道了，便写信来问伊：究竟是什么意思？伊这时的委屈，更无以自解，想人间无处而不污浊，怯弱如伊，怎能抗拒。再一深念他若因此猜疑，岂不是更无生路了吗？伊深自恨，为什么要爱他，以至自陷苦海！

伊深知人类的嫉妒之可怕，若果那朋友因求爱不得，转而为恨，若只恨伊倒不要紧，不幸因伊恨他，甚至于不利于他，不但闹出事来，说起不好听，抑且无以对他，便死也无以卸责呵！唉！可怜伊寸肠百回，伊想保全他，只得忍心割弃他了。因写信给他道：

唉！烧余的残灰，为什么使它重燃？那星星弱火——可怜的灼闪，——我固然不能不感激你，替我维持到现在，但是有什么意义？不祥如我，早已为造物所不容了，留着这一丝半丝的残喘，受酷苛的冷情宰割！感谢你不住地鼓励我，向那万一有幸的道路努力，现在恐怕强支不能，终须辜负你了！

我没什么可说，只求你相信我是不祥的，早早割弃我，自奔你光辉灿烂的前程，发展你满腹的经纶，这不值回顾的儿女痴情，你割弃了吧！我求你割弃了吧！

我日内已决计北行，家居实在无聊。况且环境又非常恶劣，我也不愿仔细地说，你所问的话，我只有一句很简单的答复：为各方面干净，还是弃了我吧！我绝不忍因爱你而害你，若真相知，必能谅解这深藏的衷曲。

伊的信发了，正想预备行装，似悟似怨的心情，还在流未尽的余泪，忽然那朋友要自杀的消息传来了，其他的朋友，立刻都晓得这信息，逼着伊去敷衍那朋友，伊决绝道："我不能去，若果他要死了，我偿命是了，你们须知道，不可言说的欺辱来凌迟我，不如饮枪弹还死得痛快呵！"伊第二天便北上了。伊北上以后，那朋友恰又认识了别的女子，渐渐将伊淡忘，灰冷的心又闪灼着一线的残光。——正是他北去访伊的时候。

唉！波折的频来，真是不可思议，这既往的前尘，虽然与韶光一齐消失了，而明显的印影，到如今兀自深刻伊的脑海。

皎月正明，伊哪里有心评赏，他的热爱正浓，伊的心何曾离去寒战。

这时伏案作稿的他，微有倦意，放下笔，打了一回呵欠，回视斜倚沙发的伊，面色愁惨，泪光莹莹，他不禁诧异道："好端端的为什么？"说着已走近伊的身旁，轻轻吻着伊的柔发道："现在做了大人了，还这样孩子气，喜欢哭。"说着含笑地望着伊；伊只不理，爽性伏在沙发背上痛哭了。他看了这种情形，知道伊的伤感，绝不是无因，不免要猜疑，他想道："伊从前的悲愁，自然是可以原谅，但现在一切都算完满解决了，为什么依旧不改故态，再想到自己为这事，也不知受了多少痛苦，只以为达到目的，便一切好了，现在结婚还不到三天，唉！……未免没有意思呵！"他思量到这里，也由不得伤起心来。

在轻烟淡雾的湖滨，为什么要对伊表白心曲？若那时不说，彼此都不至陷溺如此深，唉！那夜的山影，那夜的波光，你还记得我们背人的私语吗？伊说：伊漂泊二十余年的生命，只要有了心的慰安，——有一个真心爱伊的人，伊便一切满足了，永远不再流一滴半滴的伤心泪了。……那时我不曾对你们——山影波光发誓吗？我从那一夜以后，不是真心爱伊吗？为什么伊的眼泪兀自地流，伊的悲调兀自地弹，莫非伊不相信我爱伊吗？上帝呵！我视为唯一的生路，只是伊的满足呵！伊只不住地弹出这般凄调，露出这般愁容……唉！

伊这时已独自睡了，但沉幽的悲叹，兀自从被角微微透出，他更觉伤心，禁不住呜咽哭了。伊听见这种哭声，仿佛沙漠的旷野里，迷路者的悲呼，伊不觉心里不忍，因从床上下来，伏在他的怀里道："你不要为我伤心，我实在对不住你！但我绝不是不满意你；不过是乐极悲生罢了。夜已深，去睡吧！"他叹道："你若常常这样，我的命恐怕也不长了。"说着不禁又垂下泪来。

实在说伊为什么伤心，便是伊自己也说不来，或者是留恋旧的生趣，生出的嫩稚的悲感；或者是伊强烈的热望，永不息止奔疲的现状。伊觉得想望结婚的乐趣，实在要比结婚实现的高得多。伊最不惯的，便是学做大人，什么都要负相当的责任，煤油多少钱一桶？牛肉多少钱一斤？如许琐碎的事情，伊向来不曾经心的，现在都要顾到了。

当伊站在炉边煮菜的时候，有时觉得很可以骄傲，以为从来不曾做过的事情，居然也能做了。有时又觉得烦厌，记得从前在自己家的时候，一天到晚，把书房的门关起来，淘气的小侄女来敲门，伊总不许她进来。左边经，右边史，堆满桌上，看了这本，换那本，看到高兴的时候，提笔就大圈大点起来，心里什么都不关住，只有恣意做伊所爱做的事。做到倦时，坐着车子，访朋友去。有时独自到影戏场看电影，或到大餐馆吃大餐，只是孤意独行，丝毫不受人家的牵掣，也从来没有人来牵掣伊，现在呢？不知不觉背上许多重担，那得赤条条来去无牵挂呵！

昨夜有一个朋友，送给伊和他一个珍贵的赠品——美丽而活泼的小孩模型。他含笑对伊道："你爱他吗？……"伊起初含羞悄对，继又想起，从此担子一天重似一天了，什么服务社会？什么经济独立？不都要为了爱情的果而抛弃吗？记得伊的表兄——极刻薄的青年，对伊道："女孩子何必读书？只要学学煮饭、保育婴儿就够了。"他们蔑视女子的心，压迫得伊痛哭过，现在自己到了危险的地步，能否争一口气，做一个合

209

宜家庭，也合宜社会的人？况且伊的朋友曾经勉励伊道：

"吾友！努力你前途的事业！许多人都为爱情征服的。都不免溺于安乐，日陷于堕落的境地。朋友呵！你是人间的奋斗者。万望不要使我失望，使你含苞未放的红花萎落！……"

伊方寸的心，日来只酣战着，只忧愁那含苞未放的红花要萎落，况且醉迷的人生，禁不起深思，而思想的轮辙，又每喜走到寂灭的地方去。伊的新家，只有伊和他，他每天又为职业束身，一早晨就出去了，这长日无聊，更使伊静处深思。笔架上的新笔，已被伊写秃了。而麻般的思绪，越理越乱。别是一般新的滋味，说不出是喜是愁，数着壁上的时计，和着心头的脉浪，只是不胜幽秘的细响，织成倦鸟还林的逸音，但又不无索居怀旧之感，真是喜共愁没商量！他每说去去就来，伊顿觉得左右无依傍。睡梦中也感到寂寞的怅惘。

豪放的性情，不知什么时候，悄悄地变了。独立苍茫的气概，不知何时悄悄地逃了。记得前年的春末夏初，伊和同学们东游的时候，那天正走到碧海之滨，滚滚的海浪，忽如青峰百尺，削壁千仞，直立海心。忽又像白莲朵朵，探萼荷叶之底，海啸狂吼，声如万马奔腾，那种雄壮的境地，而今都隐约于柔云软雾中了。伊何尝不是如此，伊的朋友也何尝不是如此？便是世界的人类，消磨的结果，也何尝不是如此？

伊少女的生活，现在收束了，新生命的稚蕊，正在苗长；如火如荼的红花，还不曾含苞；环境的陷人，又正如鱼投罗网，朋友呵！伊的红花几时可以开放？伊回味着朋友们的话，唉！真是笔尖上的墨浪，直管浓得欲滴，怎奈伊心头如梗，不能告诉你们，什么是伊前途的运命，只是不住留恋着前尘，思量着往事，伊不曾忘记已往的幽趣。伊不敢忘记今后的努力。

这不紧要几叶的残迹，便是伊给朋友们的赠品，便是伊安慰朋友们的心音了。

一　　幕

六月的天气，烦躁蒸郁，使人易于动怒；在那热闹的十字街头，车马行人，虽然不断地奔驰，而灵芬从公事房回来以后，觉得十分疲惫，对着那灼烈艳阳，懒散得抬不起头来。她把绿色的窗幔拉开，纱帘放下，屋子里顿觉绿影阴森，周围似乎松动了。于是她坐在案前的靠椅上，一壶香片，杨妈已泡好放在桌上，自壶嘴里喷出浓郁的馨香，灵芬轻轻地倒了一杯，慢慢地喝着，一边又拿起一支笔，敲着桌沿细细地思量：

——这真是社会的柱石，人间极滑稽的剧情之一幕，他有时装起绅士派头，神气倒也十足；他有时也自负是个有经验的教育家：微皱着一双浓眉，细拈着那两撇八字须，沉着眼神说起话来，语调十三分沉重。真有些神圣不可轻犯之势。

想到这里，她不由得好笑，——这又算什么呢？社会上装着玩的人真不少，可不知为什么一想便想到他！

灵芬坐在这寂静的书房里，不住发玄想，因为她正思一篇作品的结构。忽然一阵脚步声，把四围的寂静冲破了，跟着说话声，敲门声，一时并作。她急忙站了起来，开了门，迎面走进一个客人，正是四五年没见的智文。

"呵！你这屋子里别有幽趣，真有些文学的意味呢！"智文还是从前那种喜欢开玩笑。

"别拿人开心吧！"灵芬有些不好意思了，但她却接着说道："真的！我一直喜欢文学，不过成功一个文学家的确不容易。"

"灵芬，我不是有意和你开心，你近来的努力实在有一部分的成功，如果长此不懈，做个文学家，也不是难事。"

"不见得吧！"灵芬似喜似疑地反诘了一句，自然她很希望智文给她一个确切的证实，但智文偏不提起这个岔，她只在书架上，翻阅最近几期的《小说月报》，彼此静默了几分钟，智文放下《小说月报》，转过脸问灵芬道："现在你有工夫吗？"

"做什么……有事情吗？"

"没有什么事情，不过有人要见你，若有空最好去一趟。"

"谁要见我？"灵芬很怀疑地望着智文。

"就是那位有名的教育家徐伟先生。"

灵芬听见这徐伟要见她，不觉心里一动。心想那正是一个装模作样的虚伪极点的怪物。一面想着一面不由得说道："他吗？听说近来很阔呢！怎么想起来要见我这个小人物呢？你去不去，如果你去咱们就走一趟，我一个人就有点懒得去。"

智文笑道："你这个脾气还是这样！"

"自然不会改掉，并且也用不着改掉，……你到底陪我去不陪我去？"

"好吧！我就陪你走一趟吧！可是你不要太孤僻惯了，不要听了他的话不入耳，拿起脚就要走，那可是要得罪人的。"

"智文，放心吧！我纵是不受羁勒的天马，但到了这到处牢笼的人间，也只好咬着牙随缘了，况且我更犯不着得罪他。"

"既然这样，我们就去吧，时候已将近黄昏了。"

她们走出了阴森的书房，只见半天红霞，一抹残阳，已是黄昏时候。她们叫了两辆车子，直到徐伟先生门前停下。灵芬细打量这屋子：是前后两个院子，客厅在前院的南边，窗前有两棵大槐树。枝叶茂密，仿若翠屏，灵芬和智文进了客厅，一个三十多岁的男仆进来说："老爷请两位小姐进里边坐吧！"

灵芬和智文随着那男仆到了里头院子，徐伟先生已站在门口点头微笑招呼道："哦！灵芬好久不见了，你们请到这里坐。"灵芬来到徐伟先生的书房，只见迎面走出一个倩装的少妇，徐伟先生对那少妇说："这位是灵芬女士。"回头又对灵芬说："这就是内人。"

灵芬虽是点头，向那少妇招呼，心里不由得想到"这就是内人"一句话，自然她已早知道徐伟先生最近的浪漫史，他两鬓霜丝，虽似乎比从前少些，但依然是花白，至少五十岁了，可是不像，——仿佛上帝把青春的感奋都给了他一个，他比他的二十五岁的儿子，似乎还年轻些，在他的书房里有许多相片，是他和他新夫人所拍的。若果照相馆的人知趣，不使那花白的头发显明地展露在人间，那真俨然是一对青春的情眷。

这时徐伟先生的胡须已经剃去了，这自然要比较显得年轻，可是额上的皱纹却深了许多，他坐在案前的太师椅上，道貌昂然，慢慢地对灵芬讲论中国时局，像煞很有经验，而且很觉得自己是时代的伟人。灵芬静静听着，他讲时，隐约听见有叹息的声音，好像是由对面房子里发出来，灵芬不由得心惊，很想立刻出去看看，但徐伟先生正长篇大论地说着，只得耐着性子听，但是她早已听不见徐伟先生究竟说些什么。

正在这时候，那个男仆进来说，有客要见徐伟先生，徐伟先生看了名片，急忙对那仆人说道："快请客厅坐。"说着站了起来，对灵芬、智文说："对不住，有朋友来找，我暂失陪！"徐伟先生匆匆到客厅去了。

徐伟先生的新夫人，到隔壁有事情去，当灵芬、智文进来不久，她已走了，于是灵芬对智文说道：

"徐伟先生的旧夫人，是不是也住在这里？"

"是的，就住对面那一间房里。"

"我们去见见好吗？"

"可以的，但是徐伟先生，从来不愿意外人去见他的旧夫人呢！"

"这又是为了什么？"

"徐伟先生嫌她乡下气，不如他的新夫人漂亮。"

"前几年，我们不是常看见，徐伟先生同他的旧夫人游公园吗？"

"从前的事不用提了，有了汽车，谁还愿意坐马车呢？"

"你这话我真不懂！……女人不是货物呵！怎能爱就取，不爱就弃了？"

"这话真也难说！可是你不记得肖文的名语吗？制礼的是周公，不是周婆呵！"灵芬听到这里，不由得好笑，因道："我们去看看她吧。"

智文点了点头，引着灵芬到了徐伟先生旧夫人的屋里，推门进去，只见一个四十多岁的妇人，手里抱着一个四五岁的小孩，愁眉深锁地坐在一张破藤椅上，房里的家具都露着灰暗的色彩，床上堆着许多浆洗的衣服，到处露着乖时的痕迹。见了灵芬她们走进来，呆痴痴地站了起来让座，那未语泪先咽的悲情，使人觉得弃妇的不幸！灵芬忍不住微叹，但一句话也说不出，还是智文说道：

"师母近来更悴憔了，到底要自己保重才是！"

师母握着智文的手道："自然我为了儿女们，一直地挣扎着，不然我原是一个赘疣，活着究竟多余！"她很伤心地沉默着，但是又仿佛久积心头的悲愁，好容易遇到诉说的机会，错过了很可惜，她终竟惨然地微笑了。她说：

"你们都不是外人，我也不怕你们见笑，我常常怀疑女人老了，……被家务操劳，生育子女辛苦，以致毁灭了青年的丰韵，便该被丈夫厌弃。男人们纵是老得驼背弯腰，但也有美貌青春的女子嫁给他，这不是稀奇吗？……自然，女人们要靠男人吃饭，仿佛应该受他们的摆弄，可是天知道，女人真不是白吃男人的饭呢！

"你们自然很明白，徐伟先生当初很贫寒，我到他家里的时候，除了每月他教书赚二十几块钱以外，没有更多的财产，我深记得，生我们大儿子的时候，因为产里生病，请了两次外国医生诊治，花去了二十

214

几块钱，这个月就闹了饥荒，徐先生终日在外头忙着，我觉得他很辛苦，心里过意不去，还不曾满了月子，我已扎挣着起来，白天奶着孩子，夜晚就做针线，本来用着一个老妈子侍候月子，我为减轻徐先生的担负，也把她辞退。这时候我又是妻子，又是母亲，又是佣人，一家子的重任，都担在我一人的肩上。我想着夫妻本有共同甘苦之谊，我虽是疲倦，但从没有因此怨恨过徐先生。而且家里依然收拾得干干净净，使他没有内顾之忧，很希望他努力事业，将来有个出头，那时自然苦尽甘来。……但谁晓得我的想头，完全错了。男人们看待妻子，仿佛是一副行头，阔了就要换行头，那从前替他作尽奴隶而得的报酬，就是我现在的样子，……正同一副不用的马鞍，扔在厩房里，没有人理会它呢！"

师母越说越伤心，眼泪滴湿了大襟，智文"哎"了一声道："师母看开些吧，在现代文明下的妇女，原没地方去讲理，但这绝不是长久的局面，将来必有一天久郁地层的火焰，直冲破大地呢！"

灵芬一直沉默着，不住将手绢的角儿，折了又折，仿佛万千的悲愤，都藉着她不住的折叠的努力，而发泄出来……

门外徐伟先生走路的声音，冲破了这深惨的空气，智文对灵芬示意，于是装着笑脸，迎着徐伟先生，仍旧回到书房。这时暮色已罩住了大地，微星已在云隙中闪烁，灵芬告辞了回来，智文也回去了。

灵芬到了家里，坐在绿色的灯光下，静静地回忆适才的事情，她想到世界真是一个耍百戏的戏场，想不到又有时新的戏文，真是有些不可思议，徐伟先生谁能说他不是社会柱石呢？他提倡男女平权，他主张男女同学，他更注重人道，但是不幸，竟在那里看见了这最悲惨的一幕！

歧　路

　　现在街上看不见拉着成堆尸首的大板车了。马路上所残留的殷黑色的血迹，最近也被过量的雨水冲洗净了，所有使人惊慌凄惶的往事，也只在人们的脑膜上，留些模糊的余影。一切残酷的呼声，都随时而消灭了。怵目惊心的大时代，在这个 H 埠是告了结束，虽然那些被炸毁的墙垣，还像保留着厄运后的黯淡，然也鼓不起人心的激浪来。这时候不论谁，都抱着从战壕里逃回来的心情，是多么疲倦，同时觉得他们尚生存在人间，又是多么惊喜和侥幸；而且他们觉得对于人间的一切，有从新估价的必要，所有传统的一切法则都从他们手里粉碎了。

　　肃真和几个同志，现在是留在 H 埠，办理一切善后，这些日子真够忙的，从清早就出去，挨家沿户地调查战事以后的妇女生活状况，疲倦得连饭都顾不得吃，回来就倒在床上睡了。

　　他们的公事房是在 H 埠的城内，是从前督军的衙门，宽广的厅房，虽然没有富丽的陈设，而雕梁画栋还依稀认得出当年的富豪气象。现在这个客厅里每到下午四点多钟，就有许多青年的男女在这里聚会，肃真的卧房就在这个大厅的后面。她自从一点钟回来，吃了一杯牛奶，一直睡到现在——差不多四点半了，才被隔壁的喧笑声吵醒。她揉了揉眼睛，呆呆地坐在床沿上出神，隔壁大厅里正谈着许多有趣的故事，这时忽然沉静下来，但是不久又听见一阵高阔的嗓音说道：

　　"喂！张同志！好一身漂亮的武装呵！"

　　肃真心里想着这一定是说张兰因了，她昨天曾经说过今天要穿一套极漂亮的武装的……她正在猜想，果然听见张兰因清脆的嗓音说道：

"是呵！到了这个时候，谁还愿意披着那一身肮脏的耗子皮，踏拉着破草鞋呢？同志们，咱们真该享乐呵！……你们瞧我手上的弹伤——谁能相信在前敌奋斗的我，现在还活着……这真是死里逃生，还能不相当的享乐吗？"

"好呵！我们一同拥护张同志！"跟着起了一阵热闹的拍掌声。

"今天人来得真齐全，差不多都到了，……喂，老杨，怎么，你的肃真呢？"

"肃真……恐怕还在隔壁睡觉吧？"

"怎么这个懒丫头到现在还没有睡醒吗？杨同志，这当然是你的责任了，去！快些把她拉了来。"

杨同志用手捋着他那最近留的小胡子，笑眯眯地看着张兰因道："是！小姐！遵命！"这样一来大家都禁不住笑起来了。

肃真正洗着脸，看见杨同志走了进来，放下手巾，觑着眼看了他一下，淡淡地笑了一笑说道："吓！今天怎么这样漂亮起来。"那神气带着些讥讽的色彩，杨同志老大不好意思。"可不是吗！……我本来不想穿这一套衣服，……但是他们一定要我穿，并且他们说今天大家都要打扮得像个样，痛痛快快玩一天呢！"

肃真眼望着窗外的绿草地，从鼻孔里"哼"了一声说道："这些小子们，大概都忘其所以了！"回头指着衣架上挂着的一件灰布大褂，颜色已经有些旧了，大襟和袖子都补着四方块的补丁，说道："这件大褂你该认得吧！……我们从南昌开拔的时候，就连这件破褂子，也进过长生库呢？每天一个人啃两块烧饼……那真够狼狈了，这会子，这些少爷小姐们倒又做起'桃色的梦'来了。"

杨同志听了肃真无缘无故地发牢骚，真猜不透那是什么意思，只有低着头，讪讪地微笑。

"喂！罗同志！杨同志！你们到底怎么样？所有的人都到齐了，你们再不来我们就走了。"肃真听出是兰因的声音，就高声叫道："兰因为

217

什么这样焦急，你今天到底出多大的风头，你过来，让我看看你漂亮到
什么程度罢！"

兰因笑道："你也来吧！别说废话了！"

肃真和杨大可走到隔壁大厅，果见那些男女同志个个打扮得比往日
不同，就是小王的领结也换了新的，张老五的胡子也是刚刮的，肃真瞧
着那些兴高采烈的同志们说道："你们这些少爷小姐真会开心呵！"这
时一阵笑声从角落里发出来，肃真一看正是兰因。她偎着小王坐着，用
手指着肃真不知在谈论什么。肃真撇了众人跑到兰因面前，拉着兰因的
手端详了半天，只见她身上穿着一套淡咖啡色的哔叽军装，脚上穿着黄
皮的长筒马靴，一顶黄呢军帽放在小王的膝盖上，神气倒十足，不禁点
着头说道："好漂亮的女军人，怪不得那些小子们要拜倒女英雄的脚下
呢！"她说着斜睒了小王一眼。小王有些脸红，低下头装作看帽子上闪
烁的金线。兰因隔了些时，用报复的语调向肃真道："小罗！你别发狂，
正有人在算计你呢！……喂！你瞧那几根胡子，多么俏皮！"肃真瞪了
兰因一眼笑道："唉！……那又是什么东西！"惹得旁边的同志们鼓掌
大笑了。

正在这个时候，门前一阵汽笛声，他们所叫的汽车已经开来了，于
是他们乱纷纷地挤到门口，各人跳上车子，到第一宾馆去。这是 H 埠有
名的饭馆，大厅里陈设着新式的各种沙发椅，满壁上都是东洋名家的油
画片子，在那白得像雪一般的桌布上，放着一个碧玉花瓶，里面插着一
束血点似的红玫瑰，甜香直钻进鼻孔，使人觉到一种轻妙和醉软的快
感，雪茄烟的白雾，团团地聚成稀薄如轻绡的幔子，使人走到这里，仿
如置身白云深处一般。

杨大可依然捋着他那几根黑须，沉沉地如入梦境，他陡然觉得眼
前有一个黑影，黑影后面露着可怕的阴暗的山路，他窜伏在一群尚在蠕
动的尸首下面，躲避敌军的炮弹，……他全身的血液都似乎已凝结成了
冰，恐惧的心简直没有地方安放了。呵！肩膀上忽然有一种最温最柔的

东西在接触，全身立刻都感到温暖，恰才失去的知觉又渐渐回复了。他真像是做了一个梦，现在这梦是醒了，睁大了眼睛，回头看见他爱慕的女神——肃真抚着他的肩，含着笑站在他的身后，他连忙镇定住乱跳的心站起来说："这里坐吧！肃真。"……他将自己方才的座位让给肃真坐了，他自己就坐在沙发的椅靠上，一股兰花皂和檀香粉的温腻的香味，从风里送过来，他好像驾着云，翱翔于空明的天宇，所有潜伏的恐惧，不但不敢现形，并且更潜伏得深了。

穿白色制服的伙计们，穿梭似的来去，他们将各色的酒，如威士忌，啤酒，玫瑰酒，葡萄酒，一瓶一瓶搬来，当他们将木塞打去的时候，一股浓烈的香气，喷散了出来，使人人的食欲陡然强烈起来。现在他们脑子里只有"享乐"两个字了，于是男人女人，互举着玉杯叫"干"，这样一杯一杯不断地狂饮着。女人们的面颊上平添了两朵红云，男人们也是满脸春色，兰因简直睡在小王的怀里，小王的左臂，将她的腰紧紧地搂住，他和她的唇几次在似乎无意中碰在一处。呵！这真是奇迹，从来历史上所没有的放浪和无忌，现在都实现了，很冠冕堂皇地实现了。

肃真一直抱着玫瑰酒的瓶子狂吞着，现在瓶里头连一滴酒也没有了。她放下瓶子，脸色是那样红得形容不出，两眼发射着醉人的奇光，身子摇摇晃晃几乎要跌倒了。杨大可将她轻轻地扶住，使她安卧在一张长沙发上，他自己就坐在她的身旁，含着得意的微笑，替她剥着橘子。

他们想尽了方法开心，小张举着一杯红色的葡萄酒，高声地叫道："同志们，我们是革命的青年，应当打破一切不自然的人间道德，我们需要爱，需要酒来充实我们的生活，请你们满饮一杯，祝我们前途的灿烂。"

"好呵！张同志……我们都拥护你，来！来！大家喝干这一杯。"小王说着，把一杯酒喝干了，其余的人们也都狂笑着将杯里的酒吞下去。

一点钟以后，饭馆里的人都散去了，深沉的夜幕将这繁华富丽的大厅团团地罩住，恰才热闹活跃的形象，现在也都消归乌有，地上的瓜子壳烟灰和残肴都打扫尽了，只有那瓶里的玫瑰，依然静立着，度这寂寞的夜景。

但是在这旅馆的第二层楼上东南角五号房间里还有灯光。一个瘦削的男子身影，和一个袅娜的女人身影，正映在白色的窗幔上，那个女人起先是离那男子约有一尺远近，低着头站着；后来两个身影渐渐近了，男人的手箍住那女人的腰了，女人的头仰起来了，男人的头俯下去，两个身影变成一个，他们是在热烈地接着深吻呢！后来两个人的身影渐渐移动，他们坐在床上了，跟着灯光也就熄灭了，只听见男人的声音说道："兰因，我的亲爱的！你知道我是怎么样热烈地爱着你！……"

底下并不听见女的回答，但过了几分钟以后，又听见长衣拖着床沿的声音，和女子由迷醉而发出的叹息声，接着又听见男人说："现在的时代已经不是从前了，女人尝点恋爱的滋味，是很正当的事！……哦！兰因你为什么流泪！亲爱的，不要伤心！不要怀疑吧！我们彼此都是新青年，不应当再把那不自然的束缚来隔开我们，减低我们恋爱的热度！"

还是听不见女的回答，过了一会那男的又说道：

"兰因，我的乖乖！你不要再回顾以前吧！我们是受过新洗礼的青年，为什么要受那不自然的礼教束缚，婚姻制度早晚是要打破的，我们为什么那么愿意去做那法制下的傀儡呢？不要再想那些使人扫兴的陈事吧！时间是像一个窃贼，悄悄地溜走了，我们好好地爱惜我们的青春，努力装饰我们的生命，什么是人间的不朽？除了我们的生命，得到充实！"

"可是子青！无论如何，人总是社会的分子，我们的举动至少也要顾虑到社会的习惯呵！……"

"自然，我们不能脱离社会而生活，但是你要清楚，社会的习惯不一定都是好的，而且社会往往是在我们思想的后面慢慢拖着呢……我们岂能因为他的拖延而停止我们思想的前进……而且社会终归也要往这条路上走的，我们走得快，到底不是错事。"

这一篇彻底而大胆的议论，竟使那对方的女人信服，她不再往下怀疑了，很安然地睡在他的怀里，做甜蜜的梦去了。

太阳正射在亭子间的角落里，那地方放着一张西洋式的木床，床上睡着一个女郎，她身上盖着一条淡紫色的绒毯，两只手臂交叉着枕着头，似乎才从惊惧的梦中惊醒，失神的眼睛，定视着头顶的天花板，弄堂口卖烧饼油条的阿二，拉着暗哑的嗓音在叫卖，这使得她很不耐烦，不觉骂道："该死的东西，天天早晨在这里鬼号！"跟着她翻了个身，从枕头底下抽出一个信封来，那信封上满了水点的皱痕，她将信翻来覆去看了又看，然后又将信封里的一张信笺抽了出来，念道：

兰因：

我有要事立刻须离开这里，至于将到什么地方去，因为有特别的情形，请你让我保守这个秘密，暂且不能告诉你吧！

我走后，你仍旧努力你的工作，我们是新青年，当然不论男女都应有独立生活的精神和能力，你离了我自然还是一样生活，所以我倒很安心，大约一个月以内，我仍就回到你的身边，请你不要念我，再会吧！我的兰因！

子青

她每天未起床以前总将这信念一遍，光阴一天一天地过去，一个月的期限早已满了，但是仍不见子青回来，也再不接到他第二封信，她心里充满了疑云，她想莫非他有了意外吗？……要不然就是他骗了她，永远不再回来了吗？……

221

她想到这可怕的阴影，禁不住流泪，那泪滴湿透了信笺不知有多少次，真是新泪痕间旧泪痕。如今已经三个月多了，天天仍是痴心呆望，但是除了每天早晨阿二喑哑的叫卖声，绝没有得到另外的消息。今天早晨又是被阿二的叫卖声惊醒，她又把那封信拿出来看一遍，眼泪沿着面颊流下来，她泪眼模糊看着窗外，隔壁楼上的窗口，站着一个美丽而娴静的女孩，正拿着一本书在看。她不禁勾起已往的一切影象。

　　她忽觉得自己是睡在家乡的绣房里，每天早晨奶妈端着早点到她床前，服侍她吃了，她才慢慢地起床，对着镜梳好头，装饰齐整，就到书房去。那位带喘的老先生，将《女四书》摊在书桌上叫她来讲解，以后就是写小楷，这一早晨的时间就这样过去了，到了下午，随同母亲到外婆家去玩耍，有时也学做些针线。

　　这种生活，虽然很平淡，但是现在回想起来，倒觉得有些留恋。再看看自己现在孤苦伶仃住在这地方，没有一个亲友过问，而且子青一去没有消息，自己简直成了一个弃妇，如果被家乡的父母知道了，不知将怎样的伤心呢！

　　她想到她的父母，那眼泪更流得急了。她想起第一次见了她的表姊，那正是一个夏天的下午，她正同着母亲坐在葡萄架下说家常，忽见门外走进一个二十多岁的女人来，剪着头发，身上穿着白印度绸的旗袍，脚上是白色丝袜，淡黄色的高跟皮鞋，态度大方。她和母亲起先没认出是谁来，连忙站了起来，正想说话，忽听那位女郎叫道："姑妈和表妹都好吗？我们竟有五六年没有见了呢！"她这才晓得是她的表姊琴芬。当夜她母亲就留表姊住在家里，夜里琴芬就和她同屋歇息。琴芬在谈话之间就问起她曾否进学堂，她说："父亲不愿我进学校。"琴芬说："现在的女子不进学校是不行的，将来生活怎样能够独立呢！……表妹！你若真心要进学校，等我明天向姑丈请求。"她听了这话高兴极了，一夜差不多都没有睡，最使她醉心是琴芬那种的装束和态度，她想如果进了学校，自然头发也剪了，省得天天早晨梳头，并且她也很爱琴芬的那高跟皮鞋，短短的旗袍。

第二天在吃完午饭的时候，琴芬到她姑丈的书房闲谈，把许多新时代的事迹，铺张扬厉，说给那老人家听。后来就谈到她表妹进学校的事情，结果很坏，那老人只是说道："像我们这种人家的女儿，还怕吃不到一碗现成饭吗？何必进什么学校呢！而且现在的女学校的学生，本事没有学到而伤风败俗的事情却都学会了。"

琴芬碰了这个钉子，也不好再往下说；但是她很爱惜表妹，虽然失望，可是还没有绝望，她想姑母比较姑丈圆通得多，还是和姑母说说也许就成了。这个计划果然很有效果，当琴芬第二次到姑妈家去的时候，她的表妹第一句话就是报告："父亲已经答应让我进女子中学了。"

这一年的秋季她就进了女子中学的一年级，这正是革命军打到她故乡的时候。学校里的同学都疯了似的活动起来，今天开会明天演讲，她也很踊跃地跟着活动，并且她人长得漂亮，口才又好，所以虽然是新学生，而同学们已经很推重她，举她作妇女运动的代表，她用全部的精神吸纳新思潮，不知不觉间她竟改变了一个新的人格。

在她进学校的下半年，妇女协会建议派人到武汉训练部去工作，兰因恰又是被派的一个，但是这一次她的父母都不肯让她去，几番请求都被拒绝，并且连学校都不许她进了。

有一天她的父亲到离城十五里地的庄子上去收租，母亲到外祖母家去看外祖母的病，本来也叫她同去，但是她说她有些肚子疼，请求独自留在家里休息，这却是一个很好的机会。她打开母亲放钱的箱子，悄悄拿了一百块钱和随身的衣服，然后她跑到她同学李梅生家里，她们预先早已计划过逃亡的事情，所以现在是很顺利地成功了。她们雇了两辆车子跑到轮船码头，买好船票，很凑巧当夜十二点钟就开船了。

自从那一次离开了父母，现在已经三年了。关于父母对她逃亡后伤心的消息，曾经听见她一个同乡王君说起，她的父亲愤恨得几乎发狂，人们问到他的女儿呢？他总是冷然地答道："死了。"母亲常常独自流泪……

呵！这一切的情景，渐渐都涌上心头……她想到父亲若知道她已经和人同居，也许已经变成某人的弃妇时，不知道要愤恨到什么地步！唉！悔恨渐渐占据她的心灵，一颗一颗晶莹的泪珠，不断地沿颊滚了下来。

"砰！砰！"有人在敲亭子间的门了，她连忙翻身坐起来问道：

"谁呵！"

"是我，张小姐！……"

好像是房东的声音……大约是来讨房钱的，她的心不禁更跳得厉害了，打开抽屉，寻来寻去只寻出两块钱和三角小银币……而房租是每月十块，已经欠了两个月，这个饥荒怎么打发呢？

"张小姐！辰光不早了，还没有起来吗？……"

房东的声音有些不耐烦，她忙忙开了门，让房东进来。那是一个四十多岁的江北妇人，上身穿着长仅及腰的一件月白洋布衫，下身穿着一条阔裤脚的黑花丝葛裤子，剪发梳着很光的背头，走进来含着不自然的微笑，将兰因的屋子打量了一番，又望兰因的脸说道："张小姐！王先生有信来没有？真的，他已经走了三个多月了，……"

"可不是吗？……前些日子倒有一封信，可是最近他没有信来。"

房东太太似乎很有经验地点了点头说道："张小姐！我怕王先生不会再到这里来了吧！现在的男人有几个靠得住的，他们见一个爱一个，况且你们又不是正经的夫妻……他要是老不来，张小姐还应当另打主意，不然怎么活得下去呢！……这些辰光，我们的生意也不好，你这里的房钱，实在也垫不起，我看看张小姐年轻轻的，脸子又漂亮，如果肯稍微活动活动，还少得了这几个房钱吗？只怕大堆的洋钱使都使不尽呢！……"

兰因已明白房东太太的来意了，本想抢白她几句，但是自己又实在欠下她的钱，硬话也说不成，况且自己当初和王子青结婚，本来太草率了。既没有法律的保障，又没有亲友的见证，慢说王子青是不来了，奈何他不得；纵使他来了，不承认也没有办法……想回到故乡去吧，父亲已经义断恩绝，而自己也觉得没有脸面见他们……

房东太太见她低头垂泪，知道这块肥羊肉是跑不了的，她凑近张小姐，握住她的手，低声说道："张小姐！你是明白人，我所说的都是好话，你想做人一生，不过几十年，还不趁这年轻的时候快活几年，不是太痴了吗？况且你又长得漂亮，还怕没有阔大少来爱你吗？将来遭逢到如意的姑爷，只怕要比王先生强得多呢……呵！张小姐！我不瞒你说，这个时代像你这样的姑娘，我已见过好多，前年我们楼下住着一个姓袁的，也是夫妻两个，起初两口子非常地要好，后来那个男人又另外爱上别的女人，也就是把那位袁太太丢下就走了。袁太太起先也想不开，天天写信给他，又托朋友出来说合，但是袁先生只是不理，他说：我们本来不过是朋友，从前感情好，我们就住在一块；现在我们的感情破裂了，当然是各走各的路。袁太太听了这话气了个死，病了十几天，后来我瞧着她可怜，就替她想了一个法子，……现在她很快乐了，况且她的样子，比你差得多呢！……"

房东太太引经据典地说了一大套，一面观察兰因的脸色，见她虽是哭着，但是她的眼神，是表示着在想一些问题呢！房东太太知道自己的计划是有九分九的把握了，于是她站起身来说："张小姐！还不曾用早饭吧？等我叫娘姨替你买些点心来吃。"房东太太说着出了亭子间，走到扶梯就大声喊："娘姨！"在她那愉快的腔调中，可以知道她是得到某一件事情的胜利了。

一年以后，肃真是由 H 市调到上海来，她依然是办着妇协的事情，但是她们每谈到兰因，大家都抱着满肚皮的狐疑，一年以来竟听不见她的消息。前一个月肃真到昆山去，曾在火车上遇见王子青，向他打听兰因的消息，他也说弄不清，究竟这个人到什么地方去了。这个形迹奇怪的女子，便成了她们谈话的资料了。

在一个初秋的晚上，肃真去赴一个朋友的宴会，在吃饭的时候，他们谈到废娼问题。有许多人痛骂娼妓对于青年的危害，比一只野兽还要可怕，所以政府当局应当将这堕落的娼妓逐出塞外。有的就说："这不是娼妓本身的罪恶，是社会的制度将她们逼成到堕落的深渊里去的，考察她们堕落的原因，多半是因为衣食所逼，有的是被人诱惑而失足的，总之，这些人与其说她们可恶，不如说她们可怜，……"

关于这两个议论，肃真是赞成后面的一个。她对于娼妓永远是抱着很大的同情的，但是她究竟不清楚她们的生活，平日在娱乐场中看见的妖形媚态的女人，虽然很有时惹起她的恶感，但同时也觉得她们可怜。她每次常幻想着一个妙年的女郎，拥着满身铜锈的大腹贾，装出种种媚态，希求一些金钱的报酬，真是包含着无限的悲惨……因此，她很想去深究一下她们的生活，无论是外形的或内心的。不过从前社会习惯，一个清白少女，绝不许走到这种可羞耻的地方去，可是现在一切都变动了，这些无聊的习惯，没有保存的必要，于是肃真提议叫条子，大家自然没有不赞成的。但是肃真说："可是有一个条件，叫了来只许坐在我的身边，因为我叫条子的意味，和你们完全不同！"那些男人听了这话，心里虽不大高兴，但嘴里也说不出什么来，只得答道："好吧！"

"茶房！"肃真高声地叫着，一个二十多岁的穿白色制服的茶房来到面前，"先生要什么？"

"你们这个地方有出色的名妓吗？"

茶房望了肃真一眼，露出殷勤的笑脸答道："吓！这地方有的是好姑娘……像雪里红、小香水、白玉兰都是呱呱叫的一等姑娘，您是叫哪一位？"肃真对于这生疏的把戏，真不知道怎么玩法。她出了一回神说："就叫雪里红吧！"茶房道："只叫一个吗？……先生们若喜欢私门子，新近来了一个秦秋雯，那更是数一数二的出色人物，又识字，又体面，只要五块钱就可以叫来。"

"哦！那么你也把她叫来吧！"肃真含着好奇的意味说。

茶房去了不久，就听见外面叫道："雪里红姑娘到！"跟着白布门帘掀动，进来一位二十左右的姑娘，蛋形的脸庞，玲珑的身材，剪发，但梳得极光亮，上身穿着一件妃红色的短衫，下身玄色裤子，宝蓝色缎子绣花鞋，妃红色丝袜，走路的时候，露着她们特有的一种袅娜轻盈的姿势，而且一股刺鼻的香味，随着她身子的摆动，分散在空气中，在她的身后跟着一个琴师，大约三十左右年纪的男人，脸上长满了疙瘩，手里拿着三弦琴。那雪里红走进来，向在座的人微微点头一笑，就坐在肃真的身后，肃真转过脸来，留神地观察她。那姑娘看见座上有女客，她似乎有些忸怩，很规矩地唱了一只小曲，肃真觉出她的不自然的窘状来，连忙给了钱打发她走。

雪里红走后，那些男人们又发起议论来了。

他们讨论到娼妓的心理，据那位富有经验的高大个子孔先生说："娼妓的眼睛永远是注视在白亮的洋钱上，因此她们的思想就是怎样可以多骗到几个钱，她们的媚态，她们的装束，以及她们的一举一动，都只向着弄钱的目标而进行，所以游客们只要有了钱，便可以获得她们的青睐，不然就立刻被摈弃了……"

肃真很反对这种论说，她说："人总是一个人，有时人性虽然被货利的诱惑而遮掩了，但是一旦遇到机会，依然可以发现出来的，……我觉得娼妓的要钱和一般的商贾趋利是一样可以原谅的行为，不过在获利以外，他们或她们总还有更高的人生目的，……娼妓的要钱，是为了她们的生活，她们比一般人都奢侈，也不过为了她们的生活，社会上的男人，要不是为了她们入时妖艳的装束和能迎合男人们心理的媚态，谁还肯把大捧的银子送给她们呢？……所以娼妓的堕落，是社会酿成的，我们不应当责备娼妓，应当责备社会呵！"

肃真的语调十分热烈，在座的男人们，都惊奇地望着她，孔先生虽然不大心服，但是也想不出什么有力量的话来反驳她，不知不觉大家都

227

沉默起来。

正在这个时候，忽听门外有人走路的声音，那声音很轻盈，是一个女人穿着皮鞋慢步的声音，而且是越走越近。大家都不觉把视线移到门外，不久果然门帘一动，走进一个十八九岁的少女来，身上穿着蛋白色的短旗袍，脚上肉色丝袜和肉色皮鞋，额上覆着水波纹的头发，态度很娴静，似乎是一个时髦的中学校的学生。那女郎走了进来，一双秀丽的眼睛向满屋里一扫，忽见她打了一个冷战，怔怔地向肃真坐的角落里定视着，那脸色立刻变成苍白。她一声不响地回转身就跑了。大家莫名其妙地向这奇怪的女郎的背影望着，只是她如同梦游病似的，一直冲到门外渐渐地不见了。

他们回到屋里，看见肃真失神地怔坐在一张沙发上，脸上泛溢着似惊似悲的复杂表情，大家抱着满心的狐疑沉默着。

茶房从外面走了进来说道："先生们，恰才秦秋雯姑娘来了，怎么没坐就走了，……想是先生们看不上吧，您不要叫别位吗？……"

孔大可说道："不要了，你给我们泡壶好茶来吧！"茶房答应着走了出去，忽听肃真叹了一口气道："你们知道秦秋雯是谁？……就是张兰因呵！我们分别以后听说她和小王同居，谁知她怎么跑到上海做了暗娼，这真叫人想不到……可是小王也奇怪，上次我问他兰因在什么地方？他神色仓皇地说是弄不清。当时我没注意，现在想起来，才明白了，你们信不信，一定是小王悄悄地走了，她不能自谋生活，……况且年纪又轻，自然很容易被人引诱……哦！诸位同志！这也是革命的一种牺牲呢！……张兰因她本来是名门闺秀，因为醉心革命，一个人背了父母逃出来，现在是弄到这种悲惨的结局……而且小王那东西专门会勾引人，他一天到晚喊打破旧道德，自由恋爱，他再也不顾到别人的死活，只图自己开心，把一个好好的女青年，挤到陷坑里去。而我们还做梦似的，不清楚他自己的罪恶，提起来真叫人愤恨……同志们！我不怕你们怪，我觉得中国要想有光明的前途，大家的生活应当更忠实些，不然前途只有荆棘了！"

这确是一出使人气闷的悲剧，人人的心灵上都有着繁重的压迫，人间是展露着善的，恶的，正的，迷的，各种不同的道途，怎样才能使人们离开迷途而走正路呢？呵！这实在是重要的问题呢！

这问题萦绕着大家的心灵，于是他们欢乐的梦醒了，渐渐走到严肃紧张的世界里去了。

搁浅的人们

"世纪的潮流虽然不断地向前猛进，然而人们还不免搁浅地叹息！"当莉玲从一个宴会散后归来——正是深夜中，她兀自坐在火焰已残的炉旁这样地沉思着。

窗外孤竹梢头带些抖颤的低呼声，悄悄地溜进窗棂缝，使幽默的夜更加黯淡，寂静的书房更加荒凉。莉玲起身加了几块生炭在壁炉里，经过一阵噼啪的响声后，火焰如同魔鬼的巨舌般，向空中生而复卷。莉玲注视这诡异的火舌，仿佛看到火舌背后展露着人间的一幕。

那时恰是温暖的春天，紫罗兰的碎花，正点缀着嫩绿的草坪，两个少女手里拿着有趣味的文学书卧在草坪上，静静地读着。忽然一个着浅绿色衣裙的少女，抬头望着蔚蓝不染烟尘的云天说道："蔚文，毕业后，你打算怎么样？"

"我想做一个好教员，……可是你呢，莉玲？"

"我吗？也想做教员，但是我觉得我还要追着时代跑。"

"追着时代跑？多么神秘的一句话，我简直不懂，你能再解释清楚些吗？"

"我的意思是说，单做一个教书匠的教员是不行的，同时还要做一个站在时代前面的先锋。"

"那么，你是要比时代跑得更快了，岂止追着时代跑？"

"不错，我也许有点过分地奢望，是不是？"

"不……倘使你想这样做，我预料你是做得到，不过跑在时代前面，你一定要碰钉子的，上次我们的文学先生不是说过吗？"

"碰钉子？……就像一股溪水碰在巨石上，不是吗？那并不是没有意思的事，平常溪水平和地流，看不到白浪的激涌，那又有什么趣味？但是等到溪水碰到巨石的时候，那就不同，有飞溅的白沫，那澎湃的音乐，同时也有强烈的生的奋斗；假使一旦凿穿那巨石的阻碍，前途就有了更大的开展，小溪——平凡的小溪也许立刻变成了一条诡奇多波浪的大河。蔚文，碰钉子我是不怕的。"

"莉玲，我相信你是勇敢的，我投降你了！"蔚文放下书跑过来握住莉玲的手道："好，我们以后各人都抱定这个宗旨做人。"

微含幽绿的火舌，现在变成血般的深红，同时书房里充满了热温的空气。莉玲离开壁炉，走近书案旁，一张宴客的卡片排在桌上，这很自然地使她想起今天晚上的宴会。莉玲同蔚文分别以后整整八个年头不曾见面了，今夜是莉玲的一个朋友杨太太邀她在家里宴会，在宴客的卡片后面并注着一行小字道：

"蔚文已从俄国回来，她渴想见你，所以今夜请你务必要来。"当然这是非常能打动莉玲心弦的消息。当她还不曾见到这位久别的朋友时，已经用过一番想象和推测的工夫。她想："见了她时，一定可以谈些真挚的话，也许还可使她少女的青春复活。"……真的，这些年了，她在人间所遇到的都是些虚伪的面孔，冷刻的心，敷衍的谈话，同时她还打算告诉她的朋友碰钉子的经过，那么她的朋友也许能为她流一滴同情泪，或赞她一声勇敢的朋友！唉，这些莉玲所渴望于她朋友的，恨不得立刻就从她朋友那里得到，所以还不到宴会的时间，莉玲老早就跑到约她的杨太太家里去等蔚文。

到了杨太太家里，莉玲非常关切地问道："杨太太，你见过蔚文吗？"

"见过的，她昨天晚上在我家里吃饭。"

"她老了吗？……是不是还和从前一样？"

"似乎瘦了些，其余还是一样。"

"样子虽然不曾改变，但是我想她的思想一定要新得多了。"

"怎么见得呢？"杨太太似乎有些怀疑。

"一定的，杨太太，……我们是很好的朋友，我的思想既然比从前进步了，她当然也会进步，并且她又曾到过俄国。"

杨太太静默地望着她，在她的眼神中，表现着反驳她的揣想的意味，同时她伸过手拊在她的肩上，说道："你是个老好人！"她这时精神似乎挨了一鞭，不由得心里有些忐忑不安，使她不能不问道："她谈到我吗？"

"自然谈到的。"

"她怎么说？"

"她问起最近的生活……并且说她听见你从新组织了家庭，她以为这是不可信的，她追问我是不是真的。……当时我看见她的态度似乎有些不赞成你，所以我只推说不知道。"

"后来她又怎么说？"

"她说她以为你不至于从新组织家庭，因为一个女性只能终身爱一个人，如第一个爱毁灭了以后，就应当保持片面的贞操，一直到死。"

"呵，真的吗？杨太太，我做梦也不曾想到她会对我作如是的批评……"莉玲黯然地说。

"世界竟多梦想不到的事呢！……但是你也不必管她。……"

一朵阴云蔽翳莉玲热望的光明的心，她无精打采地靠在沙发上。过了一刻，她站了起来说：

231

"杨太太，请恕我，今夜我不想在这里看见她，……并且我愿此生不再见她。"

"你真想不开，世界上像她一样的人到处都是，你躲避得多少呢！？"

"不，我还是想不见她的好！"

正在这时候，蔚文已从门外进来了，莉玲冷淡地点了点头，蔚文神气庄严地向杨太太寒暄后，才走近莉玲面前说道："怎么样，好吗？"

"很好，你呢？"

"我还是这样。"

"但是太阳的火轮是天天在转动呢！"

"那是很自然的事实，对于做人发生什么关系呢？"

"不过你从前是个充满了生命的少女，而现在却是老成持重的教授夫人了，这不能说太阳的转动与你无关吧！"

那位教授夫人淡淡地笑了一笑，莉玲却不响地狂吸着香烟，使浓厚的烟雾遮住她那阴沉的含泪的面容。

在宴会席上，教授夫人和杨博士——杨太太的丈夫——矜持地谈着，她的显赫的丈夫某教授在国外的怎样被人欢迎，他们过着怎样华贵的生活，那种骄慢的气焰，真使人不敢正眼望一望。全席人的视线都只在那位仪态万方，谈吐名贵的教授夫人身上缭绕着。这使得莉玲对于她一向的信念不禁有了动摇，站在时代前面碰钉子，到底是个傻念头，也许正像耶稣为了救世的狂望而被钉在十字架上，被人讪笑他的不识时务一样的可怜。

教授夫人在发扬过她光耀的生活以后，不知什么魔鬼把她的目光引向她幼年的好朋友莉玲身上，那时莉玲正徘徊在荒凉的沙漠上，她不求人们的援助，也不希冀人们的同情，更不曾想望这位住在宫殿里的教授夫人垂青。但不巧，教授夫人偏偏注意到她。教授夫人似乎怜悯般地说道："莉玲，你现在还在写文章吗？……你倒真肯努力，我大约总有几年不动笔了！"

"写文章那只是碰钉子的倒霉人的勾当，你当然是可以不动笔了！"

"哪里的话！我们只是时代潮流中搁浅的人们，和你们想追着时代，跑到时代前面去的人比不得，……不过人生几十年，我只求过得去就完了，身后名我真不高兴去探求。"

"自然你现在是过得去，所以不用去探求，可是我们是过不去的呀！"

"哪里的话，你现在教书每月也有一二百元的进款，为什么过不去？"

"但无论如何，我们总比不上你……"

"你真会说笑话，我将来挨饿的时候，还要求你也给我找点书教呢！"

"等到你们这些大人物都挨了饿，那我们早都饿瘪了。"

莉玲谈到这里，觉得这些话毫无意味，不愿再继续下去。她站了起来，辞别了杨太太，懒懒地回来。……

壁炉中的火舌渐渐地淡了下去，窗外孤竹梢头带些抖颤的低呼声，听得十分清晰，夜更深了。莉玲离开那将残的火焰，悄然回到寝室去。世界的整个孤寂是包围了她。

一个情妇的日记

九 月 三 日

早晨我在那间公事房里碰见他——唉，当时我用着极甜蜜的心情低声唤着仲谦——他的名字，当然他是不曾听见，并且所有的人都不会听见，因为他们都若无其事地招呼我。

今天他身上穿了一件银灰色的夹衣，洁白而清秀的面庞发出奕奕的神采，静默地伏在案上写一些什么报告。他见我走了进去，抬头向我招呼了一下，那双深到世界上测数器也不能探到底的眼睛——那里面有神秘、有爱情、有生命——虽只轻轻地向我身上投来，但是我是被它所眩惑了。一股热烈的压迫的情绪从心底升上来，我几乎发昏，只好靠在一张椅背上，我才勉强支住我的身体。

我找到一份报纸，正想找些谈话的机会，但他们都像是忙得很，匆匆地写，忙忙地看。后来仲谦又被一个电话叫了去，我送他到了大门口，想同他谈两句，可是我的心，跳得太厉害，话竟不能即刻吐出，于是时间这残酷的东西，在它不停息地转动中那可爱的仲谦的身影已在电车上了。我只得叹口气，怨我的命运不济，闷闷回到寄宿舍去。

我是住在一所两楼两底的亭子间。这间屋子，前面对着一堵高楼，窗子朝北开，西风阵阵吹进来，由不得使我发生一种秋未到先飘零的叹息。——况且今天我心绪是这样颓唐，走进屋，我便倒在床上，我希望仲谦到我的梦里来，哪一天我能睡在他的怀抱里，就是死也觉得甜蜜的。

傍晚时，我从床上被一阵乌鸦的啼声所惊醒。起来，揉着眼看见桌上放着一封信，连忙拆开来看，原来是瑞玲寄给我的，她邀我今晚到她那里谈谈。

昨天才从箱里拿出来的夹大衣，这时正好穿，我换了一件淡绿色的夹袍，披上大衣，在黄昏的光影中出了家门。在路上我看见一个男人，他的后影活像仲谦，我连忙加紧脚步，赶到面前，仔细一看，原来是个陌生人，这真叫我脸红，我连忙跳上一部电车躲开了。

在瑞玲那里吃过夜饭，她很恳切地问我道："你所爱的究竟是哪一个？"

我说："你猜猜看。"

她猜了好几个……但都不是，因为这几个人里没有仲谦，瑞玲因为猜不着，她要想知道的心更切，她叫我暗示她一些，我的心正在跳，我恨不得就把那美丽的悦耳的仲谦两个字送到她耳壳里去，可是我终于怕羞只这样隐隐约约地说："……他是一个又漂亮又潇洒的男人，而且他的品格，好像苍翠的松柏、明朗的秋月。我爱他，深切地爱他。但是他已经结了婚，而且他同太太的感情又很好！"

"哦！我晓得了，"瑞玲这样叫着拍了我的肩膀一下，"美娟你的眼光果然不错，他可以算得是一个又蕴藉又有胆识的男子……"

"你别在故意地套我，究竟是哪一个？"我这样逼着瑞玲问。她只笑嘻嘻地不作声，我到底不相信她真猜得对，便又说道："我想你一定猜不着，不然你为什么不说出名字来。"

"你不要激我，就算我猜不着吧！"她假作生气地说。

我知道她的脾气是越激越僵，便连忙柔声下气地哀求道："玲姊姊，别生气吧！你告诉我是哪个，……我还有别的要紧话同你商量咧！"

"来，我告诉你吧，仲谦，是不是？"瑞玲含笑说。

唉，这是多么美丽的字眼呢，仲谦——我含着深醇的笑向她点头。

在灯影下我把我对仲谦热烈的爱慕，全向瑞玲表白了。瑞玲说："仲谦恐怕还不知道呢！"这当然是对的，不过知道不知道，并不影响我对他的爱，我是一个方在青春的少女，天赋给我热烈的情绪，而我向任何人身上倾注那是我的自由，他有没有反应那也是另外的问题……不过我同时也极希望他给我个热烈的反应。

九 月 七 日

今天我下决心，要给仲谦写信，虽然我们天天都有见面的机会，不过却少谈话的机会。他太忙，件件事都须他的斟酌。唉，他是个多么多才多艺的人哟，——还不只他的样子可爱呢！

清晨起来，我就把昨夜买来的漂亮信纸铺在桌上，——那是一张紫罗兰色的洋信笺。我拿了一杆自来水笔，斟酌了很久，我不知道怎样称呼他好，……我想写"先生"可是太客气了。写名字又太不客气了。我想我还是来个没头没脑吧。唉，一张纸一张纸地被我撕了团了，我还是不曾把信写好。想来我是太没有艺术天才了，所以我写不出我内心的热情。……可是天知道越写不出，我内心的燃烧越猛烈。我几次抛下笔要想去找仲谦，我不顾一切，将他紧紧地抱在怀里。我吻他无论什么地方，我要使密吻如雨点般地落在他的颈子上，脸上，口角上。唉，我发狂了。我放下纸笔，我跑到门外，我整个的心集注在这上面。

命运真会捉弄人，偏偏仲谦又出去了。我坐在他的办公处整整等了三个钟头，他始终没有来，我只好丧气地回家了。我打算写一首爱情的歌赞颂他，想了一个下半天只有两句："为了爱，我的灵魂永远成为你的罪囚；服帖地，幽静地跪在你的面前！"

我往屉子里抽出一小张浅红色的信笺，把这两句话写在上面，同时把一卷人家寄给仲谦的报纸，收在一起，预备明天早晨送给他去，一切布置妥帖了。我静静地倒在床上，这时天色已经暗下来了，小小的房间里已充满了黑暗，但我不愿拧亮电灯，只闭着眼，悄悄地在织起那美丽的幻梦：恍惚间仲谦已站在我的面前，我连忙起来，握紧他的手，"呀，仲谦！"我用力地扑了前去。忽然我的臂部感到痛疼，连忙定神，原来是一个梦！屋子里除了黑暗一无所有。难道仲谦是躲在这暗影里吗？有了这一念，我不能不跳起来开亮了电灯，一阵强烈的光，把所有的幻梦打破了。只见一间摆着一些简陋的家具的小屋子冷清、寒伧的环境，包围着一个怀人的少女。唉，真无聊呀！

九 月 八 日

我已经把那张纸条送给了仲谦。不晓得他看了有什么感想？我希望他回我一封信。因此我一整天都不曾出去。我怕送信来时，没有人接收。但是一直等到傍晚，还是一无消息。这多么使我心焦！……我正披上大衣，预备到他住处去找他，忽然听见有人在敲我的房门。

"哪一个？请进来！"我高声应着。果然眼看门打开了，原来是友愚，一个中年的男子，是我们团体的同志。我不知道他来干什么，想来总是关于团体工作的交涉吧？我拖了一把椅子请他坐下，他从怀里掏出一个香烟盒来，一面拿香烟，一面说道："你这两天精神似乎不很好吧！"

"没有什么呀！"我有些脸红了，因为他同仲谦是好朋友，莫非他已知道我的秘密吗？我向他脸上一望时，更使我不安，他满脸踌躇的神色弄得我的心禁不住怦怦地跳动。

"你有什么事情吗？"我到底忍不住向他问了。

"不错，是有一点事情，不过我要预先声明，我对于你的为人一切都很谅解，我今天要来和你谈谈，也正因为我是谅解你才敢来；所以，一切的话都是很真诚的，也希望你不要拿我当外人。大家从长计议！"

他的这一套话，更使我不知所措了，我觉得我的喉咙有些发哽，我的声音有些发颤。我仅仅低低地应了一声"是！"

友愚燃着烟，又沉吟了半晌才说道："今天我看见仲谦，他心里很感激你对他的情意。不过呢，他家里已经有太太，而且他们夫妇间的感情也很好。同时他又是我们团体的负责人，当然他不愿意如一般人一样实行那变形的一妻一妾制。这不但是对你不起，也对他的夫人不起。所以他的意思希望你另外找一个志同道合的爱人。"

"当然，这些事情我早就知道，不过我在这世界始终只爱他一个人。我并不希望他和太太离婚，也不希望他和我结婚。命运老早是这样排定了，难道我还不明白吗？但是，友愚，你要谅解我，也许这是孽缘。我自从见了他以后，我就是热烈地敬他爱他，到现在我自己已经把自己织在情网里。除非我离开这个世界，我是无法摆脱的。"

我这样真诚地说出了我的心，友愚似乎是未曾料到，他张着惊奇的眼望着我，停了很久他才沉着地说道："自然人是有感情的动物，有时要被感情的权威所压服，也是很自然的。不过同时人也是有理智的动

237

物，我总希望你能用冷静的理智，压下那热烈的感情，因为你也是很有见识的女子，自然很明白事理……"

友愚的话，难道我不晓得是极冠冕堂皇吗？我当时说不出什么来，当他走后我便伏在床上痛哭了。唉，从今天起，我要由感情的囚牢里解放我自己。

九月十五日

算了，我在这世界上真受够了蹂躏：几天以来，我似乎被人从高山巅推到深渊里去，那里没有同伴，没有希望，没有生命，我要这躯壳何用？

不知什么时候，我是被几个朋友，从街心把我扶了回来，难道我真受了伤吗？我抬起两只手看过，没有一点伤的痕迹。两只腿，前胸后背头脸我都细细检查过。总而言之，全身肉还是一样地好，那么我怎么会睡在街心呢？……我想了很久似乎有点记得了，当我从仲谦的办公室出来时，我心里忽然一阵发迷，大约就是那样躺下了吧？我想到这里，抬眼看见坐在我面前的瑞玲，她皱紧着眉头，露出非常不安的神色望着我："美娟，现在清醒了吧！唉，怎么会弄到这地步！"我握住瑞玲的手，眼里禁不住滴下泪来，我哽咽着说："玲姊，我刚才怎么会睡在街心的呵！我自己一点都不清楚，不知我究竟……"

"唉！美娟你真太痴了，不知你心里怎样地受熬煎呢！大家从仲谦那里走出来时，原是好好的，忽然砰的一声响，回头见你昏厥在地上，后来文天把你抬到车上时，你便大声地叫仲谦，这真把我吓坏了。"

瑞玲的话，使我又羞愧又悲伤，唉，我恨不得立刻死去，——我是这样一个热情的固执的女孩儿，我爱了他，我永远只爱他，在我这一生里，我只追求这一件事，一切的困苦羞辱！我愿服帖地爱，我只要能占有他，——心和身，我便粉身碎骨都情愿。

瑞玲陪着我，到夜晚她才回去，临走时她还劝我解脱。……但是天知道，在人间只有这一个至宝——热烈的甚至疯狂的爱，假使我能解脱它，就什么也都可解脱了，换句话说我的生命也可不要了。

九月二十日

我对于仲谦的苦恋，已成了公开的秘密了。许多人在讥笑我，在批评我，也有许多人巴巴地跑到我家里，苦苦地劝我——恶意好意我一概不能接受，除非仲谦死了，我不在这人间去追求他，不然什么话都是白说——一个孩子要想吃一块糖，他越得不到越希望得厉害，我正是一样的情形，人间所有伟大的事业，除了爱的培养永无成功的希望，——我将在仲谦爱的怀抱筑起人类幸福之塔，瑞玲骂我执迷不悟，我情愿忍受。上帝保佑我，并给我最大的勇气吧！

今晚我决定去找仲谦。

九月二十一日

昨夜我坐在仲谦的身旁，虽然他是那样矜持，但是当我将温软的身躯投向他怀里时，我偷眼望他有一种不平常的眼波在漾溢着。他不会像别的男人一样鲁莽，然而他是静默地在忍受爱情的宰割……

夜色已经很深了，他镇静地对我说："美娟，我的生命是另有所寄托，爱情是无法维系我的。我们永远是个好朋友吧！……而且我不愿因一时的冲动，不负责任地破坏一个处女的贞操。"

"呀！这真是奇迹！"我不等他说完，便这样叫起来！

"什么奇迹？"他莫名其妙地望着我。

"我告诉你吧！仲谦！在这世界上，你竟能碰到一个以爱情为生命的女儿，她情愿牺牲一切应有的权利，不要你对她负什么责任，她此生做你一个忠心的情妇……这难道不是奇迹吗？"

"话虽是这样说，但我仍希望你稍微冷静些，不要为一时情感所眩惑！"

"不，绝不是一时的情感，你知道你在我心头，整整供养了三年了，起初我是极力地克制着，缄默着，但是有什么益处呢？只把我的生趣消沉了，一切的希望摧毁了，我想能救我的只有这一条路！"

唉，我多么骄傲呀！当我拥抱着仲谦时，我的心花怒放了，我的眼睛看见世界最美丽最调和的颜色；我的耳朵听出最神秘最和平的歌声。宇宙的一切，在这刹那间都变了颜色，正如春神来到人间时，那样地温和灿烂。

十 月 五 日

我现在逃出苦闷的旋涡了，我快乐，我得意，我已占有了我所认为人间至宝的仲谦。虽然我是失却了处女的尊严和一个公开妻子的种种的权利，但这又算什么呢！只要我是追求到我深心所爱慕的东西，我便是人间最幸福的人了。

昨夜，我把一朵白玫瑰花放在枕边，因为那花是仲谦买给我的，同时它的颜色，它的清香，处处都可以象征我的情人的风度性格，所以我吻着温馨的花瓣，走进甜蜜的梦乡中了。

十 月 六 日

我从醒来后，只是望着小玻璃窗外的天空出神——真的！我有时不相信多缺陷的人间，竟有这样使人如愿惬意的事情。因此我常怀疑这仅仅也是一个梦。于是我努力地揉着我惺忪的睡眼，再细看看我温柔的手腕，那上面确然还留有仲谦颈上的香泽。呵，这明切的事实，使我狂喜。我悄悄地轻吻着那臂上的香泽，我的心是急切地搏动着呢。

从床上爬起来，一缕艳丽的阳光正射到我的脸上。秋天的晴空真是又明净又爽快，我从衣架上，拿下新做的淡绿色的夹衣着好，薄薄地施了一些脂粉，站在那面菱花镜前，我有些微醉了。——尤其是我想到仲谦那一双明隽的眼波时，我是痴软了，呆呆地倚在床栏旁。忽然一声呜鸣的汽笛响，到门口就停住了。这是谁呢？我连忙跑到窗前去望，呵！我的心更跳得厉害了，我顾不得换拖鞋，连忙下楼去迎接我的情人——仲谦——同时我觉得他特地坐了汽车来，有些忐忑不安的心情。他见我迎下楼来，似乎有些惊奇地"呵"了一声，"你不曾出去吗？"他低声地问。

"不曾，但是你若不来，我就要去看你了。"

我们一面说着话已经上了楼。当他坐下时，他忽然低下头沉默起来。我挨近他，坐在他的椅靠上。我的嘴唇不知不觉落在他的头发上，他似乎已经觉得了，抬起头来向我一笑道："你爱我吗？"

"你还不明白吗？我简直不知道怎样说才好，这世界上的几个字几句话无论如何不能表示我对于你热烈的心情的！"

"我是明白的，不过我觉得我没有资格接受你这样纯挚的爱……"

当然我知道仲谦他是深爱着他的妻的，现在仲谦不能以整个的身心属于我，那不是仲谦的错，也许在他的妻看来，我还是破坏他们美满家庭的罪人呢。但是这是理智告诉我的，我的感情呢，唉，我的心是感着酸哽，在这个世界上我是一个被上帝赋予感情的人，而我的感情又是专为仲谦而有的，什么道德法律，对于我又有什么关系！

仲谦见我痴呆地不说一句话，他伸手握住我说："美娟！你想些什么？"

"不想什么。"

"不想什么，顶好，美娟，我接到家里信说母亲近来身体多病，要我回去看看，所以我今晚就乘船回去了！"

"哦！你就要回去吗？……什么时候来呢？"

"那就说不定了，不过至迟一年我仍要出来的，你知道我是把生命交付给国家的，只要我母亲略略健旺我就回来的。"

唉，相思债未清，别离味又尝，这刹那间我的心是被万把利箭所戳伤，但是我又不能阻止他不去，我除了一双泪眼望着他离开我，我还有什么办法。

…………

十 月 七 日

仲谦昨夜果然走了，我曾亲自送他上船。当我看见黄浦滩的大自鸣钟指到十二点钟时，仲谦又再三催我回去，我俯在船栏上看那滚滚江流，我渺小的眼泪是连续地滴在那上面。这虽是渺小的离人的一滴泪，然而我痴心想着，它能伴我的情郎回到他的家乡，不久它又把他送到我的怀抱里来。

"再会吧！美娟！望你为国家努力，自己多多保重。"仲谦送我下扶梯，这时电车已经停止开驰，这热闹的黄浦滩虽然还是灯火明耀，但是已经没有多少行人了。我踽踽凉凉地穿过马路，才雇了一辆黄包车回到家里来。这时我真如同做了一个梦，我不相信前夜睡在我怀抱里的仲谦今天已经在长江轮上，这时船大约已出了浦江吧！我的心一直是凄酸的，我不明白世界上怎么会有这样纠纷的局面，我为什么一定要爱他……我也想解脱，但这只是骗人的把戏，今天能解脱，当初就不至于作茧自缚了。爱情真是太神秘了。

十 月 八 日

天公故意戏弄人，这两天阴雨连绵，一点点，一丝丝敲在心上，滴在心上，都仿佛是离人眼中的泪珠儿呢。我懒恹恹不想起床，也不想吃东西，早晨文天来找我去开会，我推病辞却了。唉，像我这种心情，什么事负担得起？一床薄罗被压在我身上，都有些禁不起呢。

中午勉强起来，吃了一块面包和一杯牛奶。我想给仲谦写信，摊开信笺更觉得心头乱如麻，但是我想除了写信给仲谦更无法消遣这苦闷的日子了。最后我的信是写好了，录如下：

亲爱的仲谦：

江头话别，回来时冷月照孤影，泪眼望江湖，这心情真是难写难描，但觉世界太荒凉，人生如浮鸥，这刹那间没有雄心壮志，只有病的身，负了伤的心，在人间苦挣扎罢了。

计程你现在已过了武汉，再有两天就可以到家了，遥想令尊堂倚门含笑欢迎你这远路归来的爱子，是如何地神圣而甜蜜呢！至于你的爱妻，……我想她一定是更热烈地欢迎你，为你整理甫卸的行装，问你客中的景况，唉，仲谦，这时节你也许要想到我，不过那只是如昙花的一现——一个情妇在你心头究竟是占有什么地位呢！……唉，仲谦，我很伤心，我太褊狭，你爱你的爱妻是应当的，我不应向你挑拨，而且她又是一个旧式女子，我更应当同情她。仲谦你诚心诚意地爱她吧，不要为了我在你俩之间稍有云翳。我祈祷上帝，给你们美满的生活，正如秋月照临的夜，又幽默，又清净！

你的美娟

我信是写完了，但是我心头依然是梗塞着，当然我是有不可告人的贪心！我不能想象我的爱人，是被抱在别一个女子的怀抱里，——那真是侮辱——不，简直是一种死刑——唉，最后我只有伏在枕上流泪了。

十月十五日

仲谦到家了，他今天有一封信来，他写着：

美娟：

一到家我就接到你的来信，我对于你只有惭愧，……但是我不愿骗你，我的妻的确太爱我，她那样真纯温柔地为我服侍着堂上两老，爱抚膝下子女，而对于我连年在外面东漂西泊，也毫无怨言憾意，美娟，你想这样的女子，我怎忍离弃她——可是我不离弃她又觉对你不住，你是一个受过高等教育的女子，你有纯真的热情，伟大的前途，只为了我这微小的人，你牺牲了名誉地位和法律上的权利，我又怎对得住你，所以美娟，我希望在我离开你的这一年中，你能为事业而解脱，另外找一个知心的伴侣，共同过幸福的生活，这是我朝夕所祈祷的，美娟，你接受了我的忠悃之言吧！

仲谦实在是个好人，他不是自私自利、虚伪的男人，他劝我何尝不是好话，但是他哪里晓得，他的忠诚坦白，更使我不能放下他，我爱他的风度，爱他的人格，爱他的忠实，总而言之除了世上还有一个仲谦，也许可以改变我的心，不然这一生，我无论受何苦难，也难从我的心坎中把仲谦赶掉。上帝啊！给我最大的勇气，在人间——浅薄的人间，辟一条光明的神奇的道路，人们只知在定见下讨日子过，我只尊重我的自我，完成我理想中的爱的伟大。

今天我的心情比较爽快，我把心坎中的纠纷，用一把至情的利剑斩断了，从此以后我只极力地为我理想的爱情做培养的功夫，人间毁誉于我何干？

十月二十日

唉，我自信不是一个俗人，我有浪漫诗人那种奔放的热情，我也有他们那种不合实际的幻想，我要冲破人间固执的藩篱，安置我的灵魂在另一个世界上。——这是我一向的自信，但是惭愧呵，……昨夜文天来，他坐在冷月的光影里，更显得他严肃面容的可怕，好像他是负了整个世界，整个人类的使命来向我劝告，他一双装满理智，带有残刻意味，深沉的眼，是那样不放松地盯着我，同时他的语调是那样沉重，他说："美娟！你现在应当觉悟，你同仲谦的关系，不能再延长下去，这不但对于你不利，尤其是对丁仲谦不利。许多平日和他意见不对的人，正纷纷讥弹着他同你的恋爱……"

他的话，像是一座冰山——满是尖峻的冰山，从半天空坠压在我的头上、心上，我除了咬紧牙关，不使那颤抖发出声来，而我的两手抽搐着，这样矜持了许久，我到底让深伏心底的愤怒，由我的言语里发泄出来了。——当然我不能哭，我把泪滴咽到肚子里去，我急促地说："怎么，我连恋爱的自由都没有吗？……仲谦爱了我，便是不道德，卑贱吗？"

"美娟，不是这么说，并没有谁干涉你的恋爱，除了仲谦，你爱任何人都可以。"他还是那么固执地、冷刻地往下说。

"怎么，仲谦就不能爱吗？"我愤然地驳他。

"可是，美娟，你应当了解仲谦的地位，他是我们团体的负责人，他的一举一动，是被万人所注意的，这种浪漫的行为，只有文学家诗人做做，……在他就不能，不信，你只要打听打听那一些党员的论调，就知道并不是我凭空捏造黑白了。"文天的眼光慢慢投向暗陬里去。我自然了解他对我说并不完全是恶意，可是我仍然不明白，同是一个人，为了地位便会生出这许多的区别来，我只得问他道："照你的意思，我应当怎么办呢？"

"自然我也知道你很痛苦！不过你是有意志、有知识的女子，我望你能完成'爱'的最高形式，为国家牺牲些，把爱仲谦的热情去爱国爱团体……"

我实在不能反对文天的话，而且我相信他是个忠于团体忠于国家的好同志。不幸就是他有时不能稍替我想想。唉，人类之间的谅解，本来是有限的，我何能独责于他呢！当时我曾鼓起勇气，对他说道："好吧！让我试试看！"

他听了这话，连忙站起来，握着我的手说道："美娟！我愿尽我的全力帮助你！"他含着满意的微笑，闪出门外，我莫名其妙地跟着他的脚踪，直走到楼梯边，我才站住了。仰头看见澄澈的秋空，无云无雾，一道银河，横亘东西，如同一座白玉的桥梁，星点参差，围绕着那半弯新月，境清如水，益衬出我这如乱麻般的心情了。

我如鬼影般溜到屋里，向那张浴着月光的床上一倒，我忘了全世界！唉，在那刹那间我已失了知觉。

十月二十一日

夜深风劲，我被那作响的门窗惊醒了。举眼四望，但见青光照壁，万象苍凉，身上一阵阵寒战，连忙拖过棉被来盖上，极力闭上眼，但是有什么用呢？越想睡，睡魔越不光临。悄悄数着更筹，不久东方发白了。弄堂里已有倒便桶的呼声，卖油条的叫卖声，这些杂乱的声音，虽使我觉得不耐烦，但因此倒压下了我的愁思，竟有些昏然想睡了。

朦胧间，似乎有人在叫我，张开眼一看，原来是瑞玲来了，她坐在我的床边，怔怔地望着我，嗫嚅着说道：“你的脸色，怎么这样红？”她一下伸手摸我的额角，不禁失声叫道：“你发烧了！”

“发热有什么关系？假使就这样死了，倒免得活受罪呢！”

我说着禁不住一股酸浪涌上心头，这一些咸涩的眼泪，再也咽不下去了。

瑞玲望着我只是叹气，她含了一包同情泪低声劝我：“看开些！”

我不能怪她不近人情，可是“看开些”这句话，在我实在觉得亦太不关痛痒了。一个人要是能看开些，还有生活的趣味吗？还有生活的力量吗？无论谁遇到难关时，都以“看开些”解之，那么这死沉沉的世界再不会有新局面发展了；就是革命家，也就是因为这一点“看不开”的心，才肯拼命，不惜以一切去奋斗呵。不过，我是明白瑞玲这时候的心情，她无力来解释我的愁结，除了劝我“看开些”，她还能更说什么呢？所以我也只能向她点头，表示承受她的好意了。

下午瑞玲带了一个医生来看我，说是受了凉，吃了一些发散剂就好了。瑞玲替我买了些药来，看我吃过，她才怏怏地回去，我对于她的热情，只有流泪哟！

十月二十五日

我感冒已经好了，今天试着起来，两只腿觉得无力，仍然不能到外面去，只倚在那张藤椅上，看了几页小说，心潮又陡然涌起，尤其渴念远别的仲谦。我从屉子里找出他的照片，唉，这真是一个绝大的诱惑，这样一个精神隽朗的人儿，他给我生命的力，给我宇宙最上的美丽。但这仅仅是昙花一般的遇合，这是谁支配的命运？我对于这命运，应当低头，还是应当反抗到底？……人们给我的嘴脸太难看，我是否有勇气承受下去？难道是我的错吗？为了爱情，而爱一个有地位、有妻子的男人，是罪恶呢，还是灾殃？唉，这是一些我到死也难解的谜哟！

仲谦今天有信来，他是那样轻描淡写地劝慰我，当然，我也不能怪他太薄情！原是我爱他，他并不曾起意爱我，就是有些爱也是太可怜。他不愿背着这艰辛的爱的担子自是人情，但我呢，既具绝大的决心爱他，我就当爱他到底，纵然爱能使我死，我也不当皱眉呵！最可恨的"爱"这个东西是这样复杂，灵魂不够，还要肉体，不然我就爱他一辈子！谁又能批评我呢！

这几天在我心里起了大屠杀！结果胜负属谁，连我自己也不敢推测咧！

十一月三日

文天今日带了一个同志来看我，他是从东北归来的。在他风尘仆仆的面容上，使我感到一些新的刺激。后来听他述说东北同胞在枪林弹雨中的苦挣扎和敌人的残暴种种，愤怒悲慨的火焰差不多要烧毁我的灵宫。——同时我觉得有点惭愧，这一向我几乎忘记了国家，更忘记了东北。一天到晚集注全力在求个人心的解放。唉，这是多么自私呵！我禁不住滴下羞愧的泪来了。

文天他们走了，我独自思考了半晌，我决定转变我生活的形式了。

247

我不但对于至上的爱要勇敢，我对于正义更应当勇敢。这时我觉得愁惨的灵魂已闪着微微的光芒了。听文天说，我们团体里要派一部分人到前线去工作，尤其需要一部分女同志做救护的事情。我应当去，这是我唯一的出路，也是仲谦所盼望的吧！

十一月五日

一切都已准备了，我已决定同他们一同去——去到那冰天雪地里，和残暴的敌人相周旋。我要完成至上的爱，不只爱仲谦，更应当爱我的祖国！

今夜是我在上海的最后一夜了。也许便是此生最后的一夜呢！唉！我留恋吗？不，绝不，这里的街道固然这么整齐，建筑这么富丽，可是那里面含有绝大的耻辱！我不愿再看见它。——即使还有回来的日子，我也盼祷着，同胞们已用纯洁的热烈的鲜血，洗净了这耻辱。——我站在窗前，向着那半已凋残的秋树，祝它未来的新生！

街道上，车声人声渐渐寂静了。我坐下来，铺上一张雪白的云笺；拔出一管新开的羊毫，刺破了左手的无名指，使那鲜红、绮丽的血，全滴在一只白玉盏里，然后把预备好的纱布，包扎停当，于是濡毫伸纸写道：

仲谦——

我的信仰者。在冷漠阴沉的人间，你正如冬天的太阳，又如火海里的灯塔，你是深深诱惑了我！从那时起，我虔诚地做你的俘虏。这当然得不到一切人的谅解，可是我仍然什么都不顾忌，闯开了礼教的藩篱，打破人间的成见，来完成我所信仰的爱，这能不算是稀有的奇迹吗？

但是，仲谦，古人说得好，"好梦由来最易醒"，这一段美丽的幻想，已成了生命史上的一页了！现在我才晓得我还不够伟大，为了个人的幸福而出血，未免太自私太卑陋。所以我不能再隐忍下去，我要找光明的路走，当然你想得出我将往何处去的。——好，仲谦，我们彼此被释放了，好自为国家努力吧！一切详情我到东北后再报告你！

美娟

　　这一页血迹淋滴的信写成时，我内心充满了伟大的喜悦。